曹聚仁作品集

酒店

曹聚仁　著

見證文壇萬里行
—— 曹聚仁作品集導讀

曾卓然

為什麼我們現在還要閱讀曹聚仁？

曹聚仁是香港文學史上的重要作家，是五十年代香港散文的重要代表，他「一生的著作有五分之四是在香港完成[1]」，大部分作品都在香港成書。對有興趣於人文學科的普通讀者而言，有一個重要的問題：畢竟五十年代也已經是七十多年前的事了，為什麼我們現在還要閱讀曹聚仁？

我們可以先了解他的人生經歷，曹聚仁出生於一九○○年清光緒年間，出生於浙江浦江一小山村蔣畈。父親曹夢岐是名秀才，曾參加清末科舉考試，落第回鄉後興辦新式學堂，不收報酬，自力籌備學校經費。父親既是校長又是老師，對曹聚仁在教學上甚為嚴格，七歲時，讀〈大學〉、〈中庸〉、《論語》、《孟子》，還能背默《詩經》[2]，他有良好的古文根底，六歲左右便能寫出四五百字的文言長文。青年曹聚仁進浙江省立第一師範讀預科，接觸新學，學弟施存統把

_____

1　參羅孚：〈曹聚仁在香港的日子〉，鄭珂雲、曹雷編：《曹聚仁卷》（香港：三聯書店〔香港〕有限公司，1998年），頁283。

2　曹聚仁童年事可參見李偉：《曹聚仁傳》（鄭州：河南人民出版社，2004年），頁1-22。

《新青年》介紹給曹閱讀，曹亦成了新思想的支持者。後經歷五四運動衝擊，「一師」的學生亦響應活動，曹聚仁為當時學生運動領袖。曹聚仁在成長時期受來自不同方向的思想所影響，既有舊學又有新知，「通古今中外」也是那一代處於變革期的知識分子的常態。

一九二五年，曹聚仁受暨南大學校長邀請，擔任中學部國文教師，後來又改到大學部，正式展開他往後十多年的大學教授生涯。一九二七年四一二清黨後，曹聚仁的老師單不庵[3]請他到浙江省立圖書館西湖分館文瀾閣參與《四庫全書》的編修工作，他便答應下來，在文瀾閣居住了大約半年[4]。一九二八年春，他再次回到暨南大學[5]。曹聚仁晚年於香港撰寫的《我與我的世界》中，便說到自己從一九二七年到一九三一年期間，差不多沉默了五個年頭[6]。

三十年代是他的第一個爆發期，一九三一年，曹聚仁在上海創辦了《濤聲》週刊，以敢言著稱，並以烏鴉作為標記，明言「報憂不報喜」。一九三四年至一九三七年間，他在《申報・自由談》、《太白》等多份刊物上發表文章，也曾擔任《太白》編輯[7]。一九三五年三月，與徐懋庸合辦《芒種》

3　單不庵是曹聚仁在浙江省立第一師範學校就讀時的國文教師，曹聚仁對他十分敬佩。參李偉：《曹聚仁傳》，頁 196-198。

4　李偉：《曹聚仁傳》，頁 56-57。

5　同上，頁 57。

6　曹聚仁：《我與我的世界 浮過了生命海（上）》（北京：生活・讀書・新知三聯書店，2011 年），頁 396。

7　盧敦基、周靜：《自由報人：曹聚仁傳》（杭州：浙江人民出版社，2009 年），頁 97-101。

半月刊[8]，這年起《筆端》、《國故零簡》、《文筆散策》、《元人論曲》和《文思》等多部文集陸續出版[9]。

　　一九三五年十二月二十九日，曹聚仁加入了上海文化界救國會[10]。一九三七年夏，九一八事變後，他毅然放下教學事業，投身戰場任隨軍記者，不久後受聘為中央通訊社戰地記者[11]，自此走遍戰地，在多份報刊發表通訊，廣為人所尊敬。曹聚仁與香港的因緣，即從抗戰這段時期開始，他作為隨軍記者在香港的《立報》和《星島日報》發表戰地通訊和軍情分析[12]。四十年代，他受蔣經國之邀主持《正氣日報》，後轉到《前線日報》任總主筆，一直至抗戰勝利[13]。曹聚仁的報導廣受歡迎，因他曾參與八一三事變及台兒莊戰役，出版了《中國抗戰畫史》及《大江南線》等書，取得很高的評價，在國人心目中有一定地位。據曹聚仁本人所記，他在《前線日報》任職同時，也持續為香港的《星島日報》撰寫通訊，而且是他發表新聞報導的重心[14]，只在香港淪陷時一度

8　同上，頁 105。

9　同上，頁 346-347。

10　同上，頁 148。

11　陳振平：〈曹聚仁兄的自由主義思想及其報業活動〉，《曹聚仁先生紀念集》（上海：上海市政協文史資料編輯部，2000 年），頁 141。

12　參曹聚仁：《採訪外記 採訪二記》（北京：生活・讀書・新知三聯書店，2007 年），頁 72。另見曹聚仁的〈千頭夢緒從何說起〉一文，他說：「我和星字系報紙發生關係，最早還是星粵日報（一切籌備就緒，已經準備出版，並已試報三天，牽於戰局變動，不曾出版）」，曹聚仁：《採訪外記 採訪二記》，頁 294。

13　盧敦基、周靜：《自由報人：曹聚仁傳》，頁 214-225。

14　曹聚仁：〈國共之間〉，曹聚仁：《採訪外記 採訪二記》，頁 295。

中斷 [15]。一九四五年八月抗戰結束，九月曹聚仁便從杭州回到上海。在上海逗留三個月後，曹聚仁到了南京、九江、蕪湖作短期旅行，為他五十年代的 系列行記作了充足的準備 [16]，寫下了他的「採訪」系列文集。戰後他藉「戰地記者」的身份，更猶如明星，在出版界擔任重要的角色，他的社會影響力更大。因為身為記者，他與公眾接觸的機會多，知名度亦較高，戰地通訊作為戰爭時期重要的娛樂與全國人關注的重點，使他在四十年代有更高的知名度。

一九四六年初，國共談判臨近破裂之時，台灣當局邀請南京與上海新聞界人士到台採訪，曹聚仁作為《前線日報》代表前往當地，由當局安排下參與十天環島遊的訪問 [17]。國共內戰爆發後，他繼續觀察着國共兩方面的情勢，把通訊發表在福州的《星閩日報》及香港的《星島日報》上 [18]，同時於上海法學院報學系和蘇州國立社會教育學院新聞系任教職 [19]。

15　曹聚仁在〈南來〉一文說：「我個人和香港的一家報社，從創辦那天起，也有了十多年的歷史，中間也經過了很多變動，除了太平洋事變以後那個淪陷時期，一直寫着通訊。」這家報社即「星島」。引文見曹聚仁：〈南來〉，曹聚仁：《採訪三記 採訪新記》（北京：生活·讀書·新知三聯書店，2007年），頁204。

16　曹聚仁：〈上海三月記〉，曹聚仁：《採訪外記 採訪二記》，頁284。

17　曹聚仁：〈台灣行〉，曹聚仁：《採訪外記 採訪二記》，頁355。

18　趙家欣：〈記曹聚仁先生〉，《曹聚仁先生紀念集》，頁31。

19　袁義勤發表的〈曹聚仁在虹口〉，簡述了曹聚仁在抗戰結束至解放初期的情況：「居住在虹口時期，由於在外地兼職，曹聚仁經常要風塵僕僕於滬寧（即南京）線上。他是上海法學院報學系教授，也是蘇州國立社會教育學院新聞系教授，所以要跑蘇州；他是《前線日報》主筆，也是香港《星島日報》駐京滬特約記者，要寫『南京通訊』，所以要跑南京。（此外他還有一個兼職，是『前進中學』校長，該校為《前線日報》同人所辦，校址就在報社大樓內。）」見袁義勤：〈曹聚仁在虹口〉，《曹聚仁先生紀念集》，頁110。

一九四九年《前線日報》社長馬樹禮給曹聚仁一家送來船票，請他們共赴台灣，但曹聚仁拒絕了[20]。一九五〇年八月，曹聚仁選擇南下香港，從此執筆為生，在港出版著作近四十部[21]。

曹聚仁是被遺忘的寶庫

對我來說，曹聚仁是被互聯網一代遺忘的寶庫，在二〇二三年的網上世界，我驚訝於在「維基百科」竟沒有他基本的傳記描述。如果你嘗試了解曹聚仁，便會發現他創造了一個廣博的知識世界。他的一生可以用勤奮兩字來形容，著作種類繁多，有文學史、學術思想史、人物傳記、年譜、歷史著作、採訪報導、政論、雜論、遊記、小說、散文、回憶錄等。綜觀其一生，更會發現其閱歷之豐富。這位活躍於五六十年代的文化人，在不同報刊上發表文章，結集出版著作，直到一九七二年去世為止，總共出版超過五十本作品，一生寫作超過四千萬字。

閱讀曹聚仁的作品，可說是體驗了他在五十年代香港不斷寫作，波瀾壯闊的著述旅程。若聚焦於香港文學與文化，必能發現曹聚仁其實是一位「文化多面手」，種類計有文學史、學術思想史、人物傳記、年譜、歷史著作、採訪報導、政論、雜論、遊記、小說、散文和回憶錄等等。在五十年代以前，曹聚仁擔任學者、大學教授，研究文學史、學術思想，整理人物傳記及年譜。

酒店

20　李偉：《曹聚仁傳》，頁 267。

21　參鄧珂雲、曹雷編：《曹聚仁卷》，頁 304-310。

曹聚仁的散文特色

在《香港文學大系（一九五〇――一九六九）：散文卷一》的序中，編者樊善標提出一個有趣現象，就是一九五〇年時重要的香港散文作者當中，年齡最大的分別是左舜生、陳君葆、易君左、曹聚仁等，都是五十至六十歲左右。[22] 這也可能是五十年代的雜感隨筆帶有一種中年味道的原因，更可說是曹聚仁寫作的基調。

曹聚仁總能在不同類型著述上保持閒談式隨筆風格，就算是討論國學或其他深刻內容的書，亦會向讀者訴說個人經驗。顯然他有意避開一種高蹈的論調，而用和讀者「談談」的方法，站在與讀者同樣的高度，以免沉悶呆滯之感。在行文方面，曹聚仁自言行文受桐城派古文所影響，自言別人「洋洋灑灑，下筆萬言，我們則短短六七百字，所謂『以少許勝人多許』也」。[23] 可見他自覺習得桐城派散文的簡約；這也是曹聚仁在報刊專欄寫作如魚得水的原因，既能配合各種文藝園地，又不為其所限。

曹聚仁又擅於反映各地人文特色，遊遍大江南北的他，寫下了不少地方書寫，別具理趣。他也精於月旦人物，寫作很多評人論物的文章，也寫下了如《魯迅評傳》這種反映個人見解的人物傳記，不單有史學及文學研究方面的價值，在寫人敘事的方法上也值得關注。陳平原亦曾稱許曹的自傳

22　樊善標：〈導言〉，樊善標主編：《香港文學大系（一九五〇――一九六九）：散文卷一》（香港：商務印書館〔香港〕有限公司，2021 年），頁 53。

23　參見曹聚仁：《魚龍集》（香港：香港激流書店，1954 年），頁 2。

《我與我的世界》:「將《朝花夕拾》與《師友雜憶》合而為一,兼具史學價值與文章趣味,最值得稱道。」[24] 也許可作為對曹聚仁記傳文字的一個中肯評價。

「知識人」在今天的價值

在《小說新語》後記中作家曾說:「年紀一年年增加了,勇氣一年年減退了,也慢慢明白我所能寫的,也只是劄記一類的東西而已。」[25] 不過劄記寫下的讀書心得,往往是一位知識人的精華所在。一位好的作者,必須是一位好的讀者。曹聚仁的「通才」特性,也使他閱讀的角度比一些「專家」更為廣闊。對今天新一代的普通讀者而言,各門各類的知識在網上世界都有答案,但曹聚仁這類知識人的好處,就是融會貫通,把所知與我們的生活及面對的困難結合,並且用易懂的、有趣味的方式寫下來。閱讀曹聚仁,總比與人工智能對話,更有所得。

酒店

24　參陳平原:《中國現代學術之建立:以章太炎、胡適之為中心》(台北:麥田出版有限公司,2000 年),頁 441。

25　參曹聚仁:〈後記〉,曹聚仁:《小說新語》(香港:南苑書屋,1964 年),頁 164。

目錄

可憐受了傷的名字。
讓我的胸膛作你的床，
給你安居調養。

—— 莎士比亞《維蔞納二紳士》

前記

當我來到人間，我發現人們皆居於一種老成深算上，
凡人皆自以為久已知道，何者於人為好為壞的了。

—— 尼采《蘇魯支語錄》

一

論語第七期，有一張漫畫，題名《舞場百態圖》，一個
長長的瘦子摟着肥婆在打旋，一個穿長衫的紅帽結的老夫
子，他臂上的舞娘正敞着胸膛；人間伊甸園，一群謫落凡塵
的亞當與夏娃，就是這麼配搭得幽默，顯出全能上帝之「無
能」，有了這幅畫，我們都可以擱筆了，連注解都是多餘的。

我年輕時期，生活在「不見可欲，使心不亂」的圈子
裏，以至於撿到了一方手帕，就害起相思病來，直到今天，
還留着這麼一份濃重的頭巾氣。而今忽爾闖到了「常見可
欲」的新圈子，此心究竟亂與不亂？那只讓我自個兒明白；
我可聲明在前，我並非聖人，發乎情則有之，紅燈擋路，是
否停車？伏惟心照不宣。

首先，我還是買了一本書，這是我的老規矩，大概是
「入門」「捷徑」之類；那上面，有關姿勢、步法、情調、舞
式種種，說得詳詳細細，有圖為證，不過看起來頭頭是道，

做起來卻是糊裏糊塗。實事求是,這樣就上舞場觀摩去;臨淵羨魚,就在 GT 舞池邊上呆坐了十八天。其時,書本上靜的圖式,跟舞場上動的姿態,還是結合不起來,只體味到這麼一種情趣:音樂、彩色、香氣、動作,和男女間歡笑結合在一起,進入了半陶醉的境界。

我的記憶中,《翠堤春曉》影片中,那快華爾滋舞的輕快情調,的確引動人;後來,其他影片裏的跳舞場面,也都是跳華爾滋的多。看人挑擔不吃力,輪到我自己,就一直沒把快華爾滋跳好。舞院的教師,首先教我跳快狐步,接上便教慢華爾滋,又接上去,教慢狐步;這樣就算完了第一階段;我自己再學了探戈冧巴和快華爾滋,我的能力盡此而已。從前,有人到邯鄲去學舞,舞步沒學成,倒把自己走路的步法忘掉了,後來沒辦法,只得爬着回來。我呢,總算沒落到爬着回來的田地。

人類學家把一萬年前的舞女圖擺在我們面前,她們就跟眼前荷里活影星那麼「摩登」:今日跳舞的風格,也正回向一萬年前的樣式去呢。藝術,就是這樣頂「古老」也頂「摩登」的玩意兒。在西方,中古以來,出現於貴族的客廳的舞姿,那麼雍容迂緩,那麼慢吞吞地一步一步在走;交際舞中,那很簡單的快狐步慢狐步,便是當年紳士們的遺韻。十八世紀以來,才讓快華爾滋衝破了紳士的防線,以繁弦急管奏出輕快的情調。到了現代,文明人又從野蠻民族吸收了藝術新氣息;節拍更短,動作更快,呼吸更迫促,這就來了冧巴、森巴、茄拉加,這一串新的舞式。先前的舞式,男女是偎傍着在跳動的;新的舞式,男女拆散了,只是求動作、

節拍、呼吸上的一致，又回到一萬年前初民模擬生活的姿態去了。舞式是進步了，也可說返於自然了；我可年紀大了，骨頭硬了，只好眼看着年輕人們式歌且舞，過他們的輕快生活了。

二

去年春；接連幾天在舞池邊上靜觀默察，撒旦儘自在我的耳邊咕嚕着：「叫個『女』坐坐枱，跳不跳不在乎，談談心，解解悶！上海女，好靚。」坐枱之意不在跳，在山水之間，大概我的呆坐，已經夠他們頭痛了；一個陸賈般口才的大班，居然以三寸不爛之舌，勸了我吃下禁果了。他叫我隨意揀，揀中意的就叫來，這好似到卵筐裏揀雞蛋，總是那麼橢圓的，也說不出中意不中意；我就指點一位坐在角上結絨線的小姐，說是請她來吧！我憑着直覺揀了她，為甚麼？照我的說法，大概是這位小姐看起來不像個舞女。

照大班的說法，不妨談談心，這位小姐話並不多，談起來也很有條理。這一談可糟了，她的丈夫是我們的熟人，她的父親也是熟人，她已經有了一個孩子，手上在打着的絨衫，卻是為着快要出來的孩子準備着。她以低沉滯重的語氣，說她雪夜奔向深圳的情形，歲寒日暮，她的丈夫解到蘇北勞動改造去了，家裏已經沒有一顆米；她身邊唯一的財富，就是懷了兩個月的孕，整天在作嘔。這麼一來，談心則有之，解悶則未也。依照進舞場一星期就準備寫一本書的例子，我是可以模仿太史公的筆法寫一篇「舞女列傳」了。這是賢妻良母型的舞女，「人生衣食真難事」，身在香港跳舞，

孩子在廣州外婆家寄食，這樣的境遇是很多的。有時三更向盡，客人還邀着她們去宵夜，強為歡笑，耳邊響着自己孩子的啼叫之聲，此情此景，當於笑與淚的夾縫中體會得之！

三四千舞女之中，總有三分之一以上，帶着傳奇性的人世悲酸的經歷才闖到這個圈子來的。不過真正的傳奇，只有一種：命運的悲劇加上性格的悲劇。生在這個世代，嫁得金龜婿的少女，忽然給旋風捲到這永遠是春天的天堂孤島上來，說起來，還不是為了生存，走上這條阻力最小的大道。一位舞女，她用最簡單的兩句話啟發了我：「你們男人，到了這裏，說沒有辦法，就沒有辦法，我們女人呢，要有辦法，總還有點辦法：這當然受幾個條件的限制，『年青美貌，原始本錢，』再加上市場要景氣。」不過，舞女總是舞女，她們都是享用慣了的，吃得好，穿得好，住得好，玩喝賭，及時行樂耳；有如一雙新鞋，兩天走泥路，開頭或許小心謹慎，一步一步看着走，到後來，也就不顧一切，亂踢亂踢地了！

我常是聽到了一些故事，再去接近那些故事的人物的。其間，好似有一種風氣，就像她們的衣飾打扮一般，跟着「時髦」在轉動。一個走紅的舞女，總是狂賭、酗酒、養拖車、懷了孕就打胎，打了胎又懷孕，放縱的離奇；說穿來，卻也並不離奇，只是變態的性狂，一種不十分掩飾的行動。說是有一位少女，她的家境很好，一位太平紳士的女兒，她就為了要生活得痛快，才甘心願意做舞女的；她給家庭驅逐出來了，還是自得其樂。這其間，有着反傳統道德觀念的意味，所謂世紀末情調，也就是這樣叛徒型的情調。

酒店

我們在舞場太一本正經了，那當然是十足的傻瓜；可是太不一本正經呢，着迷了也同樣是頭等大傻瓜！記取「君子可欺以其方」的老話，舞女們都有她們那一手的！

三

我們這個社會，原本是一個甚麼都是商品的社會。適合着「色情」需求而來的舞場，舞女本來就是一種商品。自從大陸舊政權崩潰，游資百川匯海，造成了香港的畸形繁榮；這其間，玩意兒很多，「舞」業也是獨秀的一枝。依存在這一消費間架中，大小鱷魚，浮游潛匿，得其所哉，這一群人，原本是五湖四海的英雄，而今英雄不怕出身「高」，少將階級的軍官有四人，薦字頭的局長有五人，楊志落難，寶刀只能當作白鐵賣，非大丈夫能屈能伸，胸襟自有不同。有一位大板，一表堂堂，好不昂藏，當年演過李秀成之死，富有藝術天才；他說起陶金劉瓊都是我輩中人，絕非吹牛。到如今，向脂粉隊裏裝笑臉，陪小心，打躬作揖，低聲下氣。當然，他們也有一肚子牢騷：看老闆臉色，向紅星低頭，聽客人閒話，三面受氣，所為何來！「要不過看在錢的面上，咱老子怕不幹掉這雜種的！」時勢不同，誠所謂「一錢瘟死英雄漢」也！

變態心理學上，有所謂精神上的補償作用的；這種「補償」，透過了他們的下意識，顯得非常微妙。他們當然忘不了那「份」高的出身，事實上卻迫着他們在低頭。這份悶着的閒氣，有時要出在舞女身上；越是走霉的舞女，越碰上了她們的晦氣，坐茅房，吃湯圓，看你黑得找死。有時也出在

客人身上，連哄帶騙，怕不挖空你的錢袋，開幕剪綵，出盡了花樣；看瘟生傾家蕩產，讓晒家拍手稱快，就是這麼一種心理。大班、舞女、客人，這三角形的任何兩邊之和，都大於其他一邊，所以舞場上的鬥爭場面，也跟政治上的「苦迭打」一樣精彩。有時，奇峰突起，兩個舞女，你咬我的鼻子，我抓你的頭髮，一場全武行，到了叫「999」收場；這又是一種等邊三角形。語云：沒有鬥爭，就沒有喜劇，也就沒有悲劇。上一月，有五個舞女，爭一們舞客的大場面，那才逞鬥爭之奇觀；我們應該想舞場不景氣，謀生之途太狹了呢！

　　一個偶然的機會，我曾在一家小舞院認識了一個很年輕的女孩，她天真無邪，無憂無慮，她的臉上不曾背着辛酸愁苦的經歷，也沒那些精靈古怪的念頭。她有意伴着我們跳舞，對跳舞有真實興趣，她的談話，也許說得很幼稚，卻也不那麼「庸俗」「粗鄙」得嚇人——停在這句上，一定有人以為我是看中了她了，不，你還是聽我講下去吧：她的悲愁，就比那些「天涯淪落人」還要沉重。這一類女孩子，四五歲時候，就賣給「職業」販子作養女，她，此刻只是雛妓似的，給變相的老鴇作搖錢樹。她們也有自己的父母，事實上卻正是日出裏的小東西；香港市場上，三四千舞女中，這樣的可憐蟲，據說有六七百之多。舞業的「金八」、「黑三」、「王福升」串演着這一幕新的「日出」，我們碰到的，不是「小東西」便是「陳白露」，我們這一群人，只是一些不懂事的「方達生」而已。

　　前些日子，我曾搜集了一些舞場的材料，開始寫這本《酒店》，友人陳蘭蓀兄一開頭就說：「你已經寫得太遲了，

『難官落魄，嬌妻伴舞』，『孝子爭風，舞娘服毒』，這些題材，司空見慣，已經變成老調了。」他又說我寫得太早了，把這一份材料，留到二三十午後去寫，那時候，經過了回憶的經解，會有另外的一種情趣。他的話是不錯的，然而，這些場面之中，也讓我了解了這個社會，以及解答這個社會問題的答案呢！

幕前

潘桃樂，人類第一個女性。火神邱比特奉薛烏斯大神之命，用泥土塑造而成，儀態萬方，諸神大加讚賞，競以本身神通法力相贈。後來把她配給火神手下的小神愛比曼德為妻。她出嫁時，大神贈與一個精緻的盒子，大神吩咐她不許隨便打開的。有一天，她聽得盒子裏發出嗡嗡嗡的聲音，一時好奇，打開盒子一看，一群大大小小的東西從盒子裏飛出來了；世界上便充滿了她無心放出來的痛苦、憂懼、奸詐、忌嫉、殘忍這一類壞東西。那時，她急忙關着盒子，只聽得盒子裏還繼續發出聲音；她低頭靜聽，那聲音在說：「不要怕！我是『希望』；我還在這裏，我一天留在這裏，人類便一天不會感到絕望的！」

—— 希臘神話

M 酒店，九龍彌敦道上，一家歷史很久的旅館。

他們在那兒談論的這件故事，跟這家酒店有點兒關係，也可說沒有甚麼了不得的關係；不過，這故事恰巧從這酒店開了頭，又恰巧到這兒來結局，也算是一段小小的因緣。

「老呂！你說，有沒有鬼的？」老張，他指着 313 號房間跟他的夥伴說。

「鬼？你說，那位姓陳的，就吊死在這房間裏？」老呂，Ｍ理髮店，一位擦皮鞋的小伙子。「從前，我說，寧可信其無；現在呢，寧可信其有，倒像古老話說的，這是一場『冤孽』！」

「冤孽？你說，這裏面有沒有桃色的味兒？」

「照他的遺書看來，滿紙悲天憫人的口吻；他自己思想矛盾，沒有出路，早日結束生命，早脫苦海！不過，他跟黃小姐黃明中有過一段歷史，據說，她惹了許多是非，拖得他有口分不清，這才四大皆空，走上絕路的！」

「黃明中，那有名的交際花，圓圓臉兒，大大眼睛，長長眉毛，兩個小酒渦，是不是？」

「不錯，就是她！」老呂替她擦過皮鞋，那長長的腿，細細的皮肉，髹得紫紅的腳指甲，一股淡淡的香氣，縈繞在他的記憶上。「不錯，就是她，她那兩個小酒渦，不知迷倒了多少男人！聽說她初到香港，開頭那一段，生活也頗困難，後來得發啦！她把心一橫，甚麼事都做得出；一個惡魔派的女人，把男人放在手掌心裏耍！姓陳的也就給耍夠了的！」

「天下事，行雲流水，不可太認真；這位姓陳的，枉是讀書人，聰明得太老實，給一個女人累得去上吊，那才不值得！」

「當然，不是單單為了黃明中的事；三合四湊，看不破，想不穿，這才走了這條盡頭路的！」

「那末，為的是甚麼呢？」

「前天晚上，朱大板，談起這件事，他跟這位姓陳的是老朋友，知道得清清楚楚；照他說，最主要的是因為他是一

位讀書人！」

「咦！那才怪吶，難道你我不是讀書人？」

「不，不是這麼說的！我這個大學生，早塞到字紙簍裏去啦！你也不見得戀戀不捨那頂方帽子了吧？人生就像做戲，扮甚麼角色，做甚麼戲；我末，擦皮鞋的，你末，做茶房的，大家都忘記了自己。姓陳那傢伙，忘不了自己做過大學教授，忘不了柏林大學哲學博士的頭銜，忘不了漢口那一任教育局長的威風，忘不了黃小姐的熱力，忘不了這，忘不了那，好像天下只有他一個人是讀書種子似的！」老呂鼻子裏打個呼嚕，「要說先前闊，朱大板才真抖過一陣子！他還不是做他的舞女大班！舞女大班，說得不好聽一點，就是堂子裏的撈毛烏龜，跟我這個擦皮鞋的差不了多少！當然囉，他獨自的時候，也黯黯傷神，一上了場就認真做大班了；時勢如此，讀書人的松香架子也就搭不牢了！」

「你這人倒是挺有趣的，玩世不恭；其實，你我也何嘗忘得了過去的事？」老張嘆了一口氣，唸唸有詞：「早知今日，何必當初！」

「今日怎麼樣？當初怎麼樣？」

「說來也真怪事；當年，日以繼夜，二次方程式，三次方程式，牛頓定律，莎士比亞詩句，跟亞當司密原富死命地吞，那一樣飽得了肚子？『只因一着錯，全盤棋皆輸』，從前有一位詩人說：『人生憂患識字始』，這句話，卻說對了！不識字的話，何至於倒霉到這個田地！」

「我幹這一行當，我倒不以為丟臉；就是太沒出息，一條蛆蟲似的，儘在糞缸裏生活。可憐我們這一輩人，手不能

酒店

012

提，肩不能挑，離開了糞坑，還是活不了。那姓陳的傢伙，他自己顧不了自己，縱井救人，那位黃小姐惹了是非，他卻飛蛾撲火，白尋死路！」

「俗話說得好，『好死不如惡活！』活得下去的時候，總是要活的。不過，那姓陳的，上吊以前，事事安排得有條有理，遺書也寫得那麼詳詳盡盡，分明安心去死一般，這就奇了！我說有鬼！」

「你又說有鬼！你見過？」

「不，這間房子，先前吊死過一個人，冤魂不散；這回又吊死了一個人，走進房子，總是陰沉沉的，電燈綠陰陰的！」

「心理作用，心理作用！他死了以後，後來的客人，還不是住得好好的。」

「不，這房間的客人住不上兩天，就要嚷着要搬；他們說，晚上盡是惡夢，好似有人嘆氣！」

「我看，還是你們的暗示作用！」

「你有膽子的話，就住它一晚怎樣？」

「今天輪到你的晚班，好，反正舞廳總得一點鐘散場，我就在這兒陪着你看鬼談鬼，清談到天明吧！」

「翻開報紙來，天天都是冤鬼的新聞，這個年頭，自殺的人怎麼這樣多？」

「想呀！想呀！我倒有些兒想通了。」

「擦呀！擦呀！擦出了一種哲學來了是不是？」

「你知道托爾斯泰老年時候，也是一個皮鞋匠呀！我倒從皮鞋上看出許多社會道理來了，你說，甚麼叫做有閒階級；皮鞋要別人擦，這就是有閒階級，可是，有閒階級也替

社會結成了一重網，不讓我們跌下來；一下子跌死，靠着擦皮鞋，也能活下去；我們就是寄生在他們邊上的蛆蟲呐！」

「我也好久不用腦子了，這個世界，看呀，看呀，看得有些麻木了；你這麼一說，倒想起許多道理來！社會種種關係，都是一重重的網。人在動物裏面，生下地來，就是頂軟弱的，一開頭就有家庭這一重網托住他，不讓他跌死！舊的社會關係，舊的一重重的網，把我們好好扶養起來，如魚得水，活得很好！如今可不同了，那宗法的網割掉了，家庭拆散了，社會關係改變了；從十七層樓上一跤摔下來，活生生跌在硬石板上，那就一命嗚呼了！」

「對，對，對！像我這樣，共產黨割掉我們所有的社會關係，從南京一腳踢掉我，一個觔斗翻過來！」

「恰好翻到有閒階級的網裏面，擦皮鞋活下去！」

「事實就是如此！」

「我懂了，那些自殺的可憐蟲，就是社會關係變動得太厲害了，沒有一重網承住他們，跌死了！」

「可奈，我們落在蜘蛛網上面，經不起一陣狂風吹動，又會落下去呢！」

「那位姓陳的，就是給蜘蛛拿去當點心吃掉的！」

「有閒階級好似毒蜘蛛，你這一比，比得好。」

「當心你的腦袋，給那些雌蜘蛛吃了去，年輕的人，就怕進了盤絲洞；你們那姓滕的小伙子，不是給幾個女的迷住了嗎！」

「我的世界跟你的大地，差不了多少；見怪不怪，其怪自敗，先前，那女人的大腿，那不是襪子的襪子，那紅的綠

酒店

的短褲子，那大腿跟上一層黃茸茸的嫩毛；總而言之，香港這地方，也不好，長年是個春天。那些姑娘真壞透了，一個媚眼兒勾過來，把腳指點了我們的鼻尖！如今呀，常見可欲，使心不亂，女人的腿，就是這麼一些賤東西！日行千里，足不出戶，還是有閒階級的玩意兒！」

「我們這個世界，酒精加上女人加上床板，就是這麼一幅圖畫。酒店，酒店，我從前不懂甚麼道理？那些女人，只要一瓶酒就夠了；那些男人，吃得醉醺醺地，胡天胡地，甚麼戲都可以上場了。」

「倒留下我們兩個冷眼看戲人！」

「不，我們是跑跑龍套，湊湊熱鬧的！」

「那末，你說，有鬼沒有鬼？」

「有鬼也可以說，我們都給舊的幽靈迷住了的；沒有鬼，也可以說，討替的鬼，總算不曾把索子套上我們的頭上來！」

「我倒要這麼說了，我們看見的都是鬼，憧憧往來，都是幽靈！精打精在那兒打架的妖精！」

「來一杯濃茶，趁這漫漫長夜，且把這部捉鬼新傳從頭說起吧！」

第一章　春夢

一九五〇年，中秋節的晚上，月光如水，流向鑽石山的曲徑小巷，彈三弦的賣唱，那月兒彎彎照九州的詩句，一字一字打入了一家木屋裏愁眉相對的父子的心頭。

「爹，我們的路，已經走到天盡頭了吧？」滕志傑，他靠在床沿上，扶起了正在喘哮的老父，發紅光的煤油燈，火焰突突地搖動着。

「孩子，我們的路正在開頭吶！」這位白髮老人，拍着自己的胸口，緩緩地一字一字在說。「我知道，我明白，會有這麼一天，要走這樣的路的。可是，我不願意，也想不到，終於走上這樣的路了。孩子，你的爹已經六十二歲了，你媽，她倒幸運，死得早，沒見到這天翻地覆的場面！」

「爹，今天晚上的月亮太好了！」月光剛從窗口投入他們的床邊。

「幾家歡喜幾家愁！這月亮是人家的！」

「幾個飄零在外頭！不知大哥他們過的是怎麼樣的生活！」

「孩子，不要去說了，提起了，心煩！」滕老頭子，他渾身風濕痛，發節氣，就那麼躺在床上。「阿傑，今日下午魯家伯伯來過，他們在彌敦道上開了一家理髮舖，生意還不錯。說起你的事，他也說：香港這地方，人情薄於紙，餓得

死人，不找個混飯行當餬餬口是不行的。他說，你又不會做理髮匠，而且，理髮匠不是上海幫，便是廣東幫，我們是四川人，不成。他又說是說笑話似的，只有 個行當，輕巧容易做；他們店裏，倒要一個擦皮鞋的。他說，你個子不高，生得白淨得人喜，人也聰明，要是願意的話，不妨去試試看。」

「這有甚麼不願意？爹，我演過話劇的；茶房也做過，車子也拉過，人生就是一本戲，演甚麼像甚麼；擦皮鞋只要能混飯吃，又算甚麼？」

「想不到我們滕家，也落魄到如此地步！」

「爹，你不是說早知道會有這麼一天，要走這樣的路的嗎？」

「但是，孩子，眼前是要我們真的走這樣的路呢！」滕老頭子又喘了幾聲。「一個大學畢業生，擦皮鞋，你說，誰在開我們的玩笑！」

「柏林大學教授也在維也納車站替別人擦皮鞋呢！勞動神聖，替別人擦皮鞋，總比把皮鞋讓別人擦，高明了一點！」

「好吧！那末，你就去試試看，魯伯伯會照應你的！」

自尊夾着自卑，羞怯帶點兒好奇，這樣一份奇妙的心理，把滕志傑送到魯老闆面前。那位十足江湖氣的魯老闆，唇上一簇小鬍子，對他目夾目夾眼睛，笑笑；低聲在他耳邊說：「我是老闆，你是夥計，懂不懂？」

「懂，您吩咐好啦！」

「那些理髮師都是你的師兄，得聽他們的話，乖一點兒！」

「知道！」

「知道就是，擺架子可不行！」

「老伯放心，一切心照不宣！」

「這兒只有老闆，沒有老伯。」

「老闆，知道了！」

魯老闆把他仔細打量一下，說是二十三歲了，看上去只有十八九來歲，白白胖胖的，薄薄的嘴唇，端端正正的鼻子，這孩子要得。他知道他寫得一筆好字，唸得一肚子洋文，就是不會拿剃刀，做不得師兄。

「志傑！有件事委屈你！這可真沒辦法的！這兒睡得很遲呢！」

「不要緊！不要緊！」

「不，我要說給你聽的。這兒，白天是理髮店，下午七點鐘收場。七點鐘以後，這場子租給清華舞廳，晚上是跳舞的池子。那時候，你們得出去蹓躂蹓躂，吃個茶，到酒店坐一回也好。到了夜半一點鐘，你們才回來，搭鋪睡覺。——還有一句話，當時租約上寫明在前，你們師兄弟不許上這一舞廳跳舞，不許跟舞廳裏的小姐胡調！年輕的人，心不要野出去，自愛一點。」

「我相信老闆說的話，總是不錯的！」

「那麼好了，試試看，好玩兒地做做看！」

他走出了 M 理髮店的側門，抬頭一看，那方豎着的招牌上，橫着「清華舞廳」的霓虹燈招牌，這是擱仔這一層，恰好在 M 酒店的右邊。理髮店的底下便是 M 咖啡室，和酒店的大門並列着。從大門進去，走上樓梯，右邊是 M 餐廳，左邊便是理髮店。再以上，二、三、四、五層，都是酒

店的客房。許多故事，就從餐廳開了頭，插入舞廳這一幕，到酒店去結局；這一類事，太平凡了，也就很少有人去談論。當然，從舞廳開頭，更是方便，經過餐廳的一幕，走上酒店去，那更不成其為故事了。

從那天起，這位漂漂亮亮年輕小伙子，流轉地坐在矮凳上，擠在兩張圓圓的大鐵椅當中，吹着口哨替那些男女客人擦着皮鞋。他的行動，跟口哨中的曲調相配合。他加力用那條長絨布拉了幾下，看看周圍在閃着光了，他又輕輕抹了一轉，跟着他口中的尾音收了梢。

「小伙子，你倒唱得一口洋歌吶！」二號理髮師停住了剃刀看他。

「有那麼幾齣兒！」

「這一套擦皮鞋本領，倒也不錯，工夫到家！那兒學來的？」

「區區小弟，巴黎大學美術院擦皮鞋專科畢業，法國國家美學博士，嘻嘻！」

「這小子，車大炮！」

「那末，好啦，自修大學畢業，無師自通！」

「做了幾年徒弟！」

「跟師兄你們那一行，不同啦，速成科。」

「你這小子，要得，口齒伶俐。」

「二師兄，你怎麼會知道咱家是四川人？」志傑喉嚨裏打了一個胡哨。「咱家蘇北淮陰人，生長在成都。」

「咱們還是同鄉吶！」

「多承關照啦！」

這樣，他就很快跟那些理髮匠混得很好了，連那幾位攪手巾打雜的姑娘們也多看他幾眼。她們私下在說：「這位哥兒，不像我們蘇北人，倒像是蘇州人，吹彈得破的臉龐。公子落難擦皮鞋，他還唱得那麼好聽的洋歌呐！」

　　他那套白色工裝上，繡着「十四」號的紅字；時常有人打趣他：「十四號，走桃花運啦，她們都想跟你在後花園私訂終身呢！」

　　他還是吹着口哨，擦着皮鞋，想他自己的心思；長長嘆了一口氣道：「燕雀焉知鴻鵠之志哉！」

　　「你這小子，說甚麼？」

　　「家家有本難唸的經，那知道，我手邊這一部經格外難唸些呢！」

　　這時候，他眼前景物慢慢地從濃霧中消去；映在他眼前，那是嘉陵江畔木船上的一幕。寒冬深夜，他跟着老父，一人一個包裹，從江津上了船；船上裝滿了一艙白蘿蔔，他們就擠在蘿蔔的堆裏。

　　一九四九年夏初，國共談判破裂，夏秋間胡宗南部隊從西北向劍閣移動那一個月，成都人心惶惶，一片兵荒馬亂景象。滕老先生銘三，他接了他的大兒子志承從江津急電催請，就帶着小兒子志傑順流東下。當時，志承懸想國軍向川西集中，政府也向川康邊境移動，可能發生一場混戰。老父吃不起驚慌，又怕志傑年紀小，鬧出是非來。他自己在江津做中學校長，地方人緣好；間接他又知道了一些共黨的城市政策，相信可以渡過這一場大風濤的。等到滕老先生到了江津，其後不久，重慶便吃緊了。到了江津解放，那個小城很

快地便從混亂場面中安定下來；志承漸漸嗅到了時代的氣息，他自己的威望和人緣，就在學生、朋友們在面前消失了；清算、鬥爭的口號，刺痛了他的心神，除了他自己那個小天地，他已經十分孤獨了，踽踽獨行，黯然神傷。其後不久，成都的川軍起義了，滕老先生一心一意想回老家去，他體會到志承的寂寞心境，亂世處在客地，不如歸故園的好。可是，他的次兒志定，跟着四野文化工作隊從漢口到了重慶，到江津團敘了三天三晚。志定看明白溫情主義的時代已經過去，婉言勸老父莫回家鄉，也暗示志承在江津不一定站得住腳，早日抽身為上。四海茫茫，滕老托足無地，就在再三考慮之下，先由志傑陪伴着到了漢口，那是他二十年前舊遊之地。那個經過了大動亂的武漢，江水滔滔，人物全非，這一位不足輕重的老人跟一位不識天高地遠的小伙子，也就安不下心來；又聽了一位走單幫的鄉友的鼓勵，粵漢路通車的第二個禮拜，便趁車南下到了香港了。

在香港的三親四友，原也很有幾塊大冰山，卻也經不起陽光照射，就融化掉了；他們父子兩人，也就擠到鑽石山一所木屋中去了。到了第二年的春天，家鄉傳來的消息，一天一天壞起來，滕家的房屋田地，都已分配掉了。志定隨軍向西藏進發，經月沒有音息。志承就在他們東下的第三天，便交卸了校長職位；一家人留在江津，過着最清苦的生活。他們天天盼望着家信，到來的家信，卻字字刺痛了他老先生的心坎；滿頭白髮，一臉愁紋，他的背駝得更厲害，精神更是不濟了。貧病交侵，他的眼前，只是一片暗影。有時，連連喘着氣，對志傑輕聲地說：「孩子，你的爸誤了你的前途了。」

「爹，見見世面，也是好的！」

「孩子！你不知道，你前面的路很長，很長，我們不應該過着白華的生活的！」

在父子兩人相依為命的日子裏，志傑時時記起他老父在蘿蔔船裏的那一番舊話；冬天的蘿蔔，又嫩又甜又脆，滕老慢慢地咬着嚼着，低沉的聲音裏咀嚼着辛酸的回憶。

「志傑，我們滕家的一片瓦、一寸土，都是血汗眼淚換來的！那年頭，也是大亂之後，曾祖父兄弟五人給亂兵殺死了，房子也燒光了，曾祖母就在那所破房子裏，帶着你們的祖父，一個十四歲的孩子，孤苦伶仃過着摘野菜拾稗粒的日子。東山邊上，那一畝六分田，正是我們祖先僅有的產業，一半種青菜，一半種蘿蔔，夾些雜糧，勉強過活着。冬天晚上，曾祖母跟祖母，祖母剛到我們滕家來，年紀輕得很，婆媳兩人替人家紡紗過日子；晚上紡紗紡到三更天，一人咬一條蘿蔔，甜甜嘴，飽飽肚子。一寸一寸的棉紗，一尺一尺的土布，一耡一耡的泥土，一顆一顆的稻穀，這樣才把我們這一家人養活來，才有我們滕家這麼一點場面。你們的祖父，太和善了，時常給土豪地痞欺負着，全靠曾祖母吞着眼淚，忍着氣，低心下意懇求着。志傑，這些話，我今天應該重新講給你們聽；我們滕家沒有拿過一分不乾淨的錢，放過一塊錢的債。你們祖父，吃兩碗稀飯，配上一條蘿蔔乾；身上那套衣服補了又補，差不多就像一件八卦衣了，還是背在自己的身上。志傑，我的一生，也就教書過活，沒拿過不乾淨的錢；我教了一輩子的書，也就造了那麼一所房子，那幾畝自己種的田地。我要對得住你的曾祖父跟祖父、祖母，這些地

方，我都自己檢點得很清楚，不會使你們有甚麼遺恨的。曾祖母，倒是我們滕家的最好榜樣，你們一言一動，不可忘記了她！」

「爹，現在還提它做甚麼？」

「志傑，一家要自己檢點；一個人也要自己檢點。前天，我看你大哥惶惶不自安，好像大禍臨頭似的；我們滕家的人，事無不可對人言，你大哥做了這麼多年的中學校長，生活清苦得很，君子坦蕩蕩，為甚麼要心神不定？清算就清算，坦白就坦白，一個人只怕自己腳跟不穩，穩了腳跟，那怕千人笑萬人罵，又有甚麼膽戰心寒！我要告訴你：我們滕家的祖先，就是光明磊落，見得人面的，你要記住這句話！」

他從老父臉色上，看到了那嚴正的氣氛，豁達的胸襟，和那不可干犯的神情。接着，他又聽到他老父的嘆息：「不過，人總是趨炎附勢的，是非黑白，一下子倒過來，也說不定的，你們該記住我的話：我們滕家是清清白白的！」

「我們滕家是清清白白的」這一句話，縈迴於志傑的心胸，好似一道符，把許多邪惡的對頭擋住了。理髮店，整個空間，塞滿了香水、脂粉、生髮油，混雜着「髮」、「肉」、皮屑和水蒸氣所調劑而成的粉紅色氣氛；有時對他是一種誘惑，好似那撒旦長蛇就爬在他的頸邊，有時又使他作嘔，好似這氣息就會悶死了他。

「十四號！你在那兒想甚麼心思？」一隻漆着的蔻丹的腳趾點在他的鼻子上，殼落一聲，那隻硃紅的高跟鞋掉在地上了。

「十八歲漢子想嬌娘哪！」隔座那個正在替女客電髮的

七號理髮師唱起他的山歌來。另外一位理髮師，跟上了一句：「十八歲嬌娘想漢子哪！」這時候，就聽得許多人在那兒笑着說着。

志傑呢，默不作聲，順手替她拾起了皮鞋套上腳去，依舊做他去污加油的工作。

「十四號，你怎麼變成啞巴子啦？」她收進右腳低着頭看他。「你知道我是誰？」

「你是黃明中，我知道的。」七號理髮師搶先說了，還拖了長長的尾音。「十四號，黃小姐看中了你啦，懂不懂？」

「不懂，不懂！」他還是搖搖頭。

「那末，你是一個木頭人！」

黃明中，這位二十來歲的交際女王，清華舞廳下海，一下竄紅了的。先前，穿了一雙半新黑皮鞋，配上了麻紗襪半高跟的掌子。不久，鞋跟越來越高了，尼龍襪天天是新的，淺黃、淺紫、深黑、橙黃、繡花、鑲珠，一天一個花樣。硃紅、墨綠、白色、蛇紋，皮鞋的顏色也跟着她的手袋，天天在變換着。三天洗一次頭，一星期理一次髮，板定要十四號替她擦鞋子。志傑一面擦鞋，她就一面欣賞，一面逗着他說着笑。

「我看你聰聰明明，怎麼啞葫蘆似的三聲勿應，四聲勿響？」

「你叫我說甚麼呢？」

「我看你鬱鬱不樂？有甚麼心事似的！」

「黃小姐，你也不見得快快樂樂，高興得很吧！」

「我總覺得你不像一個擦皮鞋的！」她抬着頭從鏡子裏

看看自己的影子。「你每一回總是這麼想心思！」

「照你的說法，你倒是生來做舞小姐的！也不見得吧！」他微微笑着。「各人的心事，也只有自己的枕頭知道吧！」

「你年紀輕輕，怎麼懂得這麼多？」

「就像你這麼年紀輕，懂得這麼多呢！」他停了一停說：「同是天涯淪落人嘞！」

「你還會做詩哪！」

「一句唐朝人的舊詩！」

「我知道，舊詩。」她把頭一抬，笑吟吟地說，「我知道，一個姓白的大詩人，潯陽江上夜送客，楓葉荻花秋瑟瑟。……同是天涯淪落人，相逢何必曾相識！我也唸過，我也唸過，噯！他們說你一肚子書理，中文洋文，都來得，怎麼不吃皇家飯去？」

「啊呀呀！黃家好姑娘呀！我們這位十四號呀，十八般武藝樣樣來得，四書五經，千字文，百家姓，阿衣烏愛東洋文，愛皮西地洋涇浜，洋文歌，凡啞令，剔腳，擦鞋，捶背，七勿搭八跳彈性，就請您賞口黃家飯吃吃！」二號理髮匠上氣不接下氣地瞎諢了一大串。

她就順手一巴掌打過去：「你這貧嘴的，要死！聽也不聽聽清楚，皇——家——飯！」

「我知道，黃——家——飯！」他一閃了她的手掌，說得更大聲了。

「人家正正經經地說，你盡是胡調！」她裝作發氣樣兒，眼角盡自向志傑嬌笑着：「我們不要理他！那些瞎嚼舌的！」

志傑擦完了皮鞋，替她扣好了鞋帶。她輕輕地甩了一

025

下，那鞋子又掉在地下了！「不，你替我把腳趾上的蔻丹塌起來！」

「不是好好的，塌甚麼！」

「不，我要換個顏色。」她從手包裏拿出一小瓶桃紅的蔻丹放在他的手上。

他輕輕嘆了一聲，又在矮凳上坐了下去。

「你嘆甚麼氣！」

「我嘆我自己的氣！」

「要你塌蔻丹就嘆氣！我幾時少過你的錢？」

「錢，錢，錢，不知道天之高地之厚！」

「你這小子，真是！今朝有酒今朝醉，有錢不花，更待何時！你才不知天之高地之厚！一腦子的封建思想！」

他托住了她的腳跟，抬頭呆呆看她，她的眼珠，就有井那麼深，碧沉沉包含着一個不可測的秘密，她捏着他的頭髮，順手摸着他的額角。「你這孩子，你太懂了，你又太不懂了！」

他先把她的腳趾甲，逐一敷上了一層油，把那紫紅的一層蔻丹揩掉了，再一一敷上了新油，一層鮮艷的桃紅色的光彩，跟她那細緻白淨的腳脛輝映着。不自禁地在體味她這兩句輕聲的話：「你太懂了，你又太不懂了！」

這是秋天裏的春天：窮途末路，靠着這末等手藝餬最可憐的當口；偏生有這麼一位嬌娘對他發生好感。要說這位黃姑娘呀，品貌着實過得去，談吐丰度，也還惹人歡喜，二十歲剛出頭的女孩子，一朵開得恰巧的芍藥花，我見猶憐；可奈她又是靠着末等行當過活的可憐蟲，她的本錢，就是賣

笑。他這一個年富力壯的青年，在撒旦面前，怎能不低頭，自不免時涉遐想；可是，魯老闆吩咐他過：「年輕的人，自愛一點，心不要野。」他的老父喘哮的聲，他的長見，沉鬱的嘆息，聲聲響在他的耳邊。他時常晃動自己的腦袋，把許多春天的煩惱晃開它；那「煩惱」就像水上的萍兒給吹開了一陣，不一時，又團團地圍集攏來了。

他承認撒旦是一條蛇，給蛇咬了，會中毒的，可能斷送自己的生命；但是，那樹枝上的禁果，紅得那麼可愛，那麼清香，那麼鮮甜可口；我們寧可被逐出了伊甸園，寧願把生命獻給撒旦。他的胸中，跳躍着一句話：「黃姑娘，好吧，你要怎麼就怎麼樣！」他願意粘在她的鞋邊，就像鞋邊的塵土。

於是，他自己一層一層地來譬解：舞女是下賤的，一個有志氣的青年，怎麼可以吃舞女的拖鞋飯？但是，她輕盈地對他一笑，就把一切念頭都勾銷了。為了愛情，自該奉獻一切的；她也何嘗願意這麼下賤？她的生活是下賤的，她的靈魂是高貴的；那麼多的男子在追逐她，她單是垂青於他，這不是純潔的愛嗎？

於是，他又作另外的譬解：舞女這生活圈子是腐爛的，吃的穿的住的行的，種種享受都是屬於資產階級的；可是她們自己卻是陷在泥團裏面，爬也爬不起來。她們要一個心愛的男人，就像小孩子要一個玩具；玩一陣，高高興興就夠了！跟舞女談愛情，那才是頭等大傻瓜！但是，他看過小仲馬的《茶花女》，他自己頗像那個癡情的阿芒，精誠所至，金石為開，黃姑娘也會改邪歸正，像「茶花女」那麼真摯的！

於是，他又搖晃着他自己的腦袋，把這些麻亂的心情驅

逐掉；這樣，鐘擺式的思潮，漸漸在他的枕邊衝來衝去，以至他的失眠的時間，一天一天地多起來。他睡得那麼遲，天一亮，街車一響，他就醒了。翻來覆去，便睡不着了。

有一天，他回家去看他的老父，滕老老是盯着看他的臉面。「孩子，你瘦了呢！」

「爹，是，我近來睡得不太好！」

「孩子！年輕人的心思，我也懂得的。你做的又不是甚麼有前途的行當；香港又是這麼一個花花綠綠的世界，你們那家理髮舖子，聽說是在一家旅館的樓上，是不是？那種地方，多少會刺激年輕人的心，增加一點煩惱的。孩子，我不會怪你的，不過，自己要清醒一點！」

滕老把志傑拖在身邊，雙手抓住了他的肩膊，說：「孩子，我看到了你，我就想起了你的媽來。你的眼睛、嘴唇、頭髮，還有你的樣兒，一模一樣，就是你媽媽的，只是鼻子比你媽高一點。」這老年人的眼角，濕漉漉地紅起來了。

「爹，媽死那年，我只有十二歲，他們說，媽頂疼愛我。」

「是，你媽媽就說：你是她的化身，你姊姊是我的化身。」她嚥氣那一刻，還斷斷續續地說。「把志傑留給你，安慰你的老年！」「孩子，把你帶在身邊，我怕誤了你，實在又捨不得你；有時候，我也這麼想，我們這一代人，免不了溫情主義；我真想讓你回大陸去，年輕的人，自該鍛鍊鍛鍊，再苦也得去試練一番的！」

「爹，孩子並不怕吃苦，照說起來，眼前的生活，也就在鍛鍊着我自己了。我們兄弟三人，大哥獻身教育，二哥獻身國家，『既有行者，必有居者』，讓我留在你的身邊吧！」

「孩子，我就怕對不起你的媽，你的樣兒太好了一點，那個脂粉圈子裏，不太相宜。」滕老從衣袋裏取出一張少女的照片，靜靜地看着。那少女披着一襲輕紗，亭亭地站在垂楊的蔭下，嬌笑地看着前面的池子。「這是你媽媽二十歲那年，在少城公園照的，你看，像不像你！」

志傑腦子裏忽然閃出了一個影子，這影子是這麼熟悉，好似就在眼前。接着恍然有所悟，「噢！這是黃明中的影子！」他懂了，難怪黃小姐時常看看他的臉，就對着鏡子看看她自己的影子了。

「孩子，我沒有一刻兒忘了你的媽的！」

「爹，我就應該替媽媽留在您的身邊的了。」他向老父懷中一靠。

「我年輕時候，也有那麼多的幻想，幻想出怎麼樣的一個伴侶；後來碰到了你的媽，她比我的理想還完美得多；假使有上帝的話，上帝對我實在太好了！你媽又把你留給我！我要對得起你的媽；我要對得起你的媽！」

「爹，假如我碰到了像媽那樣好的女孩子呢！」

「孩子，上帝那就對我們太好了！你媽那樣好的品貌是有的，那樣的性格，那樣的才幹，就很少了！」

「爹，愛情上，您倒是一神教，只崇拜我們的媽媽的！」

滕老微微笑着，說：「我要對得起上帝才是，你們祖父那一輩，道德氣味很重；男女之間，表面上總是主張禁慾的；我可不那麼道學氣。不過香港人，又走向另一極端了，好似男女之間，只有情慾這件事，放縱得很！許多地方都給荷里活的方式教壞了，就怕你們年輕的把握不定！」

那天晚上，志傑把老父的啟示，自己母親少女期的影子，和年少青春期忐忑不安的情緒，帶回到這混沌一片的酒店中來。他的夥伴，M 酒店茶房，老張便在打趣他了。

「噯，小滕，看你近來，總是這麼魂不把舍地！」

「你們，盡是瞎嚼！我又有甚麼？你說！」

「你呀，沒有甚麼，有一個小嬌娘惦記你，弄得你三魂少二，七魄欠四，哈！哈！瞞不了我們啦！」

「誰說的！」

「急甚麼？誰不知道？」老張拍拍他的肩膊，笑道：「人家是桃花運，你是桃花命。小陸說的，連那衣帽間的小姐都三不兩談起你！噯，你說，是不是有一位黃明中，黃小姐看中了你？」

「老張，你們不要瞎說好不好？」

「喜訊已動，鴻運當頭，那是沒有辦法的！」

「我連自己的口都餬不了，老年的父親都養不活，再糊塗也不會胡鬧到那步田地啦！」

「這就成了，就有人願意養活你們啦！」

「你說，我可是這樣的人？人家已經是可憐蟲，要可憐蟲養活我們，這成甚麼話！這成甚麼話！」

「這些女孩子，也真是，自己剛混得好一點了，就胡來了；人家成大把的錢給她們，她們就成大把的錢養達令，一人一個小白臉，像你這麼白白嫩嫩的，難怪她們看中啦！」

「這叫做不知死活！」

「說來也沒有甚麼奇怪，她們那些人，平常時候，低聲下氣，笑臉迎人，為的是甚麼？她們憋着一肚子的氣，把青

春廉價出賣；自然啦，也要開開心，收買人家的青春啦！」

「一旦『青春』溜走了呢？」

「她們就不會想得那麼遠啦！」

「我們可不能不想得遠一點啦！」

「不過，你不要強嘴！」老張捏了他的鼻子，搖了一搖，「他們都說你，給那黃小姐攪得渾淘淘了！碰到了男女的關頭，一半清醒，一半糊塗，不會想得太遠的！」

「唉！……」志傑長嘆了一聲。

「我說得不錯吧！」

「那才怪事，這位黃小姐，她的樣兒跟我媽媽年輕時候一模一樣，我的樣兒，就是我媽媽年輕的影子，你說怪不怪？」

「那末，你和她是天生一對，地長一雙啦！」

「無奈，在這樣的世界，這樣的環境，又在這樣的時候，碰在一起，叫我怎麼說才是？」

畢竟志傑和黃明中，都是最平凡的平凡人，他們走上了極平常的途徑。秋去冬來，在她和他之間，依然還是明媚的春天。明中，幾乎風雨無阻，一星期中，總有兩天的大半個下午，消磨在 M 理髮店的圓椅上。他也恍惚有所得，恍惚有所失似的，到了那一時候就期待那扶梯上的鞋跟聲。那鞋跟的節拍，輕重緩急，在他的耳邊，有着特殊的音色。

她一進了大門，就獵犬似的搜尋她的兔子。她輕盈地一笑，把手袋放在他的手上；身子向圓椅上一坐，翹起腳來擱在他的膝上。他，也幾乎非這麼奉承她不可。一室的笑聲和打趣的話頭，倒縮短了她和他之間的距離。那些貪婪的眼睛和半瓶醋的聲調，曾經使他忸怩不安的，到後來也就行若無

事了。

　　他，讓她當作一件藝術品在欣賞，她總是向鏡子裏看看自己的影子，再端詳他的臉龐，有時也就看得出神。他，從她的丰度輪廓上，看到了自己母親的風格，越看越覺得她就是那一個風韻宜人的少女。

　　有一天，二號理髮師正在理髮，偶爾看向鏡子去，忽爾有所發見似的，說：「你們看，黃明中跟十四號，就像親姊妹似的，一式無二！」

　　「對啦！她們是前世姻緣！有緣千里來相會啦！」那位正在燙髮的中年太太，這麼湊趣地說着。

　　「前世姻緣」，這四個字，字字有力地打入她和他的心頭。她和他，不自禁地交換了一個會心的微笑。那一天，她那一份打扮的工作，好似一套接上一套，不會完似的；直到陽光直投跟着衣鏡垂直了，她還是坐在那隻圓椅上。

　　這時，她從手袋裏拿出一隻紙的方勝，放在他的凳上；才穿起了鞋子，付了賣單向他打了招呼，走出大門去了。那腳跟的聲音，漸遠漸輕，可是在他的耳邊，那閣閣的腳步，依舊那麼地響着。

　　他拆開了「方勝」，只見上面寫着簡簡單單幾句話；她約他星期日上午，到紅葉咖啡室飲早茶，她有許多話要和他說。他一面看着，一面想着，一面一條一條把那方紙撕掉了。他本來願意去看她，和她去談談；可是，他心中惶惶不安，好似一場禍患在敲門，躊躇着不想去應約。

　　他低着頭坐在酒店的休息廊上，翻來覆去，就是搓着手上那些碎紙條；直到每一張紙條搓得像頭髮那麼碎了，才一

酒店

撮一撮地投向地板去。直到第二天早晨，他已經走進紅葉咖啡室跟她面對面地坐在卡座上，才算決定了他的主意。

　　一個人的心，就像水晶球那麼透明，也像水晶球那麼朦朧；從那兒看到了將來的命運，可只是那麼茫茫的一團。而今志傑從她的輪廓上找到了自己母親的影子；那知，他所把握着母親的印象是模糊的，正如他面對着黃小姐，也同樣是模糊的。

　　他的母親，丁希音，安嫻靜默，一個內向的女性，過着樸素的生活；她愛好自然，時常入林尋潤，跣足踏着青沙，任流泉奔石，白雲入潭，默默地渡過了整個黃昏。明中卻是外向的女孩子，愛熱鬧，好交際，流轉於牌局、舞池、酒肆、歌榭之間，只有強烈的刺激，才使她感到痛快。他想不到兩種形式的靈魂，寄寓在同樣的輪廓之中，這就讓他開始了「誤會」。

　　「小弟弟，我知道你不會失約的！」她拉他坐在一邊，緊緊地靠着她。

　　「……」他只是笑嘻嘻地，有些兒怕羞。

　　「怎麼老是不答話？」

　　「你要我說甚麼？」

　　「我要你說心底裏要說的話！」

　　「你老是把我當作小弟弟，那還叫我說甚麼？」

　　「一碰就臉紅，臉皮這麼嫩！還不是小弟弟？」

　　「世界變了，一個女孩子，臉皮這麼老！」他替她斟了一杯酒，「噯，你說，你幾歲？」

　　「小弟弟，跟你說不要緊，我今年二十三歲！」

「二十三歲，說不定還是我的妹妹！」

「你也二十三歲，幾月生的？」

「四月。」

「啊呀！倒真是我的好哥哥哪！」她一團喜氣！「怪不得他們說你是大學畢業的，我不信，我看你，只有十八九來歲！我是七月生日，比你還小幾個月！難怪你這麼不老實了！」

「這麼不老實！我怎麼不老實？」他看她那裝傻的樣子。

「你自己心裏明白，你老是眼睛盯着我！」

「你怎麼知道我的眼睛盯着你？」

「啊呀呀！你這壞東西！你說明白來，為甚麼老是盯着我？」

「你的樣兒好看！」

「鬼話，你把心裏的話說出來！」

「我心裏沒有甚麼話。」

「有，有，有，我知道你有！」

「你知道我有，我自己卻不知道！」

「我要你說！」

「對啦！你就像我媽媽年輕時候的樣兒！」

「噢！我明白了，難怪他們都說你像我的小弟弟啦，好哥哥喲！」

幾杯下了肚子，明中格外放浪形骸，無所拘束的了；雙頰，蘋果似地紅潤，眼珠，流星般射來射去。她眼睛裏的男人，好似擺在光鏡面前，赤裸裸地，透過了華貴的外套，直入他們的心坎，每一個男人，都是慾焰燃燒着的野獸。她就像餵巴兒狗那樣餵着他們，一片牛肉在他們的鼻尖上甩了幾

下，吊起了他們的胃口，等到他們伸出了舌尖來；她又把那片肉提得高高的，盡嚷巴兒狗跳呀，蹦呀，口水直流呀！直到她戲弄得很夠了，才投那片肉在他們的嘴裏，痛快咀嚼了一番。

此刻，志傑的胸口，也給酒精燃燒起來，小鹿似的在撞着；可是，他並不曾伸出舌尖來。他要保持這一段距離，替自己的生活和老父的禮法作了最低限度的保障。她把火熱的臉貼在他的臉上，把他的手掌掩在自己的胸口上；那血紅的嘴唇帶着酒氣在那兒輕輕磨擦他的右腮！「好哥哥喲！你真是木頭人！」香港這社會，教會了這位小姐，甚麼粗野的話，都說得出嘴來！他憎恨（一種帶着有些憎恨的情緒）這隻不肯伸舌尖的巴兒狗！

霍地，她站了起來，大聲說：「走，走，走，送我回去！送我回去！」志傑也就無可奈何地扶她出門，叫了的士，送她回寓所去了。一回到了寓所，這位衝破了理法藩籬酒興正濃的小姐，她，更是百無禁忌了！她要志傑替她放起了浴缸裏的熱水，一絲不掛地躺在浴缸去。她要志傑扶她入浴，替她擦背，扶她出浴，要他不離左右地侍候她！

她披了一襲浴衣，躺在長沙發上，吩咐他坐在沙發那一頭，她的雙腳就擱在他的膝上。「好哥哥，派你一件好的差使，替我捏腳！」她雙眼閉着，雙手攤着伸着，浴衣半掩着。這時的志傑，好似着了魔法的木偶，只能聽候她的調遣，他已經失去了自由意志，陷入了昏沉沉的深淵。

隨着他的手指的動作，那痛快的，又痠又癢的皺眉情趣，就從她的腳趾縫裏直透到了她的腦門。她盡自閉着雙

眼，享受這片刻的快樂，偶爾半開了隻眼，看看她心中的木頭人，只見他滿臉飛紅，雙眼若開若合，陷着毛巾捏着她的趾縫。

「噯！」她終於嘆氣了！

「唉！」他也嘆了一聲。

志傑迷迷茫茫地，悶熱緊緊包圍着他；那捏腳的手指也就停了下來。許多雜亂念頭，在他的腦子裏打旋，他已經沒法從困惑中突圍出來。他用手托着自己下巴，低着頭，追逐一個無邊的幻想。

忽然，他看見了一隻蠕蠕爬動着的虱子，從床的邊沿爬向她的睡衣上去了。這房間，給低垂的窗帷遮住了陽光，隱隱約約看見那黑點在那兒移動。他凝神地看着看着，只聽得明中已經在那兒打鼾了。那黑點爬動得那麼緩慢，好久好久，才從睡衣的角上，爬到了她的腿邊。這時，志傑的神志，漸次朦朧起來；恍恍惚惚，好似進入了夢境，卻又明明白白地並非是夢境，說是現實世界，卻又並不是現實的世界。他的意識，似沉非沉，似浮非浮地，走向了那奇妙的心魂深淵中去了。他恍惚有所悟，忽然驚醒過來，他的心魂已經進入了虱子的軀體中去了。他就是虱子，虱子就是他，一個驚疑不定的滕志傑，已經是一隻道道地地的小虱子了！

在他的面前，是一處深遠的崖谷，那赭紅色的懸崖；兩翼環抱着一條曲折的溪澗，清泉潺潺地流着。他沿着溪岸向前走着，依稀是他自己家鄉的景物。崖谷深處是一片叢林，長杉翠柏，青葱照眼。好似長夏時分，他走得好遠好遠，穿過了叢林。在那懸崖尖頂上休息了好一回，又繞了林谷的後

面，爬上了一望無垠的高山；那高山是一片平坦的高原；高原當中，一處乾枯了的大凹池，黝黑的沙石，散落在池中。

他盡情遊散，就在一片淺草的大廣場上蹓躂着，向那廣漠的前程走了。他嗅到一種從原野中吹送過來的春天氣息；這氣息中，夾着淡淡的花香，使他十分地興奮。再往前走，他的面前，又是一座高山，那高山是一處山崗，像大的鐘乳石般倒垂下來，成為大半個的橢圓形，從視線所不能到達那高高的頂上，到他的眼前，是一片玉色的潔白；那白色就像凍結了的脂膏，恰如映在雪裏的月光一般，微微地浮着一層青影。他想起了蘇東坡的〈石鐘山記〉，這是一座純大理石的高崗弓形的曲線，在遠遠的天邊勾繪着。高崗的頂上，是一處暗紅的石塊砌成的山寨；他爬了好久好久，才登上寨頂，瞻望這起伏廣闊的大地，驚訝這大自然的偉大！他又躺在那山寨上，休息了一回長途跋涉的疲勞，使他恍恍惚惚進入了另一夢境。

等到志傑從夢中醒了過來，又愕然自驚，原來他是他，虱子是虱子，明中正睡得甜蜜，那鼾聲更響得厲害了！他輕輕地掩起了她的睡衣，替她蓋上了一床薄被，輕聲地溜了出來。

第二章　石硤尾村

　　黃明中，她是從虱子的世界裏跳出來的。她的腦子稍微安靜一點，一幕舊景，很鮮明地浮了起來。一襲黃色的舊棉襖，翻了開來，只見一行比芝麻還小的白點，綴在衣縫上；輕輕摘下了一顆，仔細看去，那白粒子黑裏帶紅，輕輕一撳，「必」地一聲，流出一星紅血。那白點邊上，時常爬動着一些小動物，也只有芝麻那麼大，灰白色，螞蟻似的，撳了一下，也是「必」地一響。她的母親告訴她，這是虱子；她們從南京逃難到廣州，又從廣州飄流到香港，就多了這一份的財產。她第一回看見了，渾身發癢，驚叫了一回，過後也就天天捉虱子，捉得勤快，虱子生養得也迅速；一直就跟虱子結了小緣。她也學會了咬虱子，格格作聲，好似在那兒吃瓜子。

　　原來，明中的父親黃震華，勝利後調任南京中央銀行會計長；解放前夕，國民政府南遷，奉命押卷赴穗工作。她們也就隨後跟着南移，那知她們到廣州的前兩天，她的父親恰好又奉命押款飛往成都；禍不單行，等到他從成都飛回海南島，氣候惡劣，飛機失事，他恰巧也在劫數之中。她們母女兩人，哭啞了喉嚨，流乾了眼淚，在舉目無親的香港，又碰上了廣州解放所造成的那一段緊張混亂的空氣。她父親的

朋友們，惶惶如喪家之狗，自顧不暇，那還有心緒來照顧她們。她們也就很快地從一家公寓的地板上趕到大埔道的木屋中去了。

木屋區，在人心辭典上，似乎便是「貧窮」的別解；那個熙來攘往的人海，誰進入那一角落去，就像飄流到荒島似的，和舊的社會關係，幾乎可以說是割斷了。人情看冷暖，這位黃太太走完了可以借貸的門口，從每一扇小方孔看完了種種不同的眼色；也從比身子高半截的押店櫃枱上送進她們手頭所有值價的飾物衣服。她已經看明白，外邊世界等待她們走怎樣的路？

「明中，我們還是回南京去吧！」黃太太也曾這麼下了決心。

「媽！我也這麼想過；不過，聽聽人家傳來的話，那才可怕呢！」

「怕甚麼，你爸爸又不曾做甚麼官，中央銀行一個小職員，怕甚麼？」

「就是『中央』兩個字不好呢！」

「再壞也要回南京去，這個吃人的地方，我們活不下去的！」

「但是，一朝天子一朝臣，我們回到南京去，舉目無親，找不出活路的了！」

這麼商量又商量，遲疑了又遲疑，黃太太正準備北歸，病魔來叩她們的木柵，她發着高熱，患着惡性傷寒了。

傷寒症，從潛伏期轉到成熟期，高熱度就一直跟着這位中年的黃太太，早晨熱潮稍退，到了傍晚，又高了起來：飲

食不進，神志也漸漸昏迷下去。她臥床第八天，入晚盡是說胡話，有時雙手在空中舞動，好似抓找了甚麼。她的雙唇枯焦帶着暗黑，雙眼半開半閉，鼻孔氣息頻促，顯得呼吸有些困難。她整天睡着，咿唔呻吟了幾聲；有時張開了眼皮，看看明中；要她給她喝茶，有氣沒力地喝了幾口，又閉起眼睛來了。

明中，這位高中剛畢業，沒見過世面的女孩子，她只知道自己的母親病了？甚麼病呢？該吃甚麼藥？到那兒找醫生去？她一些兒也不知道。她落在人海的荒島上，一些兒辦法也沒有。她只以為她的母親睡得還安靜，總不礙事的，她不懂得傷寒症是怎麼一種症候。直到有一天，一位遠房親戚來看她們，替她們找了一位熟醫生，才知道黃太太的症候很重，真性傷寒剛進入危險期；看起來安靜，那是她的昏迷狀態。醫生告訴她：傷寒症有兩個禮拜的潛伏期，到了發高熱，已經是腸結核的成熟期，這一時期，有四五星期那麼久，常是高熱起伏，這一時期最危險。過了這一時期，熱度低落，恢復原來的體溫，危險狀態便過去了。可是，病後最需要調養，卻又最不容易調養；調養得有一段很長的時期，總得兩三個月才會復原。「你媽媽身體不十分好，這一段時期要當心，病後更要當心。」

醫生的話可真把明中嚇住了。這一病，還得個把月。病後又得調養兩三個月，醫費、藥費、調養費，樣樣都要錢，她而今連衣食都不周全，那有錢來安排這場意外的遭遇？她捧着了自己的頭，喊道：「天呀！」熱淚掛滿了兩腮！

那位費老醫生看她焦急可憐！安慰她說：「俗話云：餓

不死的傷寒，你莫急，我來替你打退熱針，再配一份傷寒特效藥，不會有太危險的。」她只是木然地點着頭，說了幾聲「謝謝」。她的腦子裏，一團亂稻草似的，也不知從那一頭理起才是。

直到醫生走了，那位親戚也去了，她的母親，打了退熱針，好似安靜得多了，鼻息也和緩舒暢些了。她才定下心來，把醫生給她的那張藥方仔細看了一遍，上面開着一份是通大便的外用油劑，一份是傷寒特效藥，紅色的，兩顆一份，四小時服一次。甚麼都落在她的肩上，她知道除了她自己挺起腰脊來，沒有第二條路可走。她沒走過嶮險崎嶇的社會仄徑，她也只能摸索着向前走去。她記起了一句話：「路是人走出來的！」

她把她母親留給她戴在她手指上的最後財產，那是她母親的結婚戒指褪了下來，小小心心包裹起來，送向那高櫃枱的押店中去，這才算買了藥，請了醫生再打一次針，把自己的母親從危險的邊緣拉了回來了。

黃太太的高熱度，只在四十一度上停留了一天，隨即順着三九，三八，這麼滑了下來，又在三十七度半上下停了幾天；到了第四星期，便恢復了三十六度的常態。她的身體可真衰弱得很，臉色蒼白，眼眶深陷，一層皮包着臉殼，脫了人形；渾身也只留了一層皮，兩臀耸着兩塊大骨，鼎腳似地矗在床鋪上。床上不知歲月，也就這麼糊糊塗塗過去了。明中長日如年，一天一天煎熬着，也消瘦了半個身體；內內外外，大小事情一把抓；有早頓沒夜頓，肚子餓了，挖一碗冷飯，淘上了開水，對付着混個飽就是了。難得梳頭照鏡子，

湊合着穿件藍布衫，進進出出，就是這麼一副打扮。直到她的母親熱度退淨了，她才從抽屜裏拿出了鏡子照照看，連她自己幾乎有些兒不認識了。

但是，她們的苦難正在開頭；那時正當歲尾，她已經把比較值錢的飾物都變了錢，換來她母親的生命，勻得出的衣服也都進了當舖；大小七隻箱子，裏面留着一些甚麼，她記得清清楚楚，要來調養病後的母親，真是心太有餘而力卻太不足了！她知道箱子裏還有一幅八大山人的畫，一幅趙孟頫的字，一塊漢玉，那是她父親的家傳三寶，古董這東西，識者是寶，不識者是草；太平時代是奇貨，亂世便成為狗屎；她自己心亂如麻，那有工夫跟那些捐客掂斤斟兩。但是，她的母親，已經張開嘴裏，把一個多月的虧空吞下去了。這情況，她的母親倒是嗷嗷待哺的黃口，就等她去找些野食來。

窗外爆竹聲，人家正在過着熱鬧的春節，她卻皺着眉頭在守歲，她一一打開抽屜，實在找不出一筆蠆數的錢，把七隻皮箱的衣料匯集攏來，只有三隻那麼多。倒是四隻半新舊的皮箱，倒賣了一百多塊錢，救了一時之急。她怕她母親會問起她手上的戒指，一時情急生智，買了一隻鍍金戒指套在原來的手指上。冬天的香港，雖說跟江南春天那麼和暖，寒天破紙迎風，吹到身邊，也不住地打戰發抖。她對着鏡子自言自語：「明中，你已經到了天堂了，你快進了地獄吧！」

這時，她忽然想起了，箱子裏還有幾本她父親生前的筆記本子，帶着幻想去翻找出來；那上面有着她父親的日記賬單，還有一些他生前朋友的住址。她試着檢查一過，有二十多個，是住在香港、九龍的。她耐着性，斟酌口氣，寫了

二十多封信；覺到她父親遇難以後，母女流落香港的情況，再訴述她母親的重病以及目前進退維谷的近況，最後希望友戚顧念舊情，予以援助。這些信件，一大半是退了回來，郵局附注是「收件人已遷移，無法投遞」；也來了幾封回信，那些從大陸避難來港的舊友，也都生活困難，愛莫能助。

木屋區的世界是廣大的；只要大埔道尾上那麼一個小天地，有機會攤平來的話，就夠填補上太平山半山區的人口。我們從大埔道那廣場，拐一個彎，進入曲折蜿蜒夾道板房擠成的細長市場；電燈到市場口上就停了步，汽油燈、煤油燈和迎風搖曳綠蔭蔭的電石燈，代替另一世界的光明。穿過了柴米、油鹽、雜貨、肉攤、麵店、小茶館、小飯館、故衣攤、舊傢具，這些家常日用必需品的市廛；隔上十家二十家，就有條小巷，通往住宅區。由羊腸小徑貫串起來的住宅區，說得具體一點，恰似螞蟻窠穴的放大。往來行人，摩肩接踵，恰似螞蟻那樣一個叮住一個。有時，一連串去的行人，要側轉身來在巷側避道，等那一連串來的行人過了，才可以向前行進。天一大雨，人行狹道，也就泛濫成為溪澗，讓大家涉水而過，恰似荒山跋涉，那毗連鱗接的板屋，有如松顆杉叢，整個山頭，就給叮滿了黑點。

黑點中之一，黃明中母女住的這一「點」，好似四合房的小院子，香港人習慣稱之為二廳四房；所謂兩廳，就是兩個比較敞大的前廂，四房，那是用板壁隔開的前後廂四小間；四圍也是木板釘成的牆頭，漆着柏油，避免蟲蛀雨打。這院子，就住着六家人家，男女老少三十多人。黃家母女這一戶，要算最少的一戶。這樣的小院落，誰跨出門口一步，

幾乎和六家都會有點牽連；因此，吵嘴鬧架，也就變成了家常便飯，而每一家的事故，也就像蝙蝠一樣滿天價飛，成為里巷間的口頭新聞。

這些住戶之中，幾乎有一不成文的統一性，那便是香港人心目中的上海人；這些上海人，多少都帶着一份光榮的履歷，在南京銓敍部有過紀錄。就拿黃家這一院落來說：左邊住的是少將階級的團長，挨在他們後面那一家，原是河南某行政區的督察專員，他從民國十八年起，就做了十多年的縣長。住在右前廳一家，先前也做了十多年的稅務局長，着實有點油水；他們後面一家，是江西一家省立中學的校長，他的太太，也做了民眾教育館館長，又一家是四川 L 縣商會會長，縣參議會會長，他的兒子留學法國，內政部參事，像黃家母女，只是一家國家銀行小職員的妻女，自然渺不足道了。不過落到了木屋區，過去的一切光榮，也就是這麼一回事，讓自己的記憶，咬痛自己的靈魂，徒然多幾分傷感而已。

那幾萬戶，背負着不堪回首的亂離人，都覺得自己的創痕，最值得用眼淚來宣洩：像黃太太這麼生了一場傷寒病，那當然最不值得關懷的了！而且每一家都有過這樣的紀錄的呢！

黃太太病後的身體，進步得非常迅速，胃口也真好，道地的狼吞虎嚥；剛吃了上一頓，肚子立刻又餓了，吵着要吃下一頓，接連吃了八九頓，還是吵着喊「餓」。明中悶聲不響，想盡法門來應付這喊「餓」的需要。她自己偷偷地在廚房裏，開水淘飯，嚼一根蘿蔔乾，殺殺淡嘴。噙着眼淚往肚子裏吞，不讓母親看出她愁悶的情懷。但是，她畢竟山窮水盡了，她母親的嘴張得那麼大；米缸裏的賸粒，只夠兩三頓

稀飯的分量了。醫生告訴她：牛奶是不能缺的，最好買點豬肝煮湯，比吃肝精丸子還上算得多的，她笑着點點頭，醫生一走了，她就呆着眼看天花板上的罅縫。她的腦子，有着割股療父的故事；她的面前，實際上所要的是每天六兩八兩豬肝，不是那麼薄薄一片腿肉；這個孝女，比二十四孝圖的古人還不容易做到。

不過，小雞的命運，終於給黃鼠狼嗅到了；有一天晚上，前廳那位做過稅務局長的鄰居，他家那精明能幹的太太，背着十分同情來看照這孤立無助的少女。「黃小姐，你真是孝女！你媽落床那一天起，衣不解帶，看你侍候料理了這麼快兩個月了，你媽真有福！養了你這樣能幹的女兒。」

「甚麼能幹？連媽媽都養不了！」

「三病四痛，總是有的；天有不測風雲，落難人就生不得病，虧你張羅得周全！」

「不瞞張家姆媽說！到了今天，賣也賣光，當也當完；六親同運，誰也幫不了誰！叫我怎麼辦！」她坐近張太太的邊上：「先前只想救起了母親，而今性命倒拾回來了，就差這麼一陣風，吹送不到港口去呢！」她絕望中生出一個希望，或許這位張太太同情她，還幫她一個忙的。「我真不好意思說，我想張太太幫我一下，想法子借一筆錢來。」

「錢，錢倒有得借，不過要抵押品的呀！」

「拿甚麼去抵押呢？叫我？」

「金條，地契，股票都行。」

「張家姆媽，這不絕了嗎？有金條、地契、股票，還用甚麼說；唉，我又是這麼一個女孩子！」

「話倒不這麼說的！事到如此，要是一個男人呀，沒辦法真正沒辦法！像你這樣漂漂亮亮聰聰明明的女孩子，要有辦法，還是有辦法的！」她對她狡猾地一笑，那笑聲包含那麼一個不可測的謎子。

「我想盡想絕，大概是沒有甚麼法子了！」

「我說你是有辦法的，只要你想有辦法，就會有辦法，你說是嗎？」她又拋過一個狡猾的笑。

「我能有甚麼辦法呢？」她自己在問她自己。「有辦法，也不到這一天才來想了。」

「小妹妹，你到底年紀輕，不懂事。像你這樣年紀輕輕，聰聰明明，還會沒有辦法？」她的眼睛，一直就盯着她的臉上、身上、腳上，好似一個牛販子在端詳一匹出賣的牛。

「咦！你是說，叫我……」她一臉驚疑，張大了嘴，睜開着眼，連鼻孔是五個圓圈兒。

「你聽懂了嗎？你明白就好，小妹妹，並不是我要害你，你不要怕；不過要人家借錢給你，總得有點兒抵押的東西，是不是？」這時，這位張太太就擺出了一臉老虔婆的樣兒。「小妹妹，我告訴你，到了木屋區的女孩子，總免不了這條路的。誰不是千金小姐？事到如今，又有甚麼辦法？遠處，我不知道，就拿四鄰街坊上的事來說，潘家的媳婦，王家的姊妹，李家的三姨太，朱家的小姨，……就靠她們來養家過活，老實說，還是我們女人有點辦法，男人呀，你看我們那位局長，連帶帶路做條螞蟥都不會，你說氣人不！」

她嘮嘮叨叨說了一大堆，明中又聽了一半，丟了一半；雙眼轉向地下，看那些搬蟑螂的螞蟻。她忽然咬一咬牙齦，

決然道：「好吧！那末，你能借我多少錢呢？」

「小妹妹，我有錢出借就好了，還老着臉皮說廢話；我們有一位遠房親戚，他們做一幫生意，叫我來插個嘴，拿點兒佣金，也是為了餬口，沒有辦法。」

「那末，他們能借我多少錢呢？」

「你願意，我就去談談看；不願意就不必說了！」

「你說說看！」

「話可要講明白的，有一家進出口行的老闆，要討個彩，講好見紅一千元。這裏頭，你拿一半，他們分一半；我們是自家人，隨你的意，多少不論，以後，他們先借你千五百元，四六拆賬，他們拿四成，你拿六成，分期本利撥還。還了本利，那就聽你自便了！」這位張太太低低地在她耳邊咬了舌頭，「大家心裏明白，誰也不會笑！不過見紅不見紅，你自己有數目，人家當作一件大事，討個吉利的？」

明中默不作聲。

「我也知道，人的心總是肉做的，你慢慢地想，好在一板之隔，想清楚了，回我一聲話就是！」張太太拍拍她的背，便走了。

那天晚上，明中翻來覆去，一直不曾睡着，像她這樣一個女學生，走到了非賣淫不可的末路；人生到此，還不如死了的好！人生就是這樣矛盾的，明知道生不如死，但是偏偏要活下去。她的母親，一隻腳已經踏到棺材裏，她可偏要把她拖回來。拖回來了，可又是沒有辦法，難道眼看着自己母親活活餓死嗎？

她一想到賣淫，就打了一個寒噤。一個少女，對於男女

私情，多少也懂得一點；也只懂得那麼一點兒，跟一個驀驀生生的男人住在一起這件事，可真使她害怕。那位張太太告訴她，木屋區的女孩子，免不了走這條路的，路是人走出來的，她想就跟着前面的人走去就是了。她又想起不知是誰說的話：我們這一代人，就是一副門板，放在舊的與新的溝坑上，讓大家踐踏過去，我們免不了要犧牲的。

但是，她很明白，千隻手會在背後指她笑她，笑她是個賣淫的妓女，不知羞恥，出賣靈魂。儘管說得好聽，為了母親，犧牲自己，一個偉大的孝女。別人可不會這麼想，甚麼話都會說得出來。

越想，心緒越亂，結論半個也找不到；利是一半，害也是一半，天明時分才朦朧睡去，她母親叫喊肚子餓的聲音，又把她吵醒過來。米缸僅有那幾把米，已經粒粒數得清；沒有比「肚子餓」這件切實的事更煩心了；在現實面前，迫得她非決下心來不可。

她和張太太商量幾件事：第一，不管怎麼樣，不能讓她母親知道這件事；第二，左鄰右舍，天天見面的，要替她隱瞞一點；第三，她願意跟那位進出口行的老闆見個面，彼此不要太勉強；第四，借錢欠債，分期撥還，身體要自由。這些事，倒進行得很順利，那位張太太願意替她照顧病榻上的母親，讓她可以安心定意地在外面住夜。她勸她早點搬開木屋區，找個公寓住下，場面越好，越容易撈錢。張太太替她向那做幫生意的債戶保證不逃亡不自殺，讓她可以有點兒自由。

「小妹妹，我們這一代人真苦！自幼就聽着打仗，打

酒店

仗，打仗，就把我們的一點兒希望都打完了！小妹妹，你們還有點兒希望，說不定，你會碰到一個貴人，就此爬上去，這就看你的額角頭了！」

「張家姆媽，我就恨我自己沒有用，手無一技之長！這麼一來，真把父母的臉都丟光了！」

「小妹妹；我們這一輩人，就是太愛面子，才倒霉到這步田地！」

到了香港這個「笑窮不笑娼」的世界，「面子」究竟值得幾文錢？「光榮」又值得幾文錢！踹在泥漿裏的鞋子，儘管面子上擦得發亮，底裏還是那麼骯髒。許多事，大家心裏明白，如此如此，誰也不必大驚小怪的。

這位張太太居然引動了黃家小妹妹的心意，做成一注買賣，四鄰頗為嘖嘖不已。有的只恨自己的女兒年紀太小，樣兒又不成；有的發半缸醋的議論，說勾引人家的黃花閨女，損陰德，來世要變豬變狗墊債的；也有的搖着頭，嘆氣道：「餓死事小，失節事大，要是我的女兒，寧可她死掉！」張太太倒直白得很，冷笑一聲道：「少說廢話，等你自己餓癟肚皮再說：那時候，你會明白，是你餓死事大，還是你女兒失節事大？我寧可入拔舌地獄，黃家小妹妹了不起，犧牲自己來侍養母親；說不定孝感動天，連帶着我也飛升仙境呢！」

也虧得這位女隨和的舌頭，把黃明中的心意安頓在「賣身養母」這一大題目上，可是，她一跨出自己的門口，好似每一隻手都在指點她，每一雙眼睛都在打量她，每一句話都在議論她；她低低地垂着頭，幾乎不敢向誰看一眼了。

病榻上的黃太太，直到舊曆年二月半，才勉強靠着床架

倚着棉被坐了起來。她才看清楚自己的女兒，竟是這麼憔悴了。「明中，我這一病，該有許多日子了！」她這才清清楚楚自己知道生了一場大病。

「媽媽，謝天謝地！這場傷寒病，病了兩個多月了，沒吃臘八粥，你就躺在床上，今天二月半呢！」

「孩子，媽累了你了，難怪你瘦得這樣子，你可要自己當心，不要自己累倒了；孩子，你媽餓得慌！好像吃不飽似的！」

「媽，等你好一點，我要找事做了！」

「找了甚麼事呢？」

「隔壁那位張家姆媽，她很好，替我在對海一家戲院衣帽間，找了一個小事，事情很輕巧，只是要等散場了，才可以回來；家裏的事，張太太會照應的，說不定，我回來得很遲！」

「你瘦得這樣子，怎麼成？等我再好一點，自己會下床做事，再去好不好！」

「媽，不行，人家不會留着事等我的；再則，家裏的情形，你也明白，一病兩個多月呢！」

「孩子，我懂了，那麼，你去吧！不過，你要自己留心，香港是個吃人的世界。」

「媽，我知道！」她轉過頭來，把溢出來的眼淚揩乾！

一日傍晚，張太太帶着明中，說是過海乘纜車上山頂茶館看夜景去；初春天氣，冷熱無常，明中穿着線呢旗袍，披着一方絨巾，到了山頂，瑟縮頗有些兒寒冷。纜車中一位中年男子，跟張太太打招呼，明中心裏明白，低着頭不敢再看一眼。其人個子不很高，臉龐圓圓地，年紀四十上下，西裝齊齊整整，是有幾文錢財的樣子。

酒店

到了山頂，她們找了茶座喝一杯咖啡；那人坐在不遠的另一茶座，也在喝咖啡。張太太走過去和那人咬了一回耳朵，一回兒，那人獨自下山去了；張太太對她看看，她羞得一臉通紅，一句話也說不出來。她惘然地攪動杯子裏的咖啡，看它盡是打着旋兒。黯黃的苦澀的咖啡，那便是她們這一群女孩子的寫照。她抬頭看去，燈彩璀璨，大地沉沉；這其間，上演了多少辛酸悽楚的人世大悲劇。其中有一幕，就等待着她去扮演着主角呢！

張太太喊了兩杯葡萄酒，端了一杯在她手裏，跟她碰了杯，祝福她：「葡萄美酒，甜蜜的愛；凡事看開一點，恭喜你，幸福從此開了頭！小妹妹，萬里姻緣一線牽，看他方方福福，有根基的樣兒！」

明中打了一個寒噤，呆呆地想着。

「各人看各人的緣份；我們老一輩的，還不是矗矗生生湊在一堆了，凡事也說不定的，自由戀愛鬧離婚，老法夫婦，白頭偕老。我看他，倒是厚道的人！」

明中默不作聲，慢慢地倒把那杯甜甜的葡萄酒喝完了。她素來不會喝酒，這杯容易上口的甜酒，倒給她來了幾分醉意，兩頰泛紅，雙眼駘蕩，心頭卜東卜東地跳動，有些迷迷糊糊的樣兒。

「小妹妹，凡事往好的方面想，不要怕！」張太太在她的耳邊低聲問道：「你是答應了吧！」

她蒙着臉嗚咽着。

「小妹妹，我的話都是多說的，但凡有一線生路，我們也不會做糊塗事。你也是明白人，事到如今，還有甚麼話

可說呢！」張太太把五張紅票子塞在她的衣袋裏。「我那親戚，也知道你家境可憐，我的這一份，他們會給我的！」

她不自覺地點了頭；張太太替她揩乾了眼淚，勻了粉，敷了胭脂，扶她走出茶館，重新乘上了下山的纜車。她在她的耳邊，復輕聲叮嚀道：「小妹妹，你要依從他一點，不可率性發脾氣，他請過大相命家揀過日子，今天是吉日良辰呢！」

明中一腦子亂絲，找不出一句適當的話。一個中年男人 —— 五張紅底 —— 一杯葡萄酒，串成這樣一幕離奇的夢境。一位非親非故的鄰家婦人，在她耳邊嘰咕着。她稍微注意看她那一份笑容，又親熱，又冷淡；彼此之間，又好像隔着一重霧似的，摸不清楚來。但是，她恍若沉溺於狂濤之上，只要撈着這麼一塊門板，只能雙手攀在板上。

「我怕！」明中終於迸出這麼兩個字來。

「小妹妹，那倒不要緊！」張太太微笑着。「這些地方男人比我們懂得多！一個中年男人，甚麼事做不出來，他會替你安排得好好的！」

纜車到了山腳，一輛的士就把她們送到半山區一家華麗的酒店中去了。張太再三叮囑她要聽話，不要害怕；家裏的一切，她會替她料理得停停當當的，一切放心就是了！

他們進了 L 酒店，張太太把她送進二樓一間大房間，她便掩着門回去了。她呆呆地站在門邊，動也不動；那滿臉笑容的中年男人，迎着她來挽她的臂。「好妹妹！來，來，來，大家再喝一杯！」她不聲不響，木然地，傀儡似的，讓他牽了去。

「來，來，來，喝一杯！」她坐到椅子上，他就膩在她

的身邊，一股糖似的粘着。「一回生，兩回熟，大家都是好朋友！」

她呆呆地看着，面前四碗豐滿的小菜，當中一碗北菇鴿蛋湯，熱騰騰地。他替她端了酒，佈了菜，她也就默默地拿了筷子吃了一點。杯中的酒，甜甜地，黃澄澄地，容易上口得很；他告訴她：「這種櫻桃白蘭地，補血健胃，好得很！」不知不覺，也就喝掉了那一杯。

她心中默默地想着：「管他呢，喝醉就喝醉了，壺裏乾坤大，喝醉了，糊裏糊塗，萬事不了自了！」這麼一想，嘴喝得溜了，第二杯又下肚了。他笑着斟着，就替她揀了菜，端了杯，讓她喝下第三杯；只見她雙眼低垂，眯着一線縫，兩頰紅得蘋果似的，她那青春的光輝都顯露出來了。

她昏昏塗塗地只覺得渾身發軟，由他安排着扶上床去；那時，她已六分昏沉，四分清醒，只覺得他那熱辣辣的嘴唇貼在她的唇上，悶得她氣都透不過來。可是，她一些兒也沒有力氣，喊也喊不出聲來。

這時，李老闆關了房中的日光燈，把床頭那盞小紅燈亮着；整個房間頓然籠罩在一種神秘、迷離的氣氛之中。床頭那一線紅光，恰好映在明中的臉上，那紅潤的光彩，從她的頸脖，一直泛到前額；細細的彎眉，長長的睫毛，圓圓的眼眸；細緻的皮膚，格外顯得那淡紅的嘴唇那麼嬌嫩。這麼一朵含苞待放的玫瑰花，落在他的掌心中了。他低了頭去，在她的唇上吻了又吻，伸進舌尖，想舐開她的牙關；她盡自把頭轉來轉去，他的舌尖，一下滑到左，一下滑到右，找不到他的伴侶。他狠狠地吸住了她的雙唇，只見她眉頭緊蹙，唔

唔作聲。

他輕輕扳開了她的右手，替她解開了撳扣，抽鬆了拉鍊，托起她的後肩，緩緩褪下她的旗袍的雙袖；這才倒捲過來，從她的腰臀拉了下來。接着脫去了她的緊身毛衫，解開她的內衣，他的手就落在她那豐富的胸前。他就拉過了那床湖綠的棉被，把自己和明中掩蓋在粉紅色的春天裏。他掌心覆蓋着那滿圓的乳房，輕輕摩撫着，那中心的茨實，慢慢地凸了起來。他把她摟得緊緊地，這時，他掌握着這位少女的青春。他不自禁地，低着頭靠在她的胸口伸着舌尖舐那圓小的茨實；他幾乎想把她整個兒吞到肚子裏去，一隻小狗似的，幾乎舐遍了她的胸膛。

酒性緩緩發作，她是格外沉迷了。迷迷蒙蒙中，只覺得有隻大膽的手，在解脫她的小衣。那件小衣，就在她的臀、腿、脛的屈曲處停留了一回，終於給他褪下去了。於是，一床錦被蓋滿了伊甸園。

撒旦看見夏娃躺在樹蔭之下，便從她的腿邊溜了上去。它要吃那鮮甜的果子；她皺着眉頭，搖搖手。它笑着對她說：吃了這果子，你就會聰明起來的！人生就是這樣，開頭就有些兒苦澀，漸入佳境，那時候，你就懂得這無窮的味兒了！

「不，上帝會懲罰我們的！」她還是搖着頭。

「你看，這個園子多單調，多寂寞！怕不悶死我們啦！不要怕！試試看，我帶你到浮華的世界去，那邊才好玩呢！」撒旦已經靠在她的身邊去了。

於是，夏娃吃下了禁果，天地震動，一片紅霞，落在一方潔白的綢巾上。

撒旦替亞當開了路，他也吃了禁果，在上帝教訓之外，懂得人世間的教訓。

　　於是夏娃從伊甸園放逐出來。晨曦映照，她才看見自己裸着身體跟亞當貼在一起，她已來到了人間了。

　　明中，這時，給李老闆摟得緊緊地，她的頭枕在他的臂上。李老闆翻了一個身，把手臂上的夏娃驚醒了；她茫然地記不清自己處在怎麼一個境地，太陽光從綠色幃幕中淡淡映了進來，她只看見四圍的種種，都是驀生生地，跟她的記憶連繫不起來；身邊一個驀生生地在打鼾的男人，連她自己是一對一絲不掛裸着全身的妖精。

　　接上來，她立即把記憶的線索拉了起來；她才明白她的少女時代，已經在這糊糊塗塗的昏夜中結束了。猛然，她推開了那隻驀生的手臂，躲向床角，蒙着被頭，嗚咽流淚，嚶嚶作聲。跟着，那隻陌生的手伸了過來，攔腰又抱了過去；恰巧兩人的胸口貼對着。她掙扎着要脫逃出來，那雙手卻更牢更緊，不讓她轉一轉身！

　　「黃小姐，這算甚麼？清早，大家討個吉利，怎麼哭啦！」

　　「我不認得你！」她嗚咽着說。

　　「本來嘛！你不認得我！我不認得你，『一夜夫妻百夜恩』，這句俗話，你總聽過！」

　　「你預備把我怎麼樣？」

　　「好小姐！這是兩廂情願的！我本來不想對你怎麼樣！你願意的話，大家不妨做做朋友；不願意的話，你走你的東，我走我的西，蕭郎陌路，又有怎麼樣！」

　　「嗄……」她熱淚狂瀉，且泣且訴！「你們男人，就是

這樣的！天哪……」她號啕出聲，越哭越響了！

「黃小姐，話不是早說在先嗎？我是有妻有子的，又叫我怎麼樣？」

「嗳，你們男人就拿我們開開玩笑算了！」

「黃小姐，這話我就無從說起了！你仔仔細細想想清楚吧！」

她煞住了哭聲，抬起了頭，看看身邊這個和她講話的人。「好吧！你要怎麼樣就怎麼樣好啦！」

「咦！你不是跟我生氣嗎？」

「生氣！我一輩子恨死你們這些臭男人！」

「恨，那就你錯了！」

「我錯？」

「講理我本來沒有錯？講情，你並不要我歡喜你！既不講情，又不講理，『生米煮成了熟飯』，你叫我怎麼說？」

「好，你讓我回去好了！」

他雙手把她抱得緊緊地，狠狠地盯着她看；剎時，鬆開了手，說：「好，你走吧！小妹妹！你想錯了！」

他一鬆手，她突然從溫暖中拋了開來，好似斑比（小鹿）落到了荒野，一陣冷風包圍着她的身子。她不自禁地，又靠近他的身邊，嗚嗚地哭了。她讓他攬住了腰肢，重新抱在他的懷裏。

「小妹妹！但凡我能幫得你的，我一定幫你的忙；不過……」

她等着他說下去。

「不過，你也想錯了，我也想錯了，這是沒有辦法的！」

「你也想錯了？」她唸着這句話，想嚼出這句話的意思來。

「小妹妹，這個世界，許多事都是可笑得很的！你說，我們兩人，白面不相識，睡在一堆，你說，好笑不？但是，兩人居然睡在一堆了，親密到這麼親密，驀生又是這麼驀生，你說，好笑不？」

她聽得有些發呆了，還是等着他說下去。

「我告訴你，我不是說夢話，酒也醒了，天也早亮了！不過，我有我的想頭，你有你的想頭，你懂嗎？」

她搖搖頭，呆呆地看着他。

「從舊年下半年起，我的生意一直不順手，今年新正，算命看相，都說我還要破大財。他們說，只有元紅禳解，才會轉好運。要說是迷信，運氣不好，叫我們怎能不信！你懂得了嗎？老實說，我的運氣不好，撐着一隻破船，船沉下去了，自救都來不及，還有甚麼辦法？一天轉了運了，小妹妹，我不會忘記你的！」

「你是不會再要我了！」

「小妹妹，我要走了！但凡我能幫得你的，一定幫你的忙！」

這時李老闆坐了起來，穿好了衣服，從被底抽取那方映着紅霞的綢巾，折起來塞在袋裏，低着頭在她的額上吻了一下，就準備走開了。

「天哪！」她蒙着被頭又哭起來了。

他走進門邊，又轉到床邊，揭開棉被，把一張紅票子塞在她的掌上。「小妹妹，我會去看你的！」

她惘然地看他走出房門，看那門扭「卡得」一下扣住了。她和他，由紅票子結合起來的關係，便這麼了結了。他帶走了她的青春，也就帶走了她的溫暖！

整個房間的寂寞，壓在她的身上，一對驚生的眼睛，一雙驚生的手，一個胖胖的身體，好似鐵印地烙在她的記憶上。

明中揭開被單，那裸露着的身體從床那頭的鏡子裏反照過來，投在她自己的眼睛裏，不覺又呆了一下，她靠在枕頭上，欣賞正在消逝中的少女時代。那芡實紅中帶暗，綴在那圓滿的蓮蓬上；這上面，恍恍惚惚留着一種不可言說的痕跡。她好似小孩子在浴盆裏自我觀照，覺得在她的青春徵象上，處處留着神秘的氣息。兩腿有些發痠，兩臂也有些沉重，這都是一場糊塗夢的殘餘，認真去想時，那夢痕更遠更淡，把握不住了。

她閉起眼來，要想把李老闆的印象喚了起來；纜車上的一瞥，紅燈前夜遊神的遭遇，晨曦中的對話，遠了淡了，朦朧中的睡眼，睡眼中的朦朧，總是鬥不攏一個完整的輪廓。他，正如蒙古包中的喇嘛一般，只是收拾了她的青春，享受了初夜權，便溜之乎也，無影無蹤地去了！

「啊！叫我恨也無從恨，愛呢，更無從愛起！」她連李老闆的姓名都不知道，聽口音是江蘇人，也不知他一向做甚麼，他眼前的買賣如何？她和他之間，只有六張紅底和一幅紅霞的關涉！其他，便是一張白紙，甚麼也不明白。

她只聽得他說起去年下半年生意不順手，今年命裏注定大破財；他希望從她的身上找到轉運的機會；轉了運，他再去找她。她忽然打了一個寒噤，她可能是走了霉運的人，連

帶他真的破了大財，那時候，他不是會永遠恨着她了嗎？

又是，一陣胡思亂想，把她攪昏了；她記不起她和他有過甚麼關係，只記得那胖胖的身體跟她靠在一起，迷夢中好似隱隱痛了一陣子；就是那一幅紅霞也只是一瞥，看不清楚的了。上帝似乎並非全能的神，他把生命創造這麼偉大的神跡付託這打架的妖精，真是不可解的。

她記起了他的那句話，世間事都是可笑的，人生就是在「憫憐」與「可笑」的鞦韆架中盪來盪去的！她就是這麼呆呆地躺了老半天；直到一陣心房的跳動迫出她的長嘆息來！「明中！你就是這麼地收了場，也就這麼開了頭了！」這話，好似和鏡中的她在酬答着。

當她穿着停當，打扮得周全時，已經是午後了。渾身痠軟，迫得她重又躺了下去，她叫僕歐買了份當日的報紙，躺着一頁一頁看下去。直翻到第五版，星島本埠版的頭條大字新聞，卻把她嚇昏了。她仔細看去，那行大字，「石硤尾區今晨大火，無家可歸者數千人」。

報紙上的大紅字，黑小字，在她的眼前盡自跳動，幾乎抓不住一行一句，讓她壓平來仔細看看。跳入她眼中的，是「一片火海」，「延燒數百家」，「災黎遍巷」，「中年病婦焚斃」……這些字句。她一看見中年病婦火堆中倒斃的字眼，急忙把報紙一丟，跳下床來，奔向房外去。穿衣鏡反射到她的眼前，才看見那一疊紅票子散在地板上，她回過頭來，雙腳用力踹那票子恨恨地說：「作孽的錢，錢作的孽！」嗒然地，她又坐在沙發上，彎着身子把那六張票子，一一撿了起來，收拾到自己的手袋裏去！

她匆匆忙忙走出了酒店，拾石級而下，隔海望九龍，隱隱人喧車鬧，人世還是那麼樣的人世。惘然走了一陣子，不辨東西南北，癡然在巴士站邊立了一回，看見一輛的士從身邊駛過，才招手喚車，送到了天星碼頭。輪渡中，她俯身默禱：老天不要遺棄她，不要太慘酷地打擊她，她是無辜的！

　　她一到九龍，趕忙僱車到大埔道自己的住所去；她的心神，比車輪還飛得快；石硤尾村在望，她的雙眼已經模糊一片，幾乎甚麼都看不見了。車在村外停了下來，她驚顫惶懼，幾乎不敢下車；但見村外那一片廣場上，一堆堆都是災後無家可歸的住戶，箱籠雜物堆上，坐着愁眉苦臉的男女老少。她一一看了過去，沒見一個熟人，誰也不曾和她招呼。一種刺鼻的焦味，撲面而來；仰望天空，陽光黯淡，輕煙裊裊，她眼前一片焦黑的火燒場，辨別不出，何處是自己的住宅。

　　她恍惚還記得那個泥潭的邊上，那條曲徑，通往她們那一住區，依方向看去，她們那一住區，已經化為灰燼了。她試着向村墟前行，滿地泥漿，釘着了她的高跟鞋，寸步難行。村人告訴她：「山這一邊的木屋，都在劫數之中，用不着去看了；那時一片火海，能逃者都逃出來了，逃不出來的，大概是完了！」

　　「嗄！我的媽呢？天呀！」她叫喊了幾聲，木然地站着，一陣眼花頭暈，搖搖欲倒。她剛提起腿來，想向前再走一步；泥漿粘住了她的鞋子；雙腳不自覺地踹到泥漿裏去了。她還是漠然向前走着，她的腦子好似給甚麼打碎的了。

　　張太太從人叢中竄了過來，扶住了她；她呆呆地看她，發着癡笑；一刻兒，她恍然有悟，攀在張太的肩上，大哭起來。

「小妹妹！這時候，不要急，急也沒有用！」

「我的媽呢？」明中神志漸定，向她追問着。

「是呀，我告訴你！那時候，大家都慌了，亂成一片，不知你媽到那兒去了！大概……」張太遲疑一下說：「大概給救火的救出去了！」

第三章　歷劫

大埔道石硤尾村那場大火，究竟怎麼開了頭的？一直是件弄不清楚的疑案。那一地區；火水爐、柴炭爐，家家戶戶，總有三兩隻；板的門壁、茅泥的屋頂，引起火來，助威的份兒也夠勁了。一家失了火，立刻蔓延開去，有措手不及之勢。黃太太一覺醒來，只聽得戶外人聲如潮，叫喊、哭泣，夾雜在急促的腳步聲中，好似狂風暴雨，包圍着整個村落。

「明中，趕快起來，看看外頭出了甚麼事啦！」黃太伸了右腳踢踢床那頭的女兒；那知被那頭是空空的，明中並沒睡在那兒。「明中！明中！你起來啦？」她摸索着床頭的自來火，把那盞洋燈點了起來。她掙扎着把衣衫披了起來，緩緩地移身下床。只見窗縫中透進了紅光，聽得千萬個聲音的叫喊。「不得了！不得了！失了火了！」那火光好像很近，就在她們的屋外似的。

她急忙開了門，戰戰巍巍地握着燈向戶外叫喊幾聲：「明中，明中！」只見滿院子的人，都在那兒提箱攜籠，倉惶緊張，誰也不理會她；叫喊的聲音，也被戶外那海嘯似的人聲吞沒下去了。那火焰，好似大地的長舌在空中捲來捲去，映得每個人的臉都是那麼赤紅的。小巷仄徑，擠不開竄奔着的行人，那些箱籠就把這一串行人變成了一根長索子似

的，一步一步在向前挨擠着。

　　她病了兩個多月，一直沒下過床；這時，渾身發抖，雙腳生鐵鑄成似的，寸步難移。這時，她眼前的每一個人，只看見兩樣東西，空中的火焰和他們自己的生命，以及相依為命的箱籠。她伏在門板上停了一下，心神稍微安了一點。這才，移步回到床邊，俯下身子，想把床下的箱子拖了出來。那知，剛一用力，頭目暈眩，眼前一顆顆火花。這一病，她雙手軟弱，連隻箱子也拖不動了。她索性在地上鋪了一層舊報紙，丟個枕頭在紙上，席地而坐；緩緩地移着箱子，好久好久，才算拖到床外。歇了好久，才打開了箱蓋；翻來翻去，就是那些半新舊的衣服。她揭了一件，丟了一件，丟了一件，又揭了一件，也不知拿些甚麼才是。最後，她手也痠了，腰也痛了，眼也花了；滿床上都是散亂的衣服，想不出如何去着手。

　　最後，情急智生，她還是揀起了那一方漢玉，撕去那幅八大山人畫軸和趙孟頫字卷的軸心，折成了小小的一方，放在那小小的包裹裏。她恍惚記得這三件家寶是值錢的，也就匆匆料理起來。這時，戶外的火焰越燒越大，也越逼越近了。

　　直到黃太擠到人陣中去；火頭已經逼近她的眼前。救火車停在村外好遠的地方，接上了水管的救火皮管，長蛇似的，一條一條伸到村中來，水頭到處，火焰一時低了下去，一刻兒，又透了上來。有時風捲濃煙，直撲到她們臉上，嗆得她們透不過氣來。不知怎麼一來，一簇火星。飛落在她右邊的板屋上，突然冒起火焰，擋住了這一陣人的去路。大家情急逃命，四處亂竄。她站不住腳，給大家一推一搡，倒在

地下了。她本能地滾向屋邊簷下，躲開大家的踐踏，心亂神迷，不能自支，就昏過去了。

大混亂的場面，在她的四圍持續了半小時。她依然昏無所知，直到她的頭髮給火薰焦了，才給救護隊抬到醫院中去。昏昏迷迷那麼一整天，她的脈搏一直不曾停止；醫生相信她還可以有救的。偶而她也轉動一下，四肢伸縮一下，顯得「生命」還留在她的身邊。等到她能夠張開眼來看看那可怕的天地，明中已經坐在她的床前了。

「明中！你，你媽，幾乎不能跟你再見一面了！」

「媽！」明中嗚嗚地哭了起來了。

「明中，大火，你，在那兒？」上氣不接下氣，一個字一個字很吃力地吐出來。

「媽！」她又嗚嗚地哭了。「媽，大火！我……」她說不下去了。

「明中，你過來！」她摸來摸去，摸床頭的東西，「火大得很，媽找你不到，房間裏的東西，不知道拿甚麼好！」她喘了氣接着說：「後來，我把皮箱裏打開，只拿出三件東西，包了一個小包裹。」她又摸來摸去，摸那小包裹。「啊呀！不得了，小包裹也丟了！」

明中連忙把小几上的小包交給她手裏。

「還好。小包裹沒丟！這裏面是我們黃家的三寶，你爹爹……」又喘起氣來了。

這時，看護婦走過來，說探病的時候過了，叫明中走開去。

她癡癡呆呆地立起身來，正想退出房外；猛想起自己手

袋裏的一筆錢；打開袋來，抽出一張紅票，交給看護，託她隨時替她母親備辦一點藥物食品之類。

她走出了醫院，孑然一身，茫茫然不知所之。大埔道的家，只留下一片灰燼；除了那隻手袋，一套身上衣衫，蕩然俱盡，一無所有。她遺棄了整個世界，整個世界遺棄了她；人生如逆旅，這時候，倒只有酒店是她的安身之所。她沿着彌敦道回南行進，M酒店的霓虹招牌在那兒招手。她從酒店門口走過，又踅回頭來，進門踏上電梯，到四樓找了一間單身房，安頓這個無所歸宿的形影。

她把皮鞋一甩，便連着外衣倒向床上去了。這時，才看見那尷尬的泥漿的雙腳，在那兒對自己扮鬼臉；扭動一下，泥片便一塊一塊地落了下來。薑黃的絲襪，下半截弄成了烏黑，粘在腳背上，好似包着一塊腳布。她只能掙扎着起身下床，到浴室去收拾這一殘局。首先脫下絲襪，洗滌乾淨，再把那皮鞋扒泥剔穢，整理了好久；才脫去外衣內衫，浸到浴缸中去。

浴缸中寒熱兩股水流，在她的胸中打旋；水流漸漾漸高，這才把她腦子裏比幾個世紀還悠久的世變都喚了起來。從渡海上纜車到山頂那段迷迷茫茫的旅程，好似三幕劇的第一幕；從微醉、迷離、到紅燈映照，好似第二幕；酒醒，天明到火燒場，歸結到大悲劇的第三幕；這時，她心頭有這麼一個神妙的結論：人與人之間，友誼、愛情都是幻影，只有紅票子是最真實的真實。

她對着漾蕩的水波，凝視那模糊的凌亂的面孔，笑了又笑：「好吧！留得青山在，怕甚麼！反正神聖的是這麼一回

事，骯髒的也就是這麼一回事！」她心頭漾蕩着一個念頭：「黃家三寶；我有一寶，青春；留得青春在，不怕沒柴燒，哼！看我活下去！」她一面對着鏡子擦背抹胸，整理胡亂的頭髮，一面對着自己的影子哼着歌句。

以前種種，就跟着一缸濁水流去，以後種種，便和水管裏的清泉俱來；她出了浴室，身心煥然一新。橫豎橫，反正甚麼都不管，反正甚麼都不管，反正也管不了！過去，世界在戲弄她，一夜之間，魔鬼舞掌弄爪啃她的骨頭。此刻，她橫下心來，要來戲弄世界，像浮士德那般，跟魔鬼打過交道，就把身體靈魂出賣給它吧！

那一晚，她倒呼呼入睡，睡得很甜，連夢中也發出了笑聲。

第二天早晨，明中醒得很早；窗外透進了走廊上的燈光，好似東方已經發白。她打開房門一看，只見僕歐靠在椅上打瞌睡，壁鐘指在五點四十分上，天還沒亮。對門那間房，房門半掩着，隱隱約約，看似坐着四五個年輕的女人。她停在門口聽一聽，只聽得有人哭泣，一個老太婆在罵人：「哭，哭，哭死了甚麼用？一天到晚，哭喪着臉，難怪客人看見了就惹氣！你是我祖宗，吃好的，穿好的，供養你！」

接着，一個男人的聲音：「沒這麼容易！你怪不得我們！再一星期，你自己不想辦法！只能押給老龐去啦！看看人家有沒有我們這麼好商量！」

「上海來的時候，你們是說叫我來做廠的呀！到了香港，坑了我，上不巴天，下不着地！落在火坑裏，由你們擺佈！」

「你還強嘴！」

「殺了我，我也要說的！生意不好，我有甚麼辦法！」

「繃緊的面孔，一副死相！那個客人歡喜你，還想做舞女哪！」

「你們總不能叫我上街拉客人去！」

「哼！我就要你拉客人，到老龐那邊去試試看；拉不到客人，吃皮鞭，看你強嘴去。」

「難道沒有王法了嗎？」

「哼！王法！有錢就有王法，沒錢就沒王法！好，你把那一千塊錢還給我們，看你的王法去！」

「你們不能欺人太厲害，少說，你們也拿了我七百塊錢！」

「七八百塊錢！幾個月啦？你媽那邊，每月百塊，不是錢！一天的房錢十六塊八角，衣裳鞋襪，那樣不要錢！天大的風險，落在我們身上，那隻手不向我們來要錢！小姐，要享福就不要出來跑碼頭！香港飯，不是這麼容易吃的！」

「今天，你們迫死我，有甚麼用。天快亮了！連個舖位都沒有，叫我們怎麼睡？」

「睡，呸，要死，沒這麼容易！房間裏坐得厭氣了，看你站馬路去了！」

男的女的，夾雜着詛咒斥責之聲；那女孩子又在嚶嚶啜泣了。明中不自禁地嘆息了一聲。

原來青山道上的流鶯，經過了幾次掃蕩，安不住身，只好飛回酒店屋簷下，躲藏一些日子。差不多大小酒店，總有那麼幾窠鶯鶯燕燕。可奈市場不景氣，「供求」鐵律下，她們只能廉價出售，來遷就客人的需要。M 酒店四樓這一窠，七

位「小姐」，這一晚，只推銷了三位；老鴇就不大高興，找是尋非，把那位頂軟弱的雛兒，毒罵了一陣出氣。天快亮了，小房間裏那麼一張床，擠了三個人，已經轉不過身來。地板上挺了這雙鴇龜，就推着雛兒到房門外，叫她睏走廊去。

明中開了燈，倒了一杯熱茶，慢慢喝着，就在房間裏踱來踱去，眼前這榜樣，使她心寒。她那副頂值價的本錢已經換掉了，留下來的青春，跟對房那些姊妹，只有一床之隔，差不了多少。昨晚，從浴缸裏洗出來的決心，這時，又徬徨惶惑起來了。她向鏡子裏的明中，默默地看着。好似鏡子裏的她在向她耳語：「年紀還很輕，樣兒也不錯吧！」她稍微抬起頭來，想回答她一些甚麼話，又想不出甚麼話可以說。她盡自在房間裏踱來踱去，好似從地板上找尋一個失掉了的東西。

這時，她又隱隱聽得門外有人嘍嘍哭泣的聲音，重又打開房門看看，只見對面那房門已經關上了，門外立着一個十七八歲的姑娘；身材不高，穿着一襲藍花印度綢的旗袍，挾着一方毯子低着頭在啜泣！

「來！」明中向她招招手。

那女孩子怔了一下，抬頭看見向她招呼的也是一位女人，她估計她不是「小姐」，定是誰家的「少奶」。

「來！不要怕！」明中又向她在招手。她不自禁地拖着那方毯子走了過去，一走近明中的面前又停步了。

「他們都睡了？」

「……」這女孩子點點頭。

「你就在我這兒睡吧！」明中把她拉進了房間。

這女孩子又嗚嗚地哭起來了！

「天快亮了呢？你沒睡過覺吧！」

「我不想睡！」她哽咽出這麼一句話。

「不要小孩子氣，睡了再說！小妹妹！」

聽得明中這麼親熱地招呼她，她哭得更厲害了。

明中撫摸着她的雙手，拿出手帕，替她揩乾了眼淚。「小妹妹，凡間，凡間，到世界上來，總是這麼煩惱的，我們女人一世苦！」

那女孩子嚥着了酸淚，呆呆地打量面前這位愛撫她的人。「我 —— 們 —— 女 —— 人 —— 一 —— 世 —— 苦？」她嘆了一口氣，「你這位姊姊，不知道我們這一行，真是地獄！落到了地獄，真不願意活，他們偏不許你死！」腫得胡桃似的雙眼又溢出了眼水來了。

這女孩子姓許，無錫人，他們順口叫她「林弟」；前一年春天，她的父親死了，弟弟年紀小，她母親幫人家做做衣衫，打結絨線，養不活她們。有一位同鄉，說是到香港可以淘金，說得天花亂墜，把她母親的心哄活了；就讓他把林弟帶走了。那同鄉開頭說是帶她去做廠，一過了深圳，口氣變了；把舞女的生活，說得比公主還舒服些。一到了天堂，她就被送到地獄去了。六個月來，沒接過家裏一點音訊，老鴇說是每月替她匯了百塊錢到上海去的，也沒見她的母親的一個字。在老鷹看顧下的雛鴦，她就沒人可以告訴，也沒機會可以流淚。她把明中看作親人似的，把胸口頭的話傾瀉了出來，她靠在明中的肩旁，右臂就環在她的腰際。

明中靜靜地聽着，默默地想着，她自己也就快走上同

樣的道路；但是，這位，這位可憐的女孩子眼中正把她看作仙女那麼幸福，那麼快樂。她笑着對她說：「我們女人的命運，總是差不多的！」

「姊姊，你說得好！你是前世修來的，神仙的福命：那像我這樣到世上來活受罪；我像一個『影子』，看起來是一個人，實在並不是一個人！」

「一個影子，小妹妹，你的話說得多有意思。」

「姊姊！你知道嗎？一個男人，只有一件事；除了那件事，我們女人就是一堆骨肉的活東西。你和他們談得正經一點，他們就皺着眉頭，嫌我們嚕嗦了。老闆可就嫌我們嘴笨，不會伺候，不會灌米湯！」

「灌米湯？」

「是的！那些男人，就愛這調兒，哄他騙他，給炭簍子他們帶！他們麻煩得你要死，你還得扮着笑臉，裝出恩恩愛愛的樣子！」林弟說得頭頭是道。「我就是這麼一個脾氣，你們要灌米湯，我偏不灌！」

這位天真的女孩子，口沒遮攔，要說甚麼，就這麼說了出來；她有一肚子冤屈，有一套硬脾氣：在生活鞭子底下低了頭，她可是心有未甘，還是那麼倔強。

「小妹妹，你還是睡一回吧！」明中看她一整晚沒合過眼。

「好姊姊，你不厭煩的話，讓我把憋着的悶氣也透一透。」林弟從袋中摸出一包「好彩」，給明中一枝，明中搖搖頭。她就收回來點着火。「抽枝煙，解解厭氣；先前我也不抽煙的，整晚整晚價熬，看人家的樣兒，也抽起來；一個

人悶得慌！」她抽了一口，把灰白的圈兒拋向空中去。「看這些圓圈兒，我們的生命，煙圈兒似的向空中飛去，無影無跡，完了！」

「小妹妹！你這人呀，看樣子比你的年紀輕，可是呀，說起話來，又比你的年紀大！你這女孩子，照他們說起來了，是甚麼？噢，是『早熟』。」

「早熟？」她偏着頭看她。

「你比我懂得多。」

「那些客人都說我這個人古怪！」

「古怪？」

「他們都說我想得太多，想法太遠，動不動說到『死』！我想一個人總要死的，人們就不愛聽我說到『死』字！」

「你這個人是有些古怪！」

「姊姊，你也說我古怪！」

她們談談講講，倒也很投機；林弟好似碰到了親姊妹，有說有笑，胸口也舒暢得多，不覺伸一伸懶腰，打起呵欠來了。明中就讓她睡在自己的床上，替她蓋了毯子，這時天也亮了，她自己稍微收拾一下，掩門下樓到醫院去了。

三月天氣，早晨有些冷颼颼地；街上女郎，輕綃短袖，已作夏天的打扮。明中看看自己身上的旗袍，顯得有些兒寒蠢。滿眼是春天，春天離開她，卻是那麼地遙遠。她聽聽林弟的哀訴，同情她，可憐她；她自己明白，大火之後，連洗換的衣衫都沒有着落，低着頭走着想着，等到她驚悟過來，已經跨過窩打老道幾條橫街了。

那天上午，黃太的神志更清醒得多了；明中跟她閒談，

許多舊事，都說得很清楚，說話也不十分吃力了。只是厲害的貧血病，趕緊要調養；她擠在統房間裏，看護得不會很周全，醫生說是最好調到二等病房裏去，排日打些肝精補血針，還是要吃牛奶雞蛋。黃太心裏明白，嘴裏不想說出來。明中心裏也明白，說到嘴邊的話，又吞了下去。

「明中，你，你試試看，把我們黃家的三寶拿去押押看！」黃太把那小包裹放在手上。「你去試試看！多少且不管，等有錢就贖出來。」

「媽，隔鄰張太太她會替我去找門路的。不過⋯⋯」她把語氣轉過來。「海那邊那家戲院衣帽間的事，我還想做下去，多少總有個收入，補貼補貼家用。」

「那好極了！」黃太拖着她的手臂。「你也瘦得這麼樣兒。你媽累了你了！」

「媽！」明中抽出一張紅票放在黃太的手上。「昨天，我在戲院裏預支了工錢！」

「明中，這是一百塊的票子！好，我們也好久沒見過這樣的票子啦！」她仔仔細細把紅票子看了又看，從正面看到反面，從反面看到正面。

明中裝着笑臉，逗着黃太的歡喜。「媽，我想白天找個家庭教師位置，教教書，晚上管管衣帽；反正駝子掉在井裏，撈起來也是坐，這麼混下去再說。」

「你爸死得慘，你媽又沒能力；香港人地生疏，你有個事做，已經不容易了！」黃太嘆了一口氣道：「你們黃家，世代良善，對人好！我想，天有眼睛，不會讓我們母女倆太吃苦的！」

生活迫人呢，她打定了主意，拚着一雙新鞋，踹向泥潭裏去了。這一場大火，把那四鄰三舍打得各自分飛了。她輾輾轉轉才找到了那位張太太，重提舊話，她不想借那筆款子，只願四六分賬，多留點自己的自由。她寄身酒店，依然是旅客模樣，靠着那位張太太暗中拉線，進出隔海那幾家大酒店之中；她身段本來不錯，一打扮起來，大家閨秀丰度，談吐文雅，逗人喜愛，生意路子，倒也一帆風順。

她每天到醫院去一次，一走到自己母親面前，心中總是無限慚愧；父母留給她的清白之身，就這麼平白地糟蹋掉，丟盡了黃家的臉面。她的母親，一直就不曾明白底細；看她打扮得時髦了，肌肉也豐腴起來了，倒覺得十分寬懷。「明中，但望日子能夠過得好一點，世界太平了，我們還是回南京老家去！」她細細看着明中的臉，忽而呆住了，半晌才說：「明中，過來，我看看！」明中吃了一驚，踟躕地走了過去，她母親嗅了又嗅，說：「一股氣味，你，你灑了香水；胭脂，口紅擦這麼紅；錢來得不容易，不要亂花！」

她定了定神，笑着說：「媽，香港這地方，只敬衣衫不敬人，不打扮是不行的！她們還說我裝扮得太老實說！」她說出了許多道理，直到黃太點了頭，才安安心心地走了出來。

有幾晚，她就在 M 酒店過夜，那位跟她親熱的林弟，抽空來跟她閒談，幾乎無話不談。林弟談起了男女私情，明中只是微笑着聽着。「姊姊，你沒經過這件事，你不會懂的；開頭我真慌，要一個男人來跟我們睏在一起。她一邊笑着，一邊形容着。那些男人，有的年輕小伙子，有的中年人，生意人頂多，吃醉了酒，胡鬧一陣子。忽而她格格地笑着說：

「人，跟畜生差不多少，我們看見雞打雄、狗打架好笑，它們看見一男一女赤着膊，氣急敗壞地，那才笑死人！」

林弟看她只是微微地笑着，煞住了自己的話頭，轉問道：「姊姊，你裝傻，你懂不懂？」

「……」明中搖搖頭。

「這件事，不懂也不行，懂了也不行！」林弟又轉了她的語氣。「姊姊，那些男人，餓虎似的，見了女人，就要吃下去；那知，不中用的多，打起鼾來，像死豬！」她又格格地笑了。

「小妹妹，你倒懂得太多了！」

「噯！姊姊，說句老實話，有人看中你呢！要不要妹妹替你做紅娘？」

原來 M 酒店，這一個花花世界，魚龍混雜。進進出出的女人，數以百計。其中正正當當的旅客，十停不過一二停；有些是曠男怨女，到此了卻一段姻緣；有的雙雙從清華舞廳過來，未免有情，誰能遣此；有的年華老大，只能向國際路線去發展，帶着泥醉的水兵到此一遊；至於本地風光，流鶯亂飛，更是家常便飯，朝朝暮暮，就是這麼一筆糊塗賬。黃明中處身其境，樸素穩重，格外引人注意；有好幾位客人，叫僕歐打聽她的身份，要想跟她親近，一直問不出底細來。林弟的一位客人，他姓陳，偶而聽得林弟談起這位黃小姐的事，許了大願，哄着林弟替他拉條長線，見見面，吃個茶，談談心。其餘的事，當然不與紅娘相干。自來情人眼裏出西施，他們心目中，把明中看作大家閨秀，一顧一盼，顯得高人一等。求之愈不易得，要親近她的心念便愈切。

酒店

那晚，林弟那番又天真又直率的話，明中聽了暗暗失笑。她輕輕打着她的頭，笑道：「好，小鬼頭兒，你也是這麼壞！」

　　「姊姊，這幾天，老闆、老闆娘對我好得多啦，他們知道了我跟你認識，客人們又那麼喜歡你！有的客人，就是為了你才找我去問長問短的！這個姓陳的，那才癡心，倒像戲文裏的張生，千託萬託，要我做個紅娘！」他看明中仍是微微笑着，「你到底懂不懂？姊姊！」

　　「啐！」明中又打她一下。

　　「那姓陳的，對着我說你，你說，氣死人不？」

　　「不要氣啦，留着你自己做個恩客吧！」

　　「心變，不中留；我看他，就是為了你才來找我的。」

　　「那末，他是怎麼樣一個人呢？」

　　「樣兒倒也不錯，年約四十上下，那雙眼睛特別有神；身材不很高，跟你差不多。聽他說，到外國讀過書，做過一任教育廳長。此刻到了香港做做古董經紀人，手頭寬裕得很。他自己說，在九龍開過一家咖啡館，蝕掉不少錢。他說：舞女大班，他認識得不少，他問我要不要做舞女，他有辦法。」說到這一句，林弟停住了，看向明中臉上說：「姊姊，你說做舞女總比我們這一行當強一點，是不是？」

　　「你是不是要我替你和他說，給你一個機會呢？」明中笑着說。

　　「姊姊，這麼說來，你是願意啦！」林弟跳了起來說。

　　「剛才你說，那位姓陳的，是個古董經紀人，想必對古董內行得很；我身邊倒有幾件古董，想請他看一看！嗳，好

妹妹，到了香港，我也開通了，男女見見面談談，本來無所謂的！」明中點着頭說。

「那末，好極了！」林弟笑着說，「有緣千里來相會，我吃你們的喜酒！」

「小鬼頭，給你榧子吃！」

「吓，過了河就拆橋，現在還沒過河呢！」林弟指着明中的鼻尖說，「你這人呀！看起來老實，肚子裏，哼，一肚子的鬼！不老實！不老實！」

自來男女私情，總是這樣半真半假走上路去的。那姓陳的聽說這位黃小姐，約期見面，喜出望外。他盤算這位黃小姐家裏收藏古董，一定是書香世家，內才一定很好；自己格外要顯得莊重有禮貌，莫給這位小姐暗中笑了去。他向林弟問長問短。林弟的一句話，就夠他半天揣摹研究，一回兒覺得這位小姐寡合，孤僻成性；一回兒又覺得這位小姐，溫柔和順，默默深情。他考慮了許多會面的地點，有的地方太冷僻，有的地方太喧囂，有的地方又太狹小，似乎都不適合這麼一場隆重的見面環境，他最後才決定了山頂茶室。

又是一個燈光璀璨的黃昏，明中挾着那個小小的包裹，趁了纜車上山頂去了。這一晚，好似燈光格外明亮，纜車裏那橫擺着的長椅，一張一張投入她的眼中來。這些椅子，好似很生疏，又好似很熟識；她的命運，就讓纜車拖來拖去，必須從山頂開了頭似的。

鐘響了幾聲，纜車停在山頂那一站了；稀少乘客，散散落落在上車下車，她四周看了一下，也就下車了。她剛踏下石級，林弟跟一位中年男子就迎上來扶着她。那男人連忙接

了她手中的包裹，伴着她們到茶室去。

那男人自己稱名道姓，說他叫陳天聲；家世湖北黃陂人氏，素來愛好金石書畫，在北京琉璃廠有點兒小名聲，他對黃小姐說了許多仰慕的話。明中似答非答地跟林弟話家常，只給他以微笑來承受。

話題一轉到黃家的古董上去，明中便大大方方，解開包裹，要請這位陳先生替她鑑別一下。這時，她自自然然地抬着頭看他，這位陳先生，自是文文雅雅的讀書人。

天聲貪饞地看着明中，覺得她一顰一笑一語一默，都是那麼熨貼；蒙上了一層少女的羞怯氣氛，顯得渾璞未鑿天真得格外可愛。他籠罩在靈光之中，癡癡呆呆地只是傻笑着，渾忘身邊還有林弟其人！

「呔！」林弟把手帕在他的眼前甩了一下。他才恍然自悟，對她笑了一笑。

他從明中手中接過那三件東西，開頭展開那張畫軸，便「嘎」了一聲，一種又驚又喜的神色！明中對他看看，又對着那幅八大山人的松風圖看看，猜不透甚麼意思。「陳先生，畫得好不好？」

「畫是？」他沉吟着。「不知是真是假？」

「是真是假？」她追問一句。

他還是沉吟不語，接着就看另外那一幅畫，是趙孟頫寫的蘇東坡赤壁賦，曾藏內府，有翁松禪的題跋。他雙眼就落在那紙卷上，一句話也不說，再拆開那方方的紙包，一看是塊漢玉，上刻「五世其昌」字樣，雕着一隻活生生的獅子，照在日光燈下，透透明明地。他看來看去，又是沉吟不語。

「你說，這幾件東西怎麼樣？可也值得多少錢？」明中又看看他的眼色。

「說呀！怎麼迷迷糊糊，發了昏啦！」林弟提着他的耳朵。「呔，你這個人，着了魔啦！」

天聲把漢玉包了起來，把那兩幅字畫捲了起來，再把布包袱包了起來，交給明中手上。這才喝了幾口咖啡，坐下來說：「黃小姐，但凡你的事，沒有話講，沒有話講！」他看着明中的臉上，越看越覺得這女孩子經得細瞧。——女人的丰姿，自有幾等，有一等，第一瞧的印象很好，越看越不中看，有一等，初看也很平平，越看越耐得看；正如美玉，文彩內蘊的，才是佳品。他反反覆覆就那麼兩句話：「黃小姐的事，我一定幫忙！」

「噯，你說清楚來，怎麼樣幫忙？」林弟搖搖他的肩膊。

「不要急，我告訴你們，日光燈底下，也看不清楚，明天，我們找個地方仔細談談，研究研究，要是真的話，我有一位姓鄒的朋友，出得起錢！」

這麼一來，天聲和明中接近的機會多起來了。不時，說是張家或是李家要看這幾件東西，他就伴着她東奔西走，忙了一陣子。本來古董市場，也和男女戀愛差不多，是磨性子的買賣，慢慢地磨；你要急，他要慢；看看很接近了，卻又差那麼一大截，一時還不容易成交。這麼跑了許多人家，她漸漸明白，這三件東西都是值價的真古董；不過市面不好，有錢的人心境也不好，再值錢的寶貝，也就對折殺價帶搖頭。有幾家，聽得天聲漫天討價，嚇了一大跳，還個百分之一的零兒價錢，洩洩氣；倒是明中到處吃香，有人貪圖她坐

一回談一回，也還一個過意得去的價錢。天聲把這幾件寶物
攞來攞去，興致很好，卻也不曾成交了一件。

他知道明中經濟情況不十分好，隔不上十天八天，總送
個三百五百現錢給她，說是不要緊，等這幾件東西脫手了再
總算。這樣過了兩個多月，這幾件東西還是在許多華貴的客
廳上流來流去，不曾有個確定的主顧。他借給她的錢，卻一
筆一筆累積起來，快要三千元了。有一晚，她和他在一家小
酒家吃晚飯，喝了一點酒，彼此都興奮得很！她雙眼斜睨，
嬌聲地說：「陳先生，欠了這麼大的一筆債，叫我怎麼還得
起？我看，就把這幾件東西押給你吧！我信得你過，你作主
賣掉好了！」

「我早說過，你黃小姐的事，總一定幫你的忙，不過！」
他吞下了半句話，瞇着細眼看她。

「要佣金多少，你說好了！」

「不，我要你……」他端起一杯葡萄酒放在她的手上，
自己也端了一杯，和她的杯碰了一下。「你明白我的心就
是！黃小姐！」這時，出乎他的意外，她倒泰然地和他碰了
杯，把那杯酒喝了下去了。那一晚，他喜出望外，飄飄欲
仙。丘比得的箭頭，刺入了男女的心坎，麻麻地，癢癢地，
有些兒昏昏塗塗不知所云。他雖說是古董鑑別的專家，臨到
男女私情上，卻也給勝利沖昏了腦子，甚麼都不計較了。他
驕傲地自以為抓住了一個少女天真的心，搜索枯腸，把那些
天長地久的話都背了出來。

第二天，他表示他的效忠竭誠，就打出了一張王牌，伴
着她把這幾件東西送到半山鄒公館去。這位鄒先生，從大陸

南奔香港，腰纏頂肥，黃沉沉的條子，花花的美鈔，把他的名聲捧上了太平山。這些財富，究竟怎麼來的？就夠一部暴發外史來記錄，好在香港容得下更多的財富，財富也就讓他愛好起風雅來了。

大陸解放以後，大批珍玩古物，百川匯海，流到香港市場來；第一流珍品，都曾到過鄒家的客廳，陳天聲也就是那客廳上的熟客。他心中算計，這是最有把握的主顧；這幾件東西，最後總得走到這一終局來的。可是，他一直不願意走到這個終局來，盡是在外面兜着圈子，因為他期待着另一個終局。直到他稱心如願了，才帶着她走進鄒家的客堂來。

似乎「無巧便不能成書」，明中這時坐在華貴的客廳上，正在野貓似的東瞧西看，那從樓梯上踱下來的鄒家主人，一眼看見她就呆住了。「李小姐，是你？」

他也怔怔地發了呆，這位鄒先生，她的確見過，不只是見過，而且……想到此間，一臉通紅，不自禁地低下頭來了。她只知道這位矮矮的瘦瘦的湖南人，他姓朱，一家公司的董事長。她想回答一句甚麼，那聲音盡自在喉嘴打旋，吐不出一個字來。

「怕甚麼？李小姐，我們是老朋友啦！」他走近她的身邊，握着她的手，顯得非常親熱似的。

天聲張大了嘴，呆在一旁看着，他不明白明中為何忽然姓了李，而且姓鄒的跟她那麼熟絡，悶葫蘆裏究竟藏着甚麼藥？他除了驚訝，一時還猜不出來。

「我有點頭昏！」她回過頭來對天聲說，「我們走罷！下回再來吧！」她就車轉身來向門口走去，她的手緩緩地從姓

鄒的掌中抽了出來。她的指尖，快要抽出他的掌邊，他又拉了回去。「李小姐，這是甚麼意思？」

她一言不發，拿了手帕揩着眼淚，再把自己的左手抽出，向門外走去了！天聲也就和主人點了頭，提着小包跟在她的後面走去了。她走出了大門，急步下坡前行，天聲也就急急地跟着，遠遠聽得姓鄒的在那兒叫喊「李小姐！」

走到好一陣，她揚手招呼了一輛的士，把他倆載到了中環，一家咖啡館坐下來了，她才定定神，捫着胸口說：「慌得緊，慌得緊！」

「你姓黃還是姓李？」

「是姓黃。」

「他叫你李小姐？」

「是叫我李小姐！」

「那怎麼又是李小姐呢？」

本來黃小姐就是李小姐，李小姐就是黃小姐，這其間沒有大不了的秘密，卻也有着很微妙的心理變化。一位走進這一圈子裏的年輕女孩子，開頭帶着好奇心來接受兩性關係，連帶多少激起了厭惡的情緒；那些男人們表演的怪樣子，總覺得有些滑稽可笑。但是，那麼緊張的一度表演中，多少總帶來了一種形容不出的快感，快感到達了頂點，渾身三萬六千個毛孔，孔孔都給燙得十分舒適了。這就從厭惡轉進了期待的階段，偶而一個感觸，渾身也激起了極大的顫動。

黃昏就給李小姐以半陶醉的情調。當她看到彩色霓虹燈，心頭自然而然地有着些微的跳動。她羞怯地接受着一個一個攀生的男人，也漸漸發生了新奇的興趣。她知道有些男

人把情緒控制得很好，讓她獲得高度滿足；多少讓她有些兒留戀。一杯葡萄酒就夠引她入於迷醉狀態，漸漸地她也懂得控制情緒的技術，讓男人們快意以去。一個偶然的機會，男子的舌尖掠過了她的芡實；剎時間渾然顫動所激起的快感，把她帶上了飄飄乎的境界。她才懂得兩性的官能，處處可以使人沉醉下去的。原來上帝所創造的醜惡之中，有着這麼美趣的境界，這便是陳天聲從她身邊所獲得的陶醉之境，也是她對於那些男人們所樂於享受的快感。

但是，清晨醒過來的黃小姐，她立刻恢復了少女自尊心，她覺得那個淫蕩的李小姐是可恥的，她要立刻忘了她；讓自己在別人眼前，依然是端莊穩重的少女，一個大家閨秀。因此，陳天聲就奉之為天神，一夜溫柔，在他已是劉阮天台，恍入仙境。他想來想去，不明白眼前的仙女，何以會帶着這一份不可解的秘密。

明中閉着眼兒靠一下，那位姓鄒的炯炯雙眼，活在她的眼前；那雙眼睛，好似直透過她的衣衫，看到了那個一絲不掛的李小姐；他那熱辣辣的掌心，把李小姐的顫動，從她的下意識中勾了起來。她只覺得那如刺的眼火，燙痛了她的純潔的靈魂，如處荊棘，恨不能一刻飛下去。她此刻已經從那富麗的客廳逃了出來，但是，那燙人的眼火，還是追隨着她的左右！

「鄒先生跟你是很熟的朋友吧！」

「……」她搖着頭，可是，她的雙眼，還是那麼惶惑。

天聲的心眼中，覺得明中跟那姓鄒的，總有超乎友誼的關係，至少那姓鄒的對於明中，顯得親暱出乎尋常。明中的

倉惶躲避，也是不可解的；他要追問下去，明中總是含糊其詞；她越含糊其詞，他越是情急地在追問。

突然地，明中抬起頭來，睜大了眼睛對他說：「陳先生，你幫我很大的忙！一趟一趟替我奔來奔去，我是領情的！你平白要來幫助我這樣一個漠不相識的女孩子，說得再好聽也不過那麼一回事；你心裏想要我的，我不是如了你的意嗎？憑甚麼你要來管我的行動？」她的話，說得一字一字非常清晰，「我，我要你的心！」他期期艾艾哀懇着。

「朋友，也不是一天做起來的，好聚好散，那是勉強不來的；」

「你是不是自己找那姓鄒的？」

「你管不着，也許去找他，也許不去找他；」她冷笑了一聲。「陳先生，天涯飄泊，何苦自尋煩惱！」

「那末，再見了！」他伸出手來給她。「謝謝你，再見！」她也伸出手來和他握了一下。

這時，天聲頭也不回，走出了咖啡館的大門，他期待明中會叫他回去，這期待也是落空的。他低着頭沿街走去，只見濃雲蔽空，黯淡的低氣壓壓在他的頭上。

他一層一層追想下去，為甚麼發這樣的傻勁呢？他憑甚麼權利去干涉明中的行動？她跟那姓鄒的相識，跟他又有甚麼關係？淪落在香港的女人，何止千千萬萬？怎麼只對明中有這麼大的同情？他試着拋開她，不去想她，譬如世界上並無其人。但是，明中的影子，就像紙鳶一般，放得很遠很遠，那條線還是繫在他的記憶上。他在街上亂走了一陣，自己明白，她已成為他生命的一部分，失去了她，就像失去了

生命。

　　他咬了牙齦，試着走開了再說；他料想明中不會飛得很遠的。但是，他一想起那姓鄒的，就冷了一大截，明中一定去找他，他就高價收買了她那三件古董，連着她那顆脆弱的心靈；這麼一來，他就一切都完了。於是他又惶惑起來了。

　　那位給李小姐飄忽來去，弄得莫名其妙的鄒先生；他抓住了一個疑團，從一根線上慢慢地抽。那替他拉線的張太，很順當地，把李小姐找到他的懷裏來了。她依舊那麼溫柔，那麼甜美，那麼膩得動人心魄。從她的唇邊，他肆意滿足以後，他投過了一個問號：「你究竟怎麼一種人？」

　　「你呢？朱先生，還是鄒先生？」

　　「朱先生就是鄒先生，鄒先生就是朱先生。」

　　「那末，好了，又有甚麼兩樣呢？」

　　「昨天上午，那是怎麼一回事？」

　　「想不到碰到的是你！」她又在他的嘴邊親了一下。他就趁手抱了她坐在自己的膝上。「你這媚人的眼兒呀，那時候一派正氣，好像不可侵犯似的！此刻呀！」

　　「此刻怎麼樣？」她的聲音那麼甜。

　　「此刻兒勾人，有些兒蕩！」

　　「噯！我告訴你，我姓黃，叫黃明中；你呢，你是姓鄒，住在半山，好大的公館！」

　　「我叫鄒志道，小名叫阿平，你就叫我阿平好了。明中，我看你是正派的女人！」

　　「鄒先生，說起來真丟人！先父，原是中央銀行老行員，去年冬天，不幸在海南島機場遇難，我們母女兩人淪落

到香港，在木屋裏挨苦日子。新近家母患重傷寒，一病三個多月，一場大火，把木屋又燒掉了！那位張太，神通廣大，帶我走上了這條路！」她的眼圈又紅起來了。

「好妹妹，不要傷心，這個年頭，誰家沒碰到幾場晦氣的事！恭喜你，一場大火，從此轉好運！」他顯得十分愛惜她。「噯，昨日上午，你去得那麼匆匆，好似生氣似的。」

「不，鄒先生，不是生氣！我不願意你知道黃明中就是這樣一個李小姐！」

「我就歡喜這樣一個李小姐！」他把她摟得緊緊的。

「鄒先生，我問你：一個人會有幾個靈魂？我自己也不明白，一到傍晚，我的心就變了！自從第一晚喝了第一杯酒，我就換過一個人了！到了第二天早晨，我的靈魂也跟黎明一同醒過來，我就討厭這樣一個李小姐。晚上我要你們親近我，我也愛親近你們；一到早晨，我就有點討厭你們了！近來又在變了，好似早晨那個我，慢慢地少下去了，晚上這個我，慢慢地多起來了！這是甚麼道理？」

「明中，你還年輕，不懂得人生，此中奧妙甚多。奧——妙——甚——多。」他特地叫了一瓶陳年竹葉青，幾碟精緻的小菜，就在 W 大廈的套間裏對酌起來了。這是一種上品紹興酒，色淡味醇，清香撲鼻，容易上口。她喝下了兩杯，就順溜地一杯一杯喝下去。紅霞從她的頸脖上泛，慢慢地遮滿了她的頭臉。她瞇着雙眼，嬌喘地靠向他的臂上，渾身沒一絲勁兒。

這是初夏之夜。她渾身燠熱，脫去了衣衫，沐浴於薰風驟雨之中。始也，陰雲四合，熱氣包裹着她的軀體，喘息也

十分困難，一陣狂風過去，渾身起了震戰。接上來，急雨一陣一陣打着，她拚着命在狂濤中掙扎，剛要想伸出頭來，立即沉沒下去。這時，五臟六腑都給倒出來似的，要想叫喊，卻給嗚住了。

剎那間，雲散雨收，明月橫空，阿平把她帶上輕煙白霧之中，飄飄乎羽化而登仙；他們從現實世界進入夢境，一覺醒來，一條透過玻璃窗的陽光，幻作長虹，彎在她的床頭了。她張開倦眼在搜索枕邊的阿平，只見他披了浴衣從浴室中出來；一種帶着潮濕的熱氣，靠近她的身邊來。她又迷迷茫茫進入了夢境。

阿平啟發了她的喝酒興趣，她才體味了伏得卡的辛辣，白蘭地的濃馥，高粱大麴的衝頭，紹興老酒的濃厚；她才從竹葉青的醇和中，嘗到樂陶陶的長性子的味兒，他就讓她從現實中去體味人生的奧妙！他輕輕在她耳邊問她：「你懂得了嗎？」

「懂了！」她微笑着點點頭，把頭鑽到他的胸前去。從此以後，黃小姐便是李小姐，李小姐便是黃小姐，豁然開朗，她悟得了靈與肉一致的人生意義。

在明中與阿平之間的其他問題，很容易解決的；他買了她的三件古董，付了一萬五千元的代價。他替她在英皇道上租了一層公寓，安頓她和她的病後的母親。他就成為她那公寓中的定期性的朋友，很關切地做了她的人生顧問。

阿平不時帶她上那幾處豪華的俱樂部、金號、波樓，屬於香港另一面的世界。她從如此如此的人生中，恍然覺得自己以往的愚蠢。

明中飛向鄒家的消息，和他墊借給她的那一筆錢，一同來到了天聲的面前，他就真真實實失去了這一個天邊的月亮了。

在鄒志道的心眼裏，男女之間，只不過是這麼一回事；可是陳天聲心頭，不免怏怏然，覺得從他手中溜走的，不只是這麼一個年青的女孩子，而是他自己心頭慢慢成長的一個美麗的夢想：有如小孩子吹肥皂泡，在空中飄盪得正得意，剎時間破了，散失了！他的心頭，就有着無邊的空虛！他幾乎想到鄒家去把明中抓出來，痛打一頓！才洩自己心頭的憤恨！他又想把那一疊紅票子，當面撕給她看，表示他對於薄情的女人的賤視。

最後，他下了這樣的結論：女人，賤貨，不識好歹，有的是女人，有錢，那怕沒有女人。他一心一意把許林弟扶了起來，替她還了債，恢復自由的身體，介紹到清華舞廳做舞女去。他把她打扮得格外入時，要林弟強過那一窠姊妹，顯得他手邊也有這麼一隻可愛的金絲雀。他讓她竄紅，清華舞廳的朱大班跟他是多年的老友，託了他一力幫她拉枱子；他的一個學生，M 報外勤記者，他也再三送稿，託他從旁吹噓。他要把這隻肥皂泡吹得更大，翻得更高，讓明中知道他是怎麼一個深情的人。

林弟進場那一天，換了林新燕的芳名，他親自到花店定製了彩牌，約了許多朋友去捧場。她那套湖色輕紗的晚服，配上了銀色的高跟鞋，縮在他的臂上，雙雙步入舞廳，恰似新儷進入禮堂，吸引了全場的注意。他那一臉得意的神情，好似中古的騎士穿了甲冑提着寶劍走向凱旋門。

「這位陳局長，人老心不老。」東角卡座有人在竊竊私語。

「這一班，都是不長進的東西！」

「噓！他們走過來了，輕聲一點！」

「看他那副得意的樣子！」

「你知道嗎？他做做古董經紀，走外國路線，着實得發呢！」

「噯！你知道林新燕是誰？這位局長收的都是陳年爛古董！」說着便哈哈大笑起來了！

鵝一句，鴨一句，這些，隱隱約約從隔座傳到天聲的耳邊來，這時，新燕忙着轉枱子，他捧着頭枯寂地坐着，勾起了無限的感慨！

「不長進」，「爛古董」，這幾個字，字字打痛了他的尊嚴。他回想二十歲那一年，跟了一位走洋船的本家，穿了那麼一套破破爛爛的衣衫，到了法國馬賽；咬緊牙齦，勤工儉學，在巴黎一家中國飯店裏打雜，居然讀完了巴黎大學，得了法國國家哲學博士學位，就像中了洋狀元，榮耀回國。那知「哲學」這東西，高貴而不切實用；回國以後，一直就在大學裏當教授，直到勝利的第二年，他的老朋友做了漢口市長，才挨上了教育局長的地位。好景不常，解放軍來了，就因為做了教育局長，有些兒心虛，溜之乎也，到香港來販賣古董過日子。

「經紀人」這一行，就像媒婆差不多；要會吹，吹得要有分寸；要會騙，騙得水鬼肯上岸；要會變，魔法一般一套又一套；笑臉就是本錢，為了一場買賣成交，低聲下氣，笑臉迎人。尤其是古董這一行，沒有邊的買賣，三年勿開張，開張吃三年；大魚來了，耐着性子慢慢地釣。吃吃茶，喝喝

酒，陪着主顧上舞場玩玩，尋尋女孩子的開心，家常茶飯，毫不足奇。

他自幼家境貧苦，父親又管得很嚴，一直不敢放野；到了巴黎那麼一個美麗的花都，春天卻不是屬於他的。回國這十多年，在教育界過的也是嚴肅的日子；背底裏總有不可告人的私隱，表面上，只能規行矩步地過着。那知道一年多的香港生活，卻把他的下意識中的根苗烘出頭來，舞場中的聲、色、女人，渲染而成的氣氛，使他陶醉了；他才懂得人間自有仙境，溫柔鄉中另有洞天。不過眼前這些女孩子，也很少使他滿意的。他要在歡場之中，找尋並不屬於歡場的女孩子；正當大陸風雲變色之際，多少名門閨秀，大家姬妾，墮落風塵；他相信此中必有紅粉知己，實現他的理想。皇天不負有心人，他畢竟和黃明中相識了。

佛說：貪，嗔，癡，三念不可動，動了念頭，就要陷入轉折輪迴，甚至萬劫不復。開頭天聲只是一種癡念，覺得明中這樣帶鄉氣的女孩子，有如待琢的璞玉，事事在半懂半不懂之間，最是惹人憐惜。幾個月的廝磨，一顆嵌在蚌殼裏的砂子，已經生根，長成了一顆珠子了。他張開眼睛，就想到了她；閉着了眼睛就看到了她；深更半夜了，還捨不得和她分手。其實，他明明白白可以抓到她，可是他並不懂得如何去把握她的施捨，他幾乎永遠在她的影子裏站着，粘不近她的身子呢！

而今，鄒志道就把他手掌上的一顆水銀，裝到瓶子裏去了；他便由癡轉嗔，下意識中燃燒着的那個報復的念頭，推動他去培養林新燕這顆野玫瑰，做這場別人看作是不長進的

勾當，那一晚新燕只在他身邊坐了幾分鐘，便飛到別人懷裏去了。他看着她靠在別人的臂上，在舞池裏轉來轉去，眼前這個喧鬧的場面，就從他的記憶中消失，好似面前只是一片白茫茫的雲霧。一回兒，舞池的燈光黑掉了，情吻的舞曲送來唧唧的 kiss 聲音。他知道那一臉酒糟米的傢伙，一定把臉貼在新燕的臉上，可能嬉皮笑臉地把嘴唇就貼了上去；眼前黑洞洞一片，正是魔鬼放出來的妖霧，遮掩着那些醜態。他捻了拳頭，盡自輕輕敲着枱子。

「嘻」的一聲，他的身邊有人在發笑了。這時，燈光乍明，原來他約來捧場的一位姓周的老朋友早就坐在他的對面了。

「天聲，你這人，怎麼這樣傻！」

「逢場作戲！逢場作戲！」他連忙自己辯解。「我也不過偶而為之！偶而為之！」

「歡場這個無底洞，你我拿甚麼去填？我勸你還是清醒一點！」姓周的笑着說，「想不到你也做起『孝子』來了，哈，哈！哈！」

「連成，連你也在笑我哪！」

「不，我看你這份癡相，呆呆地坐在這邊等她！你自己想想，傻不傻！」連成一邊抽煙，一邊說笑。「傻瓜做不得，中意她的話，花幾個錢養她就是啦！」

他就談到鄒志道的精明也不過花那麼一點錢，養着黃明中在外室，又何必拋頭露面，給別人當笑話看呢！

他又和天聲，說起明中的事，說今天晚上，明中已約他來捧林弟的場，說不定會有一批客人同來的。

本來，明中的記憶中，幾乎已經消失了那位替她跑過腿

的陳天聲了；就因林弟不忘舊友，常時到她的寓所來談談，間接知道天聲的生活過得很不錯。天聲負氣似地不肯去看她，她也就毫不關懷了。那天，她聽說林弟掛了林新燕的新牌到清華舞廳去上場，顯得自己照顧姊妹的情誼，特地邀了一些朋友去捧場，還約了鄒志道備私家車伴着她一同去。

正當陳天聲給周連成說得心頭有些忸怩不安之際，一陣腳步聲，打斷了他們的談話。他抬頭看去，明中靠在志道的身邊，和一群朋友走過來了。志道走到他的面前和他緊緊握着手。明中格外走近一步，雙手捧着他的拳頭，顯得那麼親熱。眼前的她，已是一朵開放得十足的芍藥，非復先前那樣含苞初綻的月季花了，三日不見，刮目相見，他心頭好似中了一箭，隱隱有些作痛！

第四章　風雨

　　黃明中，自從過着金絲雀的生活，自由自在，顯得舒適得很；她的母親，回復到先前那麼安泰的環境，打打小牌，睡睡午覺，聽聽說書，享着意外的清福。病後調養得很好，白白胖胖地，連頭髮也長起來了。她的女兒的種種，她自然而然地會明白過來；世道如此，一個人總得要活，還有甚麼話可說呢！好在那位姓鄒的，外寵很多；明中不過是他的膩友，彼此都無拘束。說起來，明中倒是交際花一型的女人，在某一限度，有她自己的自由的。她對自己的現狀覺得相當滿意，也就安分得很了。

　　香港的交際花，總有那麼兩房一廳的場面，佈置得雅緻宜人；那小型客廳，臘板照人，酒餘興起，也就婆娑而舞，其樂陶陶。她們自己下廚，弄幾樣精緻的小菜，牌局上，找幾個姊妹來熱鬧熱鬧，那些男客，安樂窩中留連忘返。她們背後，總有一位老細撐着場面，許多事彼此心照不宣，很少抓破臉鬧得面紅耳赤的。她們總有那麼一套手腕，讓大家都能稱心如願；這套手法耍得好的，也就成為大眾的情人，賓至如歸了。

　　明中屬於比較老實的一流人，有時就嫌寂寞一點；姊妹淘笑她太忠厚，時常帶一串人來鬧天宮；所謂酒肉的朋友，

青蠅似的，一群飛來，一群飛去，也拖着明中到她們的天地中去過胡天胡地的日子。她們都懂得巧妙運用她們那副原始的本錢；用錢也要有點藝術，不可不用，不可亂用，用得好，用在刀口上，那真如庖丁解牛，目無全牛。明中靜默地懂得了這些訣巧，她和鄒志道，也就教學相長，爐火純青了。

明中一向打扮都是十分素淨，格外合上了鄒志道的心意。有一天，他帶她上 F 金號去，場上朋友都是嫂子相稱；顯得她的氣度自是不同。志道格外覺得自己有了光輝，低聲對她說：「反正在家也是閒着，何不到這兒來散散心！這兒，茶煙點心，無不齊全；高興買就買，賣就賣，贏了是外快，輸了也就是這麼一回事；我們那在這五百一千上擔心思！」

F 金號場子裏，十停倒有五六停是鄒志道的熟人，明中闖到這一新天地中來，眼界又開拓了一重，那些男人開頭對她很感到興趣，一下子就給報價的聲音把他們喊回去了。場子上，這些熙熙攘攘的顧客，大半是從大陸上轉過來的軍政二三流角色。鄒志道，他在軍需界混得年份久，比他們的腰包粗得多，膽子也壯得多。他們從那一冒險的世界轉到這個冒險的樂園，情趣也是差不多的。這個場合，本錢越長，越有辦法，縮手縮腳，就會碰到鬼，眼見發財的機會，只能輕輕放過去。志道那個不在乎的神情，倒真正贏了錢。

明中混得日子久了，她才懂得男人的心理，第一是抓權，第二是抓錢，第三是抓女人。從前，他們在大陸的時候，有權就會有錢，有錢就會有女人。此刻呢，他們就在錢眼裏打觔斗，先錢而後女人。她眼中的鄒志道，耐性、辣手、狠心，就這樣抓到了權力，抓到了財富，抓到了女人。

想到此間，她的心弦又在跳動，她是心甘意願在他最狠心的那一刻中戰慄發抖，她嬌音私語：「這傢伙！」她也先後吸引了一些朋友，想來想去，還沒有一個比得上這紫棠色的西門大官人的！

這時給志道叫了一聲，她從回憶中醒了過來，他嘩啦嘩啦叫道：「天聲兄，你真是深情的人！明中說，新燕是你一手提拔起來的！風塵中提拔嬌娘，也是我們的陰功積德！」志道把尾上那四個字說得那麼俏皮。

「你這壞蛋！陳先生，老實人，你不關輕重，只是打趣！」明中笑着替他解圍。「我們這位林妹妹，也真可憐！虧得陳先生搭救她的！」

「博施而濟於民，堯舜其猶病諸！」周連成在旁酸上這一句。

「連成兄，你說錯了！一隻牛，牽着去挨刀，那麼戰兢發抖，齊王心裏就有些不捨得，你說該救不該救，你們這班迂夫子，就是酸！」志道一陣哈哈，阻住了連成的酸氣。「天聲兄，還是樂我們的，把你那位嬌娘找來，看看你的眼力！」

這一晚，清華舞廳擠滿了客人，十成倒有一成是來捧林新燕的。她就整晚不停地在那些枱子上飛來飛去。直到志道他們那一串客人，找了大班，把新燕找了過來，才算釘住了一陣子。志道把新燕拉在身邊，仔仔細細看她的臉龐、手指、身段，大為讚賞，道：「不錯！世有伯樂然後有千里馬，我們天聲兄，調理得不錯！你們知道，環肥燕瘦，趙飛燕能作掌上舞，多麼輕盈！」

「你的嘴！看你嚼不完的蛆！你看，林妹妹，給你窘

死了！」

「一蟲剋一蟲，一物治一物，你這傢伙，就要明中來治你！」老鄒的朋友，山東大漢，高大昇大聲地說道：「你少說嘴，此日不樂，更待何時！新燕，來，咱家跟你跳一場探戈舞！」

滿桌的人哄然大笑，叫道：「好！表演一番，看山東佬跳探戈！」這時，音樂乍起，客人一對一對走向舞池；高大昇果然挽着新燕走了。桌邊只留下了明中和天聲兩個人。

「陳先生，怎麼樣？」明中站了起來，笑着問他。

「明中，你……」他就說不下去了。

「跳舞去，好不？」她笑盈盈地說，「陳先生，你怎麼不到我那邊來玩？不會是生我的氣吧？」

他也就站了起來，伴着她走下舞池去。

明中偎依在天聲懷裏，跟着旋律在舞動；這隻活潑的小鳥，顯得甚麼都已成熟的了！她輕輕撫摸着他心靈上的皺紋，慢慢熨平來。一個明朗的胸懷，對於他，好似不設防的城市，隨心所欲，盡可以百無禁忌的。他覺得她對他格外來得親熱，幾個月來，下意識中鬱着的那一份妒情憤緒，一刻兒化為輕煙，飛得無影無蹤了。先前他還說得出明中怎麼怎麼地可愛；此刻只覺得她一顰一笑，無一不可愛。雖說陽光普照，人人沐浴光輝，他總以為自己這一份光輝比別人濃厚些。

舞場裏的時光，最容易消度，朱大班跟他們都是熟人，摸透了他們的脾胃，誰是誰的舊遊，誰愛怎樣的調門，找了許多上海廣東的小姐來調和他們的口味。只有天聲，陪着明中娓娓清談，連新燕怎樣飛來飛去，也不十分關心了。

那位山東大漢，老高，拉了一張椅子坐在他們對面，打岔道：「噯，老陳，這不行！這樣子見了一個愛一個，應了一句古話，叫做『得新忘舊！』這不行！」

　　「你這大個子，不知底細，少說廢話！我們天聲兄是『得舊忘新！』」周連成打趣了一句。

　　「這叫做『其新孔嘉』，舊的也不錯，我們這班人，舊道德裏面教養出來，心地就是這麼不錯的！」邊上一位姓孔的朋友，發揮他的妙論。「你們知道，天聲兄教育家，夫子循循善誘人！」

　　「妙，這個『誘』字！」山東大漢拍着手說：「娘兒們都給他誘得心花繚亂了！」

　　「不對，不對！娘兒們把我們的陳夫子誘得心花繚亂了！」

　　鄒志道摟着新燕，談得正親熱，聽得他們笑得起勁，問道：「你們鬧點甚麼？」

　　「噯！他們說你割陳夫子之靴，得新忘舊！」

　　「胡說八道！」

　　「哼！你以為我們不明白底細！你們一丘之貉，也分不清這隻靴是誰的！」山東大漢的聲音真響，連旁座的客人舞女都轉過頭來了。

　　「真是一筆糊塗賬！一筆糊塗賬！」周連成半感慨，半說笑似地說，「世道人心，變得真快！」

　　「老兄，噯！你這傢伙，到這地方來講世道人心，太不識相了！」志道一手捫着連成的嘴，一邊打哈哈！「這個世代，要吃冷豬肉，也沒你的份啦！」

　　連成把頭偏過了一邊，話說得急了，含含糊糊地叫道：

「你們這般人，都是下地獄的坯子！」

「好，就讓你獨個子上天堂吧！」志道緊緊拖着他。

「話要說回來，這個世代的世道人心，確乎像那從高山上滾下來的大石塊，越滾越急，誰也阻擋不住；就是這麼變呀，變呀，也不知會變成怎麼一個田地？」天聲把志道拉了開去。「本來，男女關係，不免有些兒微妙，可也總還有些兒綱紀，摸得着一些邊兒的；而今，這份綱紀都抖亂了！」

「我們陳局長講起男女綱紀來啦，餘痛猶存乎？餘酸未盡乎？」周連成又掉了兩句文。

「老周，你不要以小人之心度君子之腹！」

「小人怎麼樣？君子又怎麼樣？我知道，好聽的話多得很，世紀末啦，醇酒美人，寄情於聲色！」他對天聲扮一個鬼臉，「觀其眸子，察其所以，人焉瘦哉！人焉瘦哉！你這個君子，也不過想左宜右有，一箭雙鵰！」

天聲剛要接上話去，音樂又起來了，明中拉着天聲下舞池去，「好了，好了，跳舞吧！不要說了！」這時，朱大班朱飛鵬笑着走了過來，坐在周連成的對面，笑道：「你們這一桌真熱鬧，舞也不跳，只是談笑喧天！」

「朱大班，我且問你！你說，世道人心是否大變了！」

「不變又怎麼樣？鄭板橋說，難得糊塗，我們還是糊塗一點的好。你說我姓朱的，十多年前，且不說壯志凌雲，總還自負是個血性男子漢！抗日戰爭中，也曾打過幾次硬仗，立過幾次戰功，還算是抗日英雄！戰士的帽子滿天飛，到而今，東向客人叩頭，西向舞女作揖，還要聽老闆的冷言冷語！你說，世道如此，只能如此，你說，我們的心，難道是

木頭做的！」

「在這個圈子裏，你是見得多了！古話說得好，如入芝蘭之室，久而不聞其臭，變得太厲害了，也不覺得是變的了！」

「不，不，並不，我看，世道就像酒瓶，人心便是酒，有的是舊瓶裝新酒，有的是新瓶裝舊酒。從變的角度看去，人心的確在那兒變；從不變的角度看去，人心也沒有甚麼大變化。求生意志，是不是叔本華有過這個名詞？這種意志力，它在各個環境中有了不同的表現就是了。」他屈指把舞場上這些女孩子一個一個數過來，「那一個不是心地很好，沒有辦法才到這兒來的；有的着實受過教育，知識豐富，文筆也不錯；到了這個圈子，只能適應這個圈子的生活。你看他們是變了，也可說是沒有變！就拿新燕來說，這孩子本性真好，可奈命薄如紙，今日能夠做到了舞女！總算爬上了一步了！」他又指着音樂壇上那唱歌的袁小姐，「她真是一心向上，成天唸書，記性又好；她愛看的詩文，成篇成篇背得出來！她總想唱歌的比伴舞的高一層，可是唱唱歌活不下去，只好連帶伴舞了，你說她的心變了嗎？」

「你看，這場子上這些男男女女，不是瞎胡調一陣子嗎？」

「場子裏，場子外，我看也差不了多少；大家都是黃連樹下彈琴，苦中作樂！這倒不是人心大變，是一種心理變態；處在無可奈何的環境，找找刺激，痛快一下！像我這樣，憋着一肚子的氣，要不樂一樂，真會變瘋子！此日我輩，既無自己的志氣可長，也不等別人來滅我們的威風，明明打自己的耳刮子，偏生打得又響又脆！這日子真不是人過的！」他拳起了自己的雙手，好像抓住了兩顆手榴彈，要把

這個世界炸掉似的！

「你真看得透，說得對！這個年頭，好似月亮給天狗吃掉了，漆黑一團，還講甚麼世道！」

「至少，我們這一輩是完了，將來的事，也難說得很，魯迅說過一句很有道理的話：『絕望之為虛妄與希望同』，希望是空的，絕對也是空的；『山迴水複疑無路，柳暗花明又一邨』，也許你我都看不見了！」

這一晚的熱鬧空氣，直到午夜一點鐘，才跟着那拉開來的幃幕，一同散開去。新燕滿懷得意，舞步新試，雖說生疏一點，就是一份天真，客人們都很喜歡她。明中錦上添花，烘得如火如荼，替她撐足場面。朱大班跟天聲很熟識，對她格外賣力，盡可能拉了許多枱子。舞廳老闆自然賞識了她，相信這隻雛燕會竄紅，會走運。她的雙腳，已經累得快癱下來了，她的心還是興奮得很。她跟天聲回到了房間裏，房門一關，就脫下了高跟鞋，跣足在地板上走着；天聲扶着她，她就橫向長沙發的一邊，雙手向後一攤，掛在那兒了！

天聲，靠在她的身邊，靜靜地坐着；他也有他的興奮之情，他重新找到了天邊的月亮，覺得明中對他還是那麼熱情，他只怪他自己以往的愚蠢，不知抓住了她，空自生氣一場，辜負了伊人的好意。想到此處，臉上非常得意，幾乎笑了出來。

新燕看他默不作聲，抬起頭來看他，伸着雙臂斜攀着他的肩上：「達令，怎麼啦？一聲也不響！」

天聲把她的頭枕在自己的右臂上，左手攔腰抱着，讓她的臉恰好偎着自己的臉，很親熱似地說：「林弟，好好地休

息一回吧！不要多想了！」

「你把我當小孩子，甚麼都不懂，哄哄我，騙騙我！」她撒着嬌有些兒發氣，「甚麼話你都是口不應心！」

「口──不──應──心！」這四個字，恰似當頭棒喝，敲醒了他的迷夢。他想到自己是有家有室的人，眼前這些胡鬧的事，又算甚麼呢？但是，在禁慾空氣的大石塊底下盤曲着的慾念，給溫暖的風吹動了，黃昏這溫床，就讓它放肆起來了。他到了粉紅色的圈子裏，跟在這些女孩子後面轉來轉去，也就把「有家有室」，「道德訓條」，和朋友們的諷嘲都擱在腦後了；辛辛苦苦，從仰面求財的種種臉色中找來的佣金，就這麼糊裏糊塗送到那些女孩子們的皮包中去了。

有一回，他收到自己太太從漢口的來信，說到三親四友生活的困難；她跟那些孩子們吃粥度日，叫他在外要想到日後的艱難，務必節省用度，儲蓄一點。他一時也憬悟過來，決定結束這些糊塗的勾當；但是，經不起女孩子們的淺笑輕媚，又被軟化了。

他跟明中往來那些日子，已經有點兒天昏地黑；接上來，為着「負氣」，跟林弟親熱的日子，更是顛顛倒倒，除卻溫柔不是鄉了。此刻，他一心一意向着明中，連林弟也說他口不應心了。他半晌不語，雙眼看看那窗外的月光。

「達令，你生我的氣了！」林弟扳過他的頭去。

「你說得對，我這個人，鬧糊塗了，事事口不應心！」他好似大徹大悟。「林弟，我並沒怪你！我只怪我自己為甚麼這麼糊塗，這幾個月來，簡直是胡鬧！」

「這就是怪我了！」

「林弟，你還年紀輕，不懂得世事，你不懂我心頭的苦悶！」

「不懂，不懂，你老是說我不懂！」

「你們女人，就是不懂得男人的苦悶！」

「你剛才不是說我說得對，怎麼又說我不懂得男人的心理？」

「你說得對是一件事，你們不懂得男人的心理，又是一件事！」

「我知道你把我看得太孩子氣了！這兩年，我流下的淚水，就夠飄盪你這個瘦子啦！你還說我不懂事！」她鼻子裏打哼：「你們男人到的地方，連空氣都是半死的，各色各樣的人，煩惱、不滿和憤怒，把空氣的一點生氣都毀掉了！連你也是！你們沒地方出氣的時候，就跟女人們胡鬧；你們的叫，你們的笑，都是裝出來的！」

他怔了一怔，覺得身邊這個女孩子實在懂得太多了。「怎麼你倒把我們男人的長處短處，看得這麼透？」

「哈！明中說得不錯，男人都是簡單不過的動物；只有兩件事，一種是生存，一種是性慾。」

「你們把我們比作畜生啦！」

「人類就是畜生，並不是比作畜生！」

「那你為甚麼又說那些哄啦、騙啦的話？一隻雄雞跟一隻雌雞打架，打架就打架，打完就算，又有甚麼哄不哄、騙不騙呢？」

「也許我年紀輕，比明中不懂事；不過，我想男女之間，除了這一件事，總該有點甚麼似的！人總不該完全和畜

生一樣的。就像你一樣，明明跟女人胡鬧，心裏總覺得不該胡鬧似的。也正是口不應心！」

「你是說男女之間，應該有點愛情；好似一碗豆腐拌了醬油，應該加點麻油！」

「不該加點麻油嗎？」

「應該加，應該加！不過加了這麼一種作料，徒然增加自己的痛苦，那又何必呢？」

「如果，我自己願意承受這一份痛苦呢？」

「你是說，你愛了我了？」

「但是，我知道你心裏是愛了明中的，是不是？」

「這就是你多心了！今日的明中，那還有我的份兒？」

「但是，你的心裏，根本就沒有我的份兒呀！」她扭着身子，靠向他的懷裏，不讓他再說下去。

且說香港的人情、財富，跟天氣一樣，瞬息萬變；早晨穿着單衣，滿頭大汗，悶熱迫人；一陣狂風夾着暴雨，立刻穿上夾袍，還有些抖戰，氣候是如此。整個市面，一夜之中，鬧得天翻地覆，也是一見不一見的常事。那天上午，天聲剛從仲夏夜之夢中，醒覺過來，案上電話鈴聲響了。林弟一聽，原來是明中的電話，聲音非常緊張急促，說事急待商，要她們立刻就去。

原來明中、志道那一群客人，走出了舞場，正在熱熱鬧鬧吃宵夜；老鄒突然接到了一個電話，只聽了一句，他的臉色便變了，顯得出了甚麼大亂子了。他放下了話筒便走，甚麼話都沒有說。明中悶悶地回到寓中，焦灼地坐着等待天明；她打了許多電話，也打聽不到志道的去處。直到巳牌時

酒店

分，一個驀生的人，送來一張寫在土紙上的草亂條子，上面寫道：「明，我只能走了，你自己當心；未了的事，可找天聲兄商量！立刻去辦，知名。」這麼沒頭沒腦一悶棍，把她打得昏過去了；她搖搖欲墜，眼前一顆一顆的星火，在空中飛舞。好久，好久，才想起了一件頂大頂大的未了的事：她那一萬五千元現款存放在 F 金號，一總歸在志道賬目之中，不曾另立戶頭的。她急忙打電話給天聲，要他替她去提出現款來。

那知她們趕到了 F 金號，已經遲了十分鐘，法庭的扣押命令已經送到了。志道的動產不動產，都在扣押之列。F 金號的經理，也承認鄒記戶下的保證金，有一筆一萬五千元現款，原是黃小姐的私房；志道也曾口頭對他們說過；可是，口說無憑，只有向法庭提出異議，看法庭怎麼判決了。這一晴天霹靂，把她震昏了，她就在櫃枱前面直蹦直跳，號啕大哭；林弟邊拖邊勸，天聲拍胸擔當，也鬧了好久，才算安靜了下來。

場子裏客人，正在飛飛揚揚，談論着鄒志道的事變，明中這麼一喊一鬧，倒把會場的人，都擠到她的身邊來看熱鬧了。人群之中，有人低聲在說：「你們看，鄒志道的外室多漂亮，走了桃運，霉了財運；他給她一萬五千元的私房，這一下，一塌括子都滾進去了！」

「呸！」明中突然站了起來，兩眼發火，在搜索那說閒話的人。「一萬五千元，我自己的錢，我把三件古董賣給鄒家，拚着我這條命，也要拿回我自己的錢。」

那人對她怔了一下，立即向人陣裏一擠一揉，溜着走

了。她正想追了過去，天聲和林弟，一人拖住一隻手臂，才把她拉了回來。他們連哄帶勸，要她回家去從長計議；她癡癡呆呆，無可無不可，連連似哭似笑地叫了幾聲，一種失心瘋的樣兒。場子裏人多嘴雜，隱隱約約，聽得有人在說：「鄒志道，這傢伙，爛污可拆得大啦！五百七十萬，看他這回怎樣翻身？」

「半夜富貴半夜窮，洋房汽車一場空！」

「還有這麼一個美多嬌喲！」

「你老兄少見多怪，老鄒的美多姣才多吶！」

「你可知道，她就是那有名的黃明中！」底下說話的聲音低了，輕得幾乎聽不見了！只聽得那些人在那兒格格地笑着，大概不會是甚麼中聽的話頭。

明中，就是這麼瘋瘋癲癲地鬧了半個多月，才有些兒清醒過來。她就此拚命鬧酒，打開了白蘭地的酒瓶，連着瓶就骨都骨都吞了下去。她一喝醉了，一派潑辣的風情，膩着天聲整天整晚侍候她。那些樸素的衣衫，都給丟在一邊，盡找些大紅大綠，鮮艷奪目的時裝穿了起來。有時裸着上身，一抹大紅的胸搭，掩蓋着半輪乳房，恰似非洲土人的樣兒。有時，她要躺在天聲的臂上，恰似他懷中的嬌女。有時，要天聲躺在她的懷裏，簡直把天聲當作她的小寶寶。天聲精神好的日子，第二天，她就容光煥發，有說有笑。天聲的精神壞一點，她就打雞罵狗，鬧一整天才完事。一個暢快的昏夜，才換得愉樂的白天，直把天聲鬧得天昏地暗，不知所云。那些日子，她霸佔着天聲，不許他一刻兒離開，有時雙雙上夜總會去跳整晚的舞，直鬧到雞鳴時分才罷手。

鄒志道的消息，傳信傳疑，一直沒有真實的音訊；到了後來，也就泡沫一般，在大海中消失了。有人說他在日本東京的鄉間閒住，也不見甚麼可靠的下文。她們從各方探聽明白，老鄒確乎碰到了一陣鬼風，真正傾家蕩產了。老鄒先前置備了幾艘大漁船，打漁是幌子，做的是冒險行當，走私，手下四五十名好漢，在黑路上着實撈得一些油水。這一回，黑吃黑，兩艘船給海上騎士劫到蓬萊仙島去了，連帶擄去了三百多萬元的五金器材；他全副家當，在海水裏泡湯，化為烏有，他也只好溜之大吉了。天聲曾替明中找了律師向法庭提出異議，要提回那一份存在 F 金號的保證金，別的債權人一起哄，鬧到後來，也就成為懸案，等待一併解決了。

　　天聲的道學氣分，和拘謹性，到了香港，雖說衝破了藩籬，慢慢放縱起來；可是他一碰到了明中的奔放狂潮，卻又不免畏怯怔懼，幾乎有些兒厭惡她，萌生逃避的念頭；可是一到了她的面前，就像磁性的吸引，使他無從擺脫。她的身邊，帶着那麝鹿的氣息，一嗅到了這種氣息，他就迷醉下去。在胡鬧的紀錄上，天聲也有過種種的回憶；可也只有在明中的身邊，找到了痛快的峰巔！

　　明中的酒量，一天一天增加起來。酒精所激起的狂焰，使她變成貪狠的豺狼。她眼中的天聲，就像搾機中的甘蔗，枯了乾了，跟她的需要相去越來越遠了。有一天，她忽然向他提出要求：「你送我進場，我也做舞女去！」

　　「莫開玩笑了，鬧甚麼啦！」

　　「不，我真的要做舞女去了，這樣單調的生活，你也乏味，我也索然；再說，我那筆錢，也不會有甚麼大希望了，

往後日子長呢！」她對着小鏡子照着，「你說我這樣子，下海做舞女，還不太醜吧！」她的容姿，給醇酒一解放，夠得上一個「艷」字，大膽使她帶上十分媚態，倒是一個真正的尤物。

「美極！趣極了！」他湊着趣說。「你這一下海，怕不紅遍九龍！」

她點着他的鼻子說：「你不許說誑！我懂得你們男人的心理，你早已討厭我，但是，你又捨不得我！你歡喜女人嫻靜一點，先前的黃明中，最中你的心意。此刻的黃明中，你又覺得痛快！安靜了，就不會痛快了；痛快了，就不再安靜。我知道你心裏是不願意我做舞女的！我老實告訴你：今日的黃明中，不是先前的黃明中，我要痛快，就像你們要痛快一樣！」

天聲摸摸自己的下巴，低着頭看她的腳尖：那一顆顆紅的指甲映在他的眼裏。順着腳跟看上去，那結結實實的腳脛，那胖胖的大腿。一個女人，她的臉龐，就像櫥窗一般展覽在外邊；她的生命力，卻在她的大腿上。在生命之火燃燒處，她的心頭突突地跳動着。他在體味她的話頭，想不出一句適當的話來！

「我猜透了你的心了吧？」她笑着說說：「人無千日好，花無百日紅！我此刻還年輕，再過下來，人老珠黃，不值錢了！那時候，我再要了你，你也厭棄我了！」

「你們這般女孩子，怎麼都變成玩世不恭的虛無派了！」

一個人的性格，就像山澗中清泉一般，本來夾雜着一些礦質，多少帶點泥土的氣息；它本來不像蒸餾水那麼純淨，

可是一種富有生命力的活水。順着溪澗江河這麼流下來，沿途吸收了種種成分，匯集到大海中去；其中帶着酸味、苦味、鹹味以及種種污垢，萃生了一些微菌，看去那麼烏油油綠殷殷的樣兒，其中依然有着那份富有生活力的活水。從「肉」的成分，看黃明中自我解放，簡直是個惡魔派的詩人。她的打扮，衝破了美的典則；掌握着「誘惑力」的訣巧，有如吉賽西的女人，看上去那麼刺目，她到了那兒，大家的視線就移轉到那兒。她反對古典派，把肉體包裹起來的調兒；肉體是上帝的傑作，裹藏了肉體，便是白白糟蹋天地間的精華；她懂得在怎樣情況之中，暴露那完美的裸體；也懂得局部的掩藏，仍是最暴露的暴露。她懂得嬌羞潑辣，同樣是操縱情趣的技術，她走向兩個極端。有時日麗風清，微波淪漣，有時驚濤駭浪，排山倒海。她把白天讓給靜女，使人可親；把昏夜讓給蕩婦，使人可欲。她渾身都是解數，讓每個男子忘不了她。

有一天，黃太太燈下閒坐，一邊結着絨線，一邊跟明中閒談，慢吞吞地說道：「明中，這一年來，你變得太多了！」

「媽媽，不變怎麼樣？不變，大家都會餓死；那天，我差不多變成了瘋子！我現在甚麼都不管，活一天享受一天，能怎麼痛快，就怎麼痛快！」

「人家說起來，總是不大好聽的！」

「媽，人家說了，又怎麼樣？我知道，人家說我是淫婦，好像一個女人多了幾個男朋友，就算是淫婦。不錯，守貞操是不容易的；可是，古往今來，又有幾個真正的淫婦？誰能懂得淫蕩的藝術？」

「你這孩子，說些瘋瘋癲癲的話！」黃太太停針呆看着她。

「媽，你們一輩子，行周公之禮，就不懂得男女之事！」她把那本勞倫斯的小說，擺在她母親的面前。

「你，你，這沒遮攔的嘴，越說越沒有邊了。」黃太太把《查泰萊夫人之情人》那本小說推開一邊。「這本書，十多年前，我也看過了，先前的人，太拘謹，太道學氣味；你們這一代，又太放縱；過猶不及，世道就是這麼弄壞的！」

「你看，蕭伯納不是說過？一個少女出嫁以前，非看這本小說不可，否則，不許她結婚！」

「孩子，這就是蕭老頭子的幽默；英國人，那股清教徒的氣氛太重了，連勞倫斯的小說，都觸犯了忌諱，這才故意要說那樣的話，這都是一些『反語』。」黃太取下了老花眼鏡，雙手拱着，想了好一回，才說：「明中，你不能盡自胡鬧下去，一個人總得有個歸宿。」

「媽，你要我嫁人，是不是？」

「這樣不良不莠的局面，總不了；嫁人比不嫁人總好些！」

「我還是自由自在的好，嫁了人，關在籠子裏，豈不完了！」

「你這孩子，那兒來的這麼些怪想頭？」

「這大半年，就有一萬年那麼長！我看透了，沒有一個男人靠得住的！」她撒嬌似地說，「媽，你不許說個『不』字，下禮拜，我要下海做舞女，說不定會碰到一個夠味一點的男人！」

「你又胡鬧了！我看陳先生對你也還不錯！瞎鬧瞎鬧，算甚麼！」

酒店

108

「媽，人不錯，又有甚麼用，這種人不夠味！」她噯了一聲，又有了她的議論：「你們那一代的人，不管男的女的，頭腦子不行；好似裹小腳，放了出來，前面塞了一團棉花，後面塞了一團破絮，走起路來，扭扭捏捏，跨不得大步；不夠勁兒，不夠味兒！」

「阿呀呀！想不到你那樣文文靜靜地，一下子變了，禮法綱常一腳踢，無法無天！武則天變成了聖人，潘金蓮倒是賢女啦！」

「媽！這個世界，再不變那才怪；我要不自個兒看破一點！早就瘋啦！禮法綱常，早就掃到垃圾堆裏去啦，李闖進了京，還不是照樣的真命天子啦！」

「反了，反了！」

「本來是反了！你們就不許武則天做皇帝；再大的昏君，你們都沒有話說。女子做了皇帝，再好的武則天，也給你們說閒話！男人這麼說，連女人也這麼說！」

「怪論連篇！怪論連篇！」黃太笑了。「你這孩子，倒像你的外公一樣，專做翻案文章！」

「一個人，要有造反的勇氣，下得造反的決心，才有路走，而且要走得快，搶先一步。老老實實，循規蹈矩，那就完蛋！像陳先生這樣的人，再好也沒有用，走了三步，退回兩步，既要前進，又怕冒險！上床想做君子，下床又想起了男女，一輩子沒出息！你看好了，我說要做舞女，就做舞女去。」她拿過一瓶白蘭地又在骨都骨都地喝了。

黃太的眼前，來來往往都是她很熟識的人，卻又是很陌生的人；她彷彿闖入了一家戲院的後台，看他們粉墨登場，

假戲真做；又看他們打情罵俏，真戲假做；她變成了兩重的看客，假假真真，真真假假，最分明處，卻又是一筆糊塗，極聰明的人，做了極渾蛋的壞事。

黃太，她自己明白，她已經是一個被遺忘了的人；串在她們客廳上那些嬌客，跟她年紀相上下，也有比她還大上那麼一截的。但是，客廳吹笛子，讓他們跳着笑着的，正是她的女兒明中；這一群人好似中了魔法的老鼠，如醉如癡，盡自跳躍不休。那位小簇鬍子的 F 公司的賈經理，照說，還是她父親一輩的遠親，提着一個小飯盒來侍候她的明中，就像她的外甥打搖鼓翻觔斗那麼的神情。她在這一家，好似若有若無蹲在屋角上，簡直是個高高在上的灶君。

她恍然坐在神凳的上面，一眼看去，盡是赤裸裸一絲不掛的男女；穿的甚麼外套，擺的甚麼架子，說的甚麼腔調，這都沒有甚麼關係；儘管打扮得漂亮時新，包紮得緊緊貼貼，儼然是一個體面的紳士，賢淑的佳人；到了結底，只是串演着同樣的劇本。

有誰在撕破禮法的外衣？有誰打碎傳統的法則？有誰使他們忘記了自我？有誰使浮士德跟魔鬼打了交道？黃太一邊拆掉了一件舊的絨衫，卻老眼花花，結不成一件新的披襟。

使徒行傳：使徒保羅初到了雅典，他看到當地人民供奉着無數的神祇，據說，這些神祇能隨意把禍福降臨到人們的身上來。他還看到那些聰明的希臘人，唯恐遺漏了一位神祇而獲罪於神，於是便立了一個祭壇，好祭那些人所未知的神祇。保羅便對他們說道：「可是你們供奉這些神祇，全是無知無識的，我把真神告訴你們吧！」他們對於他的話毫不介

意。但這位真神依然自行其道，經過了三百年無意義的騷擾與盲目的殘害，他已經把一切的神盡行推倒，就連皇帝都不得不向他低頭了。——這位真神，叫做「金錢」，別號稱為「經濟」。他的魂住在大陸，讓使徒們替天行道；他的魄留在海外，有蝦兵蟹將，興風作浪。

　　唯一的真神，高高站在我們的頂上，他毫無憐憫地把「鞭子」打在我們的身上。

第五章　毒龍潭

　　初秋的黃昏，天氣懊熱；林弟沖了涼，換了衣衫，打扮了一下，一看，已經九點鐘了，匆匆忙忙，趁上巴士，趕到清華舞廳上班去。她們嘴裏，也說是「返工」，好似女工的上班。舞廳規定，九點一刻，必須簽到；過了一刻，就要簽一個鐘。「簽鐘」的意思，是說要舞女保付舞場那一點鐘的收入。那些所謂紅舞女，長日有老細送她們返工，簽鐘的錢由老細代付，早到遲到，沒甚麼大關係。走霉運的舞女，只能趕上場，冷清清地在那兒坐着冷板凳。舞場裝上了冷氣，場內外氣候自有不同。林弟進了場，在池邊一角上坐着；姊妹們也三三兩兩有人上場了，只聽得樂隊沒精打采地奏着「蓬拆」「蓬拆」的曲調。她有些兒困疲，靠在牆壁上迷迷茫茫，便睡着了。

　　她突然落在叢林莽草之中，只見古柏蒼松，上矗雲表，紫荊長藤，虯繞在杉枝上，開着一簇簇的小朵紅花。劍似的長薊，高過她的頭，一蓬蓬攔住了她的去路。她側轉身來，只見面前一片綠油油的池塘，上面浮着一層淺淺的青萍。剎時間，一條長蛇從薊叢中竄出，蜿蜒曲折，從她的左近流過；她驚愕失聲，忙着向池塘奔走，試着踏上了一方木板，搖搖晃晃地，走不了幾步，一失足便衝破了浮萍，陷入水潭

去了。她勉強游了一陣子，只見青萍動處，兩隻鱷魚，一大一小，張開大嘴，伸出長舌向她衝來；她急忙回頭，一見黑熊就在岸上蹲着，雙眼向她盯着。她眼見四處都是絕路，只得狂叫呼援。只聽得有人在她耳邊喊她的小名，原來隔鄰一位小姊妹，叫白璐珊的，看她夢中掙扎呼喊的樣兒，把她叫醒來。「林弟，林弟，醒醒，醒醒，客人快來了。」

她睜開眼睛一看，場上也只多了三兩枯客人，樂隊還是那麼有氣無力地吹着打着。舞場的生意；跟着香港市場的衰落，就一直這麼江河日下，一天冷清一天。自從陳天聲給明中絆住了，鄒志道那一幫客人，又恰好走了下坡，她手邊可靠的客人已經不多了。港九舞場上，胡天胡帝，大都是上海的客人；上海幫的生意，首先倒了霉，上海幫的舞女，也就跟着洩了氣。像林新燕這樣的新手，格外沒有辦法了。

「你怎麼天天睡不飽似的，上了舞場就打瞌睡！」

「不打瞌睡，做甚麼，你看冷清清的池子！」

「你那位陳先生，怎麼好久不見啦？」

「璐珊，不必提啦！」她一提起了陳天聲，就有一肚子的不樂意。「他本來是我的客人！我不是跟你說過嗎？就是那個黃明中，先前跟姓鄒的攪得火熱，把他冷在一邊。那一陣子，特別對我殷勤，常常來的。姓鄒的垮了，她就抓住了天聲，朝朝暮暮在一堆，連影子也不見了！我也懶得理他們，索性連明中那邊我也不去了！」

「我說，你這人太老實！我們攪這行當，為的是甚麼？人家會抓，你就老不起臉皮，不會去搶！姊妹淘，大家要吃飯，明中也該識相點！林弟，不要盡自打瞌睡啦！噯，我告

113

訴你：黃明中就要到這兒來下海了！」

「誰說的？——嗯，我知道，這又是天聲出的主意。他跟朱大班挺熟。」

「是朱大班說，剛才你睡着啦！老朱在這兒談了好一回，日子都定了，後天；他說，黃明中下海跳舞，還不是玩玩票，不會很久的。近來舞場生意也實在清淡，找幾個名女人來熱鬧熱鬧，就是這麼一回事！」

「老闆也好，大班也好，名女人也好，舞小姐也好，就是撈錢！看明中那麼個場面，底子是空的；姓鄒的這場禍水真不小，垮了她一萬五千元，連老本都啃完了！天聲的手頭也緊，餵不飽那些大魚的！明中充殼子，說甚麼下海玩票，好玩兒！那是假話；你可知道，她先前也是如此這般的！」她在璐珊耳邊咬了一陣子！

「噢，我明白了，你上場那天，明中派頭那麼大；怪不得有人就在邊上說閒話啦！」她冷笑了一聲，「到這個池子裏來的，清水也是渾水，渾水也是清水，瞧着罷！」

本來香港是銀紙的世界；這幾年的風氣，一直就旋風似的轉動着；香港人說，上海人來得多了，這就帶壞了。一批一批從大陸分路投奔到這孤島來的，雖不免有調景嶺的落難之士；腰纏游資十萬百萬的也不在少數。他們捨得大把銀紙亂花，吃一點，喝一點，玩一點兒；鋒鏑餘生，今日不知明日事，不樂一點又算甚麼？自來吃在廣州，茶樓酒肆，座無虛席，再配上咖啡館，已經可以優游卒歲。再搬上上海那一套生活享受，蘇揚點心，京館川味，涮羊肉，姑姑筵，大麯茅台，汾酒花雕，開上論百家大小菜館，更使人樂不思蜀了！

配合上幾十萬遊手好閒之士的胃口，玩的去處也雨後鮮花似的開出來了。一種是夜總會：麗池、天宮，都是士女散心尋樂的去處，一種是舞廳：仙樂、中華、金陵、金殿、百樂門、杜老誌……有晚舞，有茶舞，論千的舞女，在那兒流來轉去。又一種是稱為舞院的變相舞廳，港九兩地，開了五十多家，從午後到午夜，盡可以一直盤桓着。舞罷宵夜，音樂伴舞還可以跳上一兩點鐘。朝朝暮暮，暮暮朝朝，就串在這些狂歡極樂的節目裏，把有限之生排遣了過去。

可奈，好景不常，朝鮮的戰事，強心針似地剛刺激了市面的畸形繁榮，美國的禁運，又如一陣飆風，把這份繁榮吹落掉了。香港人眼中的那些豪華的上海人，雖說用之如泥沙，銀紙終究不是甚麼泥沙，卻應了「坐吃山空」的古話，外強中乾的場面，經不起一陣震動，先先後後，都垮下來了。風掃殘葉，一旦遺棄在街頭巷尾，也就垃圾似的給掃除掉了。這些垃圾堆裏，就有鄒志道那一群人，先前開開別人妻女的玩笑的，這時候，就讓自己的妻女給別人去開玩笑。先前最愛面子，有時候，打腫了臉龐充胖子，這時候，甚麼體面都不顧，心甘意願地做起「人間不知有」的行當來了。此日的陳天聲也正向這一條路上行進，又應着廣東人的兩句老話：「上海人呀，生無結髮夫婦，死無葬身之地！」

就在舞場不景氣的日子，黃明中的大字綵牌坊在清華舞廳門前出現了。當中四個大字，是「國色天香」，兩尺見方一個字。上款是「黃明中小姐笑納」的金字，下款是「周先生贈」。舞廳音樂台中，橫着一方「黃明中」三個字的霓虹燈，發出紅色的光彩。樂曲一停，這三個字便亮起來了。那

天傍晚，綵牌底下，老張（M 酒店茶房）跟老董（M 餐廳工友）有說有笑地瞧着談着。

「老董，他媽的！你說，這究竟是怎麼一個世界！」

「竹平，本來用不着我們去明白的。你看，多麼乾淨的地方，這地板，掃了不算數，要用拖地拖過；不算數，還要用蠟蠟過！可是，頂髒頂髒的把戲，就在這頂乾淨的地方演出來。你說，這些客人，看起來西裝筆挺，多麼漂亮，鬼知道他們幹甚麼的！走私，販毒，拐騙，翻戲。五湖四海英雄，應有盡有。昨天開 313 號房的，就是隻吃軟飯的大烏龜！」

「總而言之，統而言之，你我都輪到了這份有意味的差使，站在地獄扶梯上看熱鬧！」阿張指點綵牌上「黃明中」三個字，「老董，我還記得清清楚楚，黃明中，這個黃毛小丫頭，她第一晚住到 M 酒店來，四樓一個小房間；踏着兩腳的泥巴，蓬着頭，喪魂失魄似的！那知道還不到大半年，翻過幾個大觔斗；前幾天，看她到 M 理髮廳電髮出來，派頭一絡，着實摩登。黃毛丫頭十八變，一變變成了交際花，走了時，一變又變成頭牌舞小姐，這麼大的招牌字！」

「天底下就是這麼一回事，水往低處流，為了要生活，一個人總是往阻力少一點那一頭走的。地獄的大門敞開着，要進去，還不是十分便當嗎？」老董素來是腦子裏愛打結，一解就是一連串的。那句老話說得對，「我不入地獄，誰入地獄？」誰有決心，丟開架子，撕開面子，下個決心入地獄就有辦法；先前那些賢人說，「有所不為而後可以有為」，我們該掉過頭來說說了，「無所不為，才可以有為！」黃明

中，她肯這麼做，她就出頭了。他們說，她着實有那麼幾手，耍得一些男人們有天沒日頭，昏頭搭腦！」

「對啦！女子無德便是才！越腥氣的魚，貓兒越饞！」

「瓦片也有翻身時！」老董把派司夾裏的兩張馬票在阿張眼前亮了一閃。「阿張，我老董要是中了頭獎的話，老實不客氣，要把黃明中摟過來，樂她那麼一輩子！」

「你怎麼眼界這麼小；有了錢還怕沒有美多姣！還希罕黃明中這麼一件破銅爛鐵！」

「喏，那天，餐廳裏幾位客人，在那兒瞎嚼嘴，說黃明中另有一宮，妙不可言！吾從眾，大家說好的，一定好的！」

「噯，過來，老董，讓我替你相一相！唔，姐兒愛鈔，姐兒愛俏，說不定黃明中愛上你這個小白臉吶！」阿張正在大聲笑着。林弟從舞廳的邊門走過來了。「喂，許小姐，黃明中黃姑娘來了沒有？你告訴她：這邊有一隻癩蝦蟆等着她呢！」

「呸！你這個不長進的東西，把自己看得這麼輕，我們都是大學畢業生；甚麼地方配不上，咱老子才不愛結婚吶！這個年頭，丟包袱都來不及，誰還愛背起了包袱，釘上十字架去！」

「唔，牆頭上的葡萄是酸的！」她抿着嘴笑了！

「許小姐，你這一串是甜葡萄啦，可是，已經做成了酒了！」老董逗着她這麼說，「陳先生對你還不錯吧！怎麼又出來撈啦？」

這麼一說，林弟臉上的笑容，突然收了起來了。她眼前一片黑，兩耳嗡嗡作響，幾乎連老董說些甚麼，都不曾聽到似的；她別轉了頭，遲疑了一回，便踅着回舞廳去了。

「老董，你刺痛了她的心了！這女孩子，心地狹，看不開，你這麼一說，她好難為情嘍！」

老董正在呆呆地看着她走去，不自覺連聲喊着：「許，許，許」，「許」了老半天，沒「許」出甚麼來。他回頭問阿張：「你是說她那位陳先生變了卦了？」

「聽說今天黃明中上場，也是那位陳先生送的；那位小姐，手段高明，許小姐不是她的敵手！」

「噢，對啦！」他們連推開邊門，從絨幕邊上擠了進去，只見音樂台上「黃明中」那三個大字，鮮紅地向着他們，四圍一股黃色電流波浪似地流轉着。他們找來找去，才看見東邊角上，那位許小姐垂着頭轉着臉在納悶。這時，忽聽得一片笑聲，從正門那邊送過來，首先進來一位穿着銀白色晚服的舞小姐；定睛看去，正是滿臉笑容的黃明中；她的胸前，斜綴着一枝鮮紅的玫瑰花。她的後面天聲替她捧着嫩黃紗披。他剛走進音樂台，朱大班顛着屁股從那頭趕過去，替她接了提包，招呼到一處預定了的座位上去了。

這一來，舞廳裏立刻熱鬧起來，樂隊也奏得很起勁了。明中雖說是第一次登場，可是她把男人的心摸熟了，她大大方方地把林弟找了來，安排在天聲的身邊；她自己就讓每一位朋友獲得了他們心喜的成分，蝴蝶似的滿場飛舞着。

天聲委婉地說了些近來的情況，把林弟心頭的委屈，慢慢舒展開來；他敞開自己的心坎，來容納她的低訴。她如怨如訴開了頭；滿天愁雲，一觸了陽光，不自禁地四散了。她說她近來時常頭腦暈眩，一到下午，渾身簡直癱了似的，疲乏得甚麼都不想動。上舞場來，真是受罪，好在生意清淡，

就這麼坐坐板凳，打打瞌睡，心裏煩，事事不得勁兒！她說着說着，淚水又掛下來了。「天聲，獨自在家裏坐着，長日如午；可是上舞場來了，再熱鬧也沒有甚麼道理！我近來時常這麼想：一個人活在世上，也沒有道理，不如死了的好！」

本來女人的性格，有的是內向的；她們關閉在自己的天地裏，願意用鐵絲網和深壕長塹，來隔絕「人我」的關係；當敵人衝過了封鎖線來進攻的時候，她卻又遲疑了一陣，終於屈服了。她們在不容許孤獨的世界的孤獨着，又在不甘被征服的心理中投降了。有的是外向的，她們要把自己當作太陽，每個男人，都是她的衛星；你反抗得越厲害，她要征服你的意念越堅強。而今，天聲恰好落在這樣兩種不同性格的女性之中。他正被明中所吸引，而他自己卻正吸引了林弟；在他看來，一切都是無心的；可是，林弟的一番申訴，使他明白，「無心」的開頭，就招致了「無心」的後果。

林弟一說到近來飲食起居的情形，天聲便打了一個寒噤。眼前一團濃霧，越散越大，把整個舞廳都蒙起來了。他只聽得她在說：「我的胃口真壞，甚麼都沒有味兒，有時想吃點甚麼，買來了，吃了一點，又滯口了，不想吃了！」一個十八歲的女孩子，她那關閉着的心靈，不會想得很遠；可是，一個做了四個孩子的父親的中年人，他的心頭就打起一個大結子來了。他知道林弟贖身以後這幾個月，雖說依舊轉到舞場裏來，她的心和身都是屬於他的，眼前就有着這麼一件可喜也是可怕的大事在敲門了。

這時，他幾乎昏過去了，兩眼張着，好似甚麼都沒有看見。她突然也呆住了，急急推着他：「天聲，怎麼啦？你怎

麼啦？」她再向他的眼珠看去，那兩個深藍的井，含蘊着無限的神秘。她摸摸他的頭，微微沁着汗，並沒發熱。她疑疑惑惑地問他：「天聲，到底怎麼啦？你！」她再看時，兩顆黃豆似的淚珠從他的眼眶滾下來了！她就筆直地立在他的面前，「天聲，你恨我嗎？」

「………」他只是搖搖頭。

「我知道了！」她鼓起了嘴。

「林弟，你並沒知道，並沒知道！」他揩揩淚水，挽着她坐着，「你放心好了！」他看看她的臉色。

「你是說？」她也看看他的臉色。「噢！我明白了！我明白了！」

「明白就好！你要怎麼辦就怎麼辦！一切我負責。」

「你是不是說救人要救徹底，而今，我只能依靠着你了！」她撫弄着他的衣角。「你不會丟了我吧！」

舞場中的男女，成雙作對，各自捉各自的迷藏，各人眼上，蒙着那麼一方手帕，大家伸出手來，摸來摸去。天聲跟林弟這一角的哀愁，掩不住滿場的歡樂；整個池子，空氣依然那麼濃馥，只是天聲的眼中，頓然燈光黯淡，琴聲淒切，這個正在敲門的命運，聲音並不很好。

林弟心頭所明白的，自有她那天真的一份；她恍然了悟這一件事，那一刻，似乎有些兒驚惶；天生的母性，立即使她有種說不出的愉樂的情緒。她設想天聲一定歡喜這一份淌來的禮物；她就此安安心心守着他，也並不計較甚麼名份。她只牽記那久無音訊在上海的母親，希望天聲能把她的母親接了來，對她，一對孩子，都有個照應。天聲的心頭，

顯然不會這麼簡單；他對她說一切負責，也只是金錢方面的幫忙。有一句悶在他心底的話，是要挖掉那個「責任」。他的靈魂，有個叛徒，伴着性的飢渴，鬧了許多糊塗得近於荒唐的場面。但，他的天良喚醒他，明白自己的處境；他自己背上，有着那麼多的包袱，夠了夠了，不想再擔當更多的包袱了！但是，他想了許多委婉的話頭，一到舌尖，便吞下去了。那一晚，他讓她帶回那個渺茫的希望；她一直以為天聲會好好兒安排着她的生計，那天晚上，便向舞廳結算總賬，告了長假，安安穩穩做她的「母親」去了。

明中那一晚的流星，放得又響又亮，直到了最後那一刻，還是那麼興奮：她回到了自己家中，躺在那長長的涼蓆上，還是那麼興奮。她的耳邊，隱隱約約是那些繁絃急管的樂曲：她仰着天花板上的燈罩的影子，也好像伴着曲調仰揚在跳躍。人類的意識形態，就是這麼躍動着；古代的樂曲舞步，雍容和緩，有着農村原野的氣息。到了近代，樂曲的節拍急促了，舞步也忙迫了，這和都市的生活相為呼應，先前的舞步，男女是靠着身子的；時行的舞步，跳得越來越快，男女只是節奏相應，雙雙的分合，更進於自然的韻律。這種輕快的情調，最適合她的興趣。

她恍然男女之間的種種，也就是韻律節奏與動作的相應，她體味到諧和的情趣，一對幸福的男女，也就是種種方面相諧和的男女；但是茫茫人世，人人都在各自捉各自的迷藏。

她坐了起來，腳尖在地板上打着。突然地，一段這麼的文字，映到她的眼中來。那書頁是翻在第七十六面上，粗粗的紅線劃出了這麼一段話：「『家』這個溫暖的字眼，這

是一個過了時的字眼了。沒有甚麼意義了。所有偉大的字眼，對於她的同代人，好像都失掉意義了！愛情、歡樂、幸福、家、父、母、丈夫，所有這些權威的偉大字眼，在今日都是半死了，而且一天一天地死下去了。家不過是一個生活的地方，愛情是一個不能愚弄人的東西，歡樂是個『卻爾斯登』舞酣用的字，幸福是一個人來欺騙他人的虛偽的語調。……」她順着紅線唸下去，字字都打動了她的心，她連聲讚嘆着，「對，對，對極了！」她捧着書再唸下去，「至於性愛呢，」這最後而最偉大的字眼，只是一個輕佻的名稱，用來指那肉體的片刻銷魂；銷魂後使你更成破碎的名稱；破碎，好像你是一塊廉價的粗布做成的，這塊布漸漸地破碎變成烏有了。剩下的唯一東西，便是倔強的忍耐。而倔強的忍耐中，卻有某種樂趣。在生命之空虛的經驗本身中，一段一段地，一種一種地，有着某種可驚的滿足。不過就是這樣，這常常是最後的一句話；家庭、愛情、結婚，不過就是這樣；一個人到了瞑目長眠的時候，向生命分別的最後一句話也是，不過就是這樣。她愈看愈入神，這是先知的福音，對於她是一種更富有意味的啟示！

那紅線指引她看到「金錢」兩個字。「至於金錢呢？也許我們便不能這樣說。人總是需要金錢的。金錢常常拿來象徵成功的，那是永久需要的東西。你不能把你最後的一枚銅子花光了，結尾說，不過就是這樣！不，甚至你還有十分鐘的生命，你還是需要幾個銅子。若是使生命的機械運轉不停，你便需要金錢。你得有錢。錢你得有。其他的甚麼東西，你實在不需要。不過就是這樣。當然，你在世界上生活

着，還並不是你的過錯；你既生活着，你便需要金錢，這是唯一的絕對的需要品，其餘一切你都可以不要。你看，不過就是這樣。」那粗粗的紅線，就停在這一句上。

她掩着書本，閉着眼睛，細細體味着：「是的，不過就是這樣：不過就是這樣！」

明中就讓這些紅線引導到一個成熟了的結論，現實主義。她並不推究這些紅線是誰替她劃出來的，也不考慮這些文字對她是針砭還是啟示；她卻承受了現實的教訓，自己摸索出這樣一條路；人生大道，原來就是這麼走的。

她怡然自得，把高跟鞋摔掉了，跣着雙腳，站到着衣鏡前面去；這幾乎成為她的一種隱秘的樂趣。她就是這麼對着鏡子卸褪衣衫，讓她自己可以欣賞自己的肉體；那凝脂般的肌膚，那垂柳似的腰肢，她怔怔地望着，出神，銷魂，自己忘記了自己。她那乳房右側，有一顆小小的黑痣；她就托起了乳囊，輕輕地彈了幾彈，好似要彈掉了這顆黑痣。她微微笑着，覺得這個部位，有着這麼一顆黑痣，不僅是有趣而且是好看的。她幾乎少女似的，以驚嘆與好奇的神情在領略各個部位的發育。她就在鏡子前面扭動了腰肢，跣着足跳起蒙巴舞來；直到她欣賞得很夠了，才向床上一躺，舒舒適適地睡着了。她老是這麼一絲不掛地睡着，蓋上了一床薄毯，這樣才舒適暢快些的。

這一覺，直到第二天下午兩時半，她才醒了過來。第一個叩門的倒是陳天聲；他手裏拿着一張當天的 KC 報，連着一臉愁悶的神色。她僅僅披着那襲綢的睡衣，開了門，便迎着他到房中去。她拿過了那份報紙，擱在一邊，雙手就擁

着他在懷裏，對着他問道：「怎麼啦？是林弟欺負了你？怎麼這樣不開心？」他陡然覺得一種熱力在包圍着他；那襲睡衣，已經從肩以下散了開來，她的黑色長髮，從腦後垂到肩背，一頭浪獅狗一般。她半閉着雙眼，口角斜開了，一種柔和的浪美，從眉尖播散開去。窗簾下那黯淡的紅光，把她籠罩在一種神妙的氛圍之中。她一言不發，但，他已經瓦解了；他只能永遠昏沉下去，沉淪下去，即算他的面前是個不可測的陷阱。

明中把沉默來征服他，偎着他的左腮，又偎着他的右腮；她逗動着他的貪饞，使他在不可名狀的戰慄中發抖。他昏昏迷迷地，也不知想些甚麼，也忘記了想說些甚麼，就在沉默中那麼過了許多時分。

最後，才聽得她的喘息之聲。她的肌膚，鬆懈得棉絮似的，整個兒倒在他的臂上，雙眼合成一線了。

熔化在明中的熱空氣中，他的思路，就像斷了線的珠圍，滿盤散亂，理不起來了。他心頭明明有場頂大的困難來跟她商量，一進了她的房門，就把房外的世界隔絕了；天底下頂大的事，就是從她的身邊找到了歡快，也讓她獲得了舒適。房中無歲月，燈光把昏夜留着，接上了另一個黃昏。

他從迷茫中醒了過來，張開眼來看看，只見她披着睡衣，半裸地坐在蒲團上，低着頭看那張他帶來的 KC 報。她的嘴角掛着淺笑，報上有一段老周寫的特寫，描寫她登場的熱鬧場面，看得很有趣似的。一回兒，她回過頭來了，噘着嘴向他：「嚱！你那老朋友，老周，可不是個東西！他說我是隻金絲頭蒼蠅，從糞坑裏，從垃圾桶裏飛出來的！他說，

這隻蒼蠅吸的是爛死屍的污血，活蛆蟲的腐汁，嗡嗡地飛着飛着，就停在紳士們的身上，到處散播了毒菌，喭！天聲，這裏邊也說你哪！當心，我的毒菌在你的身上開花呐！」她把那張報紙向地上一丟，跐着腳走到床邊去！「喭！你告訴老周，下次要末不見面，見面請他吃耳刮子！」

「我的好寶貝，人家捧你的場，幽默你一下，又何必生這麼大的氣呐！」

「生氣！我犯得着跟你們生氣！還說是捧場，他把我形容得這麼妖冶，我的法力就有這麼大！照他這麼一說，整個香港社會，就是我這雙雪白的大腿攪壞的，是不是？」

「明中，這就叫『噱頭』！你沒見那些大字廣告嗎？一個紅舞女的大字芳名上，總得有幾個字的綽號，諸如『原子迷湯』，『蛇蠍美人』，『亂世佳人』，『小北京』，『小四川』……這麼一來，客人們都來趕熱鬧了！」

「好！我的綽號就是『金絲頭蒼蠅』，是不是？」

「也不壞！也不壞！」

「也不壞！你們男人，才不是個東西，老周更不是個東西！他是一條扁頭爛皮蛇！」

「半斤八兩，封得好，封得好！」

「從今以後，你也用不着來了，省得你們這些正人、君子，給我這隻蒼蠅攪壞了，毒死了！」她向他媚笑着。「一個女人，嫻靜了一點，你們就覺得不夠味，夠味了呢，你們又糊起淫蕩呀妖冶呀的帽子來了！女人頂好是一團爛泥，你們要怎麼捏就怎麼捏，那才稱心！可是，你們又說女人不中用哪！」

「你那兒來的這麼許多的怪道理？你真變得快，還不到八個月，簡直是兩個人了！」

「對啦！我且問你，你一向是把我看得比林弟高貴些吧！她，是你用錢買得到的；我呢，黃花閨女，你花了錢，還是買不到的，這只能怪你自己傻，怪不得我！此刻呢，你一定在想，林弟比明中規矩得多，安份得多，不像我這樣使你有些皺眉吧！」她笑了一笑，說：「林弟，她人老實；馬老實被人騎，人老實被人欺，我可打定了主意，不讓你們欺！我本來不高貴，今後還要下賤些！你們男人，差不多，一路貨，看起來，循規蹈矩，像煞有介事；進得房來，跟你一樣『衣冠禽獸！』說得再漂亮，再進步，也是枉然；尤其是像你這樣的讀書人，嘴裏說的，心裏想的，簡直不相應，不中用！」

「不中用」三個字，一棒打在天聲的頭上，他猛然震了一下。他曉得林弟真的懷了孕，便作打胎的打算；可是林弟那麼天真地和順地準備着作「母親」，他又躊躇着不敢開口了。他到明中這邊來，原想請她打打邊鼓，幫着他解決這個難題，一進了房，又給明中的迷魂湯攪昏了。他就是這麼疑疑惑惑縮手縮腳，凡事沒有決心，決下了心，可是不敢下手去做。明中說讀書人不中用，他自己明白；手的侏儒，口的長人，的確不中用！

呆了老半天，天聲才期期艾艾地說：「明中，我有件重大的事跟你商量一下。」他掀了被單，坐在床沿上。

「噯！天大的事也好，你可不能嚇了我！」

「與你無干，與你無干，只因我昨晚想了一整晚，想不

出辦法來，才來跟你商量的！」

「不會是右手拿枝手槍，左手捧着一瓶拉素，要我嫁給你吧！」她大聲地笑了！「看你這股勁兒，有事快說！」

他這才把林弟懷了孕，他如何如何打算的話說了。他懇切地要她幫忙，勸醒林弟，挖掉這個孩子。她沒等他說完，又大聲地笑了！「天聲，我且問你：要是我有了孩子呢？」

「那當然不同啦！」

「呸！信你的鬼話！你們男人，眼前的快樂是要的，一有了責任，我們死活就不管了。反正挖孩子，傷身體，是我們女人吃的虧了，我才不做這傷陰騭的事，你要說，你自己說去！你說，你們男人都是這樣沒良心的，叫我們怎麼不變得快？」

天聲說了許多正面反面的道理，經不得明中幾聲嘩笑，幾句反駁，有理也變得無理了。她頂他一句：「你總不能說她肚子裏的不是你的兒子，你自己的骨肉！」

「是，當然是的！不過，多了這麼一個包袱，於我沒有好處，於她又有甚麼好處？」

「你們這班人，天天喊丟包袱，丟包袱；人人像你們這樣丟包袱，世界上的人類不都死光了嗎？」明中一面坐在梳妝台前打扮着，一面打趣着，「我就想養個小寶寶玩玩，有趣有趣！」

「養個小寶寶，玩玩，有趣有趣！」他把這句話反反覆覆唸着。

「你們用不着這麼認真，也不好太自私，知道嗎？香港的太太小姐，養貓養狗，愛得性命似的；養個小寶寶，總比

小貓小狗有道理些？是不是？」她說得那麼自然，那麼有道理，悶得他一句話也回不過來。

本來，香港的舞小姐，十有八九是有小孩子的；為了一家生計，公婆在堂，兒女盈膝，下海伴舞，這份背十字架的精神，就很不錯。丈夫狂飲濫賭，不顧家計，靠腿上的收入，來撫育自己的孩子，也是事所常有。有的替舞場那些大小鱷魚背十字架，懷了孕，養了孩子，也就是這麼一回事。至於和恩客們開無心之花，結無意之果，諸如林弟這樣做起母親來，那更不足為奇。她們的說法，這是冤孽，前世欠了債，只好這世來清還；揩乾了眼淚，也就這麼活了下去。也真有對小孩子發生興趣，找個孩子來玩玩的，也是女人的正常心理。她們這樣整天整晚，裝着笑容，說着假話；心理上打起來的結子，反映到養拖車養孩子的變態行動上，恰是人性的最好注解。大抵，頭等紅舞女，給男人玩夠了，就找種種機會來玩男人，跟小伙子打得火熱。比較內向型的女人，就買個女仔玩玩，也許有她們放風箏拉長線的打算，眼前也只是精神上的發洩作用。

黃明中一步一步走向快意享受的現實主義的大道，他跟天聲的距離便越來越遠。她聽到林弟留着這麼一條索子，把天聲捆了起來，讓他多一點兒煩惱，心底裏也有着說不出的快意。她看着天聲焦急，束手無策，心裏就在那兒發笑。

「我告訴你，今後要安分守己一點，好好兒侍候林弟！你要是欺負了她，我可不答應的！」明中把梳子在枱上一放，回轉頭來對他說。

明中，這隻金絲頭蒼蠅，就在清華舞廳為王了。她那

惡魔派的情調，成為男人們的垂涎好資料，說得神乎其神。舞廳裏來了許多瞻望丰采的新知，她的客廳上擁滿了重拾墜歡的舊雨，牌局酒席，日以繼夜，喧鬧成一片。她自己稱為大眾情人，不讓誰來佔有她，也不讓誰冷落在一邊：她的陽光，溫暖着每一個男人的心坎。她體會得，男人總是有所求的，她並不吝嗇，卻也並不慷慨！她讓你在回憶中戀戀不捨。她卻也並不那麼和順聽話；發起脾氣來，就像一頭發了瘋的獅子，會把野狗摔出了堂階。你可心甘意願地夾着尾巴，垂着頭在她的門外徘徊，寧可挨她的一棍，不甘被她所遺棄！

天聲，雖說還是她那客廳上的常客，她卻跟林弟格外親密，讓林弟去親密他；她跟林弟說：「男人都是野馬，整天吊起來是不行的；要絡上了籠頭，加上了鞍，騎在馬上，有時打上幾鞭，那就乖乖聽話了。」她要天聲愛她不得，怨她不可，心甘意願替她來奔走，甚至林弟也心悅誠服，處處替她辯護着了。她的聲名越大，追逐的人也越來越多，人人都被她這若即若離的磁性所旋轉了。

但是，明中心頭的空虛，一天一天擴大起來；奉承她的男人越多，夾萬裏的銀紙越富裕，生活過得越舒適，這空虛越沒法來填充起來；她總覺得生活太單調了，舞廳的空氣太悶人了；那些男人，帶着她到淺水灣、沙田、粉嶺這些山水勝處去游水、騎馬、打獵，又覺得這些男人的面目可憎，語言無味，太庸俗了！她羨慕林弟那樣，養個小娃娃玩玩，偏偏她那美麗的軀體，並不曾帶來一些新的消息。她每天只是為着「每天」而生活着，「明天」是不存在的；她要找尋一

個男人，這個男人，要是她所找尋的，而不是找尋她的人。這樣，她忽然從 M 理髮店的圓椅夾縫中發見了滕志傑，這是她夢中碰到過的「奇蹟」；她對他發生了興趣，每天就這樣坐在椅上，讓志傑擦鞋，塗手甲腳甲油，消磨了一兩點鐘，算是生活上的無上享用；只要看他一眼，她就覺得心神愉快。

她的放浪形骸，幾乎駭住了這位年青小伙子；但，他一記起了這場桃色的春夢，就渾身抖戰。到了第二回，觸到她的手臂，便觸電似的入於迷亂狀態，他的靈魂就這麼被她攝了去了。

她把他安頓在對海半山一家公寓裏，把那秘密天地留給她跟他兩個人。她素來從鏡子裏欣賞着她自己的影子；此刻，就把影子付託在志傑的身上，把一個夢境抓到手中來了。她和他就在人間的伊甸園，裸着全身相互欣賞，相互享受；她忘了他，他忘了她，她中有他，他中有她，喝酒一般，直到沉醉時分，才糊糊塗塗過了那甜甜的夢境。

志傑，開頭自不免有些兒顧忌，白天回到 M 理髮店來點卯應景；到後來，夥計們的嘲笑，魯老闆的勸戒，也就成了耳邊風；只有他的老父，還是癱瘓在床上，相信他的孩子還是靠着擦皮鞋過活的。說也奇怪，十四號擦鞋童的名聲，就跟着黃明中一段浪漫的傳奇飛揚開去，許多紅舞女，帶着好奇的心理來看他，賞識了他，看中了他了。

明中把這塊禁臠牢牢地看守着，她受了戒似的，從那以後，就不讓其他男子近她的身邊，她要和志傑結出果子來。她把志傑當作她的化身，再和她的化身結成一個新的化身。她幻

想一個頂可愛的小寶寶，就會闖到她和他的小天地中來了。

這麼一來，明中那客廳上的男人，都變了貪饞而飢餓的野狗；他們都在那兒拖舌頭、流口水，可是明中就像鏡子裏的影子，誰都看見了她，誰都抓不住她。這群野狗，從客廳轟到了舞廳，又從舞廳轟到了客廳；到了宵夜一過，就夾着尾巴，都給轟出去了。天聲呢，林弟的肚子，一天天隆高起來，他肩上的擔子一天一天沉重起來，他和明中的距離也遠隔起來。他哀懇着明中，給他在床角上挨上一晚，她只是笑着搖搖頭。那年的冬天，有一晚陰雨，天氣很冷；天聲借着題目在她那邊留到了深夜。他不顧一切，闖到她的房門中去。只見她披着睡衣在爐子前烤火，紅紅的爐火反映她的胸腹，她只是微笑自己欣賞着。他不住地吞着口水，渾身發燒似的，猛然走近一步，她便站起身閃開去了。她只是在他的面前展覽她那誘惑人的肉體，卻不許觸了一下。她指着他的鼻子，道：「你要是碰我一下，這輩子就休想進我的門！」天聲也只好嚥下口水，夾着尾巴走開了。

日子一久，明中跟志傑過着蜜月似的生活，外間飛飛揚揚又成為新的話題了；有時候，她們兩人就在床上吃早餐，吃午餐，好似海灘出浴進野餐模樣，彼此含着酒哺來哺去，簡直是，對無懷氏時代的小孩子了。整個世界，就這麼給她和他佔領着，甚麼都已完滿的了。這一時期，明中格外艷冶動人，有人羨慕她，有人妒忌她，有人誹議她；說她是星宿降凡，攪得世界渾了亂了，不成樣子了。也有半缸醋的正人君子，嘆息世風日下，「國家將亡必有妖孽」，這是世紀末的妖物！

那些跟志傑親近的舞小姐們，她們也不時逗着他尋開心，問這問那；他只是搖搖頭，微笑不語。有一天，白璐珊，那位跟許林弟很相熟的舞女，她特地找到了他，說是要把最大的秘密告訴他，哄得他心神不安，居然撒了個大謊，到了酒店去應她的約會。一個情竇給大膽女郎開出了的少年郎，容易在少女腳下昏迷的；到了璐珊的面前，又不自禁地墮入她的情網中去了。春夢既醒，兩情繾綣；這才體味到明中那一團熱火，使他熔化，璐珊則是溫泉，使他舒暢；明中使他昏迷得沒有思想，璐珊使他偎依着細細推尋。他覺得他和明中那麼相像，可是在諧和的程度上，又不如璐珊這麼合拍。明中是夏日之日，璐珊則是冬日之日，他願意在冬天的陽光下曝背的。

　　璐珊向他訴說自己的身世，先前的丈夫，大陸解放前，做過某地的國大代表；一年來，音訊全無，據傳是囚禁到集中營去了。她淪落在香港，輾輾轉轉，也變成舞女了。三生石上有前緣，她看見了志傑，他日夕戀慕着。她哭哭啼啼，要志傑憐惜她，她願意忠心服侍他，跟他一輩子的。她把林弟所說關於明中的故事，加油加醋，敷衍起來！「像明中那樣的女人，你就是她的玩具，玩夠了，就一腳踢開了！」她把天聲跟明中那段經過，說得很詳細，「你千萬不可上這樣女人的當！」

　　「但是，叫我怎麼養得起你們呢？」他把心底的話都說出來了。

　　「我會養你一輩子的！」她的心頭，「明天」也是不存在的。

第六章　逆流

　　清華舞廳，這一時期，忽然流傳着關於黃明中的趣聞。說她先前是青山道的阻街女郎，到尖沙咀走國際路線，賣古董給外國的水兵。有人說她在房裏，整天裸着身體；犯了花癲的女人，少不得男人的。有人又說她是白虎星，碰到她的就晦氣；她到了香港，父親在飛機上跌死；住在木屋區，天火燒；鄒志道供養了她，傾家蕩產。又有人看見她右乳底一顆風流痣，命中注定淫亂，轉千嫁，千人騎。這些舞小姐，掩蓋着自己的尾巴；只看見明中的尾巴，拖得特別長些，就該給她當笑話的了。偏生好奇心作怪，蒼蠅似的飛向這塊臭肉上來。明中倒像個香饅饅，吸引得那些男人你追我尋了。只有白璐珊暗地得意，她從林弟那邊收集了一些消息，加些作料，讓黑蝙蝠在舞廳上亂飛。這些播送出去的消息，經過了姊妹們各自添加了作料，一傳再傳，再回到她的耳邊來；那個滾大了的雪團，就奇妙得使她也不敢相信。她再輕輕把這些趣話，送到了志傑耳邊，讓他安安心心做她的俘虜。

　　這一類的謠言，滿天價飛；謠言的翅翼，卻不曾打痛明中的心弦；她只覺得舞客的閒話，有些兒離奇。有一天晚上，她過了海，趕到他們的安樂窩去，只見房門上粘着志傑的留言，說「家有要事，不能應約」。她呆呆對着紙條看了

許久，才撕下來，信手撕了又撕，直到撕成碎片，才一片一片散向空中去。她恍惚覺得這是惡兆，這個掌中心的人兒，就這樣變了心了。她悶悶地僱了小艇，重複回到九龍家中來，已經寅初時分。她進門一看，她的母親還在燈下帶着眼鏡，一針一針補着一件舊衣衫。

「明中，今晚怎麼回來這麼遲？」

「媽媽……」一肚子的冤屈，把她的話都噎住了。

黃太走近她的身邊，卸下了眼鏡，看她的臉色。「剛才，天聲來過，他坐了許久，等你回來！孩子，並不是我要說你，外邊閒話多，說你養起了一個年輕小伙子，剃頭的。一個人，不能太任性；這些閒話，說起來太難聽！女孩子，難道盡是這麼胡鬧下去，總得有個歸宿！天聲，他有室有家，我知道你不中意；那麼多的男朋友，就沒有一個稱你心的？何苦在外邊胡鬧？」

「媽！」明中陡然振作起來。「你信不信呢？天聲，他怎麼說？一個剃頭的！剃頭的，又怎麼樣？」她抬着頭看她的母親。

「我看你就是這麼任性！只管一時痛快，不管別人笑罵！」

「對啦！笑罵由他笑罵，好事我自為之！」她打開櫥門，倒了一杯滿滿的白蘭地，張開嘴來就喝下去了。「本來就是這麼一個世界？誰比她們好，心裏不服氣啦！跟她們一樣，她們就妒忌你啦，比她們不如，她們當然笑你啦！挨罵的道理更多啦，一個姓氏裏面，總有幾個聲名不大好的古人；潘金蓮、閻婆惜、潘巧雲，姓潘的姓閻的就倒霉。她們自己偷人養漢子，就罵別人偷人養漢子；偷人養漢子，本來

算不得甚麼；男人玩得，我們女人就玩不得？周公制得禮，周婆就制不得禮？那才怪呐！明明偷人養漢子，假正經就不必！」她把酒杯向桌上猛力一擺，杯子跳躍了一下，歪着倒下去了！它沿着桌面畫成一條弧線，等到她伸手去接它，珖瑯一聲，跌倒地板上去了！

黃太怔了一下，雙手交叉在胸前，掌心半合着。「你，你就是這點酒喝壞了！喝了酒，膽子大了，甚麼都做得出來！你偏一點兒不隱諱，甚麼事不落在傭人們的眼裏？她們嘴碎，甚麼話不說出來！」

「媽，你們就要我裝假！天聲，也就是那麼一套假道學，這又何必呢？我們客廳這一批貨色，你總眼見的！那個一簇小鬍子的張經理，那天，賭一整晚的李校長，長袍馬褂的朱委員……上得場面的，那副紳士架子了得！就是我這面照妖鏡，讓他們原形畢露，誰逃得過我的掌心！孔老夫子早嘆過氣了！天底下的男人，沒有不愛女人的，裝甚麼假！」她哈哈笑了一陣說：「媽，你不知道，你的女兒，真的，阻過街的！」

「明中，你瘋了！你醉糊塗了！」

「不，媽，我不醉，我不瘋！那時候，你病重，我無路可走，還是張太拉的線，一千元買我的元紅；一個姓李的，就在對海，半山一家酒店裏！直到今天，我還記得清清楚楚；只是姓李的怎麼一個樣兒，有些模糊了！媽，這個世界，女人賣淫，算得甚麼？失節事小，餓死事大，交際花呀，舞女呀，跟阻街女郎又有甚麼兩樣？姊妹們的事，我都清清楚楚；誰都有那麼一輛拖車；說得好聽一點，時髦

一點，戀愛一杯水；說得不好聽一點，白米供雄雞，養漢子！」她就輕描淡寫地說着。

黃太老眼見的世界，下流是髒的，上流也是髒的，世界都是髒的；這麼一來，畢竟昏花了！她自己的女兒，當着她的面，把底牌攤了出來，真的賣過淫，做過跑酒店的阻街女，順着這一條路線過活。交際花、名女人、舞小姐，一丘之貉，交往的一些不三不四的男人，她滿不在乎；甚麼都說得出，甚麼都做得出。她喃喃唸起佛來：「阿彌陀佛，這不會是真的，這不會是真的！」她不相信黃家有教有養的女孩子，就是這麼一個女孩子。

那知三杯落肚，她的女兒，卻又嗚嗚地哭起來了。黃太摟過明中在懷裏，呵着她，她想這個世界委屈她的女兒，她就像聖母一樣饒恕了明中的過錯。明中捽開她的手，站在房間當中，大聲喊道：「滾，你們這些壞蛋，替我滾！我要養漢子，就養漢子！」她就老老實實說她的拖車是 M 理髮店擦皮鞋的小伙子；她愛他，願意把心肝挖給他！「誰要碰一碰他，我就要誰的命！」她把酒杯捽在地板上，玻璃碎片，散滿了一屋子！

黃太趕忙把酒瓶收了起來。明中一把抓着她母親的手臂，壓在椅子上，「媽！我沒有醉！我沒有瘋！你放心，跟我同居在一起的小伙子，他叫滕志傑，華西大學學生；擦皮鞋是擦皮鞋的，也是公子落難沒辦法！媽；你看了，包你滿意！」她鬧了幾聲噁心，接着又說：「媽，你看，看看，我的眼睛錯不錯！」她說到得意之處，又嘻嘻地笑了。

接上去，她又嗚嗚地哭了！「媽，這孩子，他，嗯，心

野了，變了！」她突然走向房門，邊走邊叫：「我找他去，我找他去！」黃太連忙又把她拖回來。「明中！替我睡覺去，明天把他找來，讓他住在這兒好了！」

她又嘻嘻地笑了，「媽！這樣的女婿，打着燈籠找不到的！明天呀！丈母看女婿，越看越有趣，嘻嘻」。她又接連噁心了幾回，終於吐出一灘清水，連着酸氣的濃痰。跌跌倒倒，靠向了沙發，一回兒，便迷迷蒙蒙睡着了。黃太也就拖了一床被單蓋在她的身上。她自己拖過一把籐椅，躺在明中的邊上，呼呼入睡了。

夢中的明中，跟志傑的生活是甜蜜的；她讓志傑的生命，跟她連在一起，她把他當作她的小花貓，要他委婉依人。她想不到這隻小花貓已經靠在璐珊的裙邊了。

那天晚上，志傑跟白璐珊恰正在淺水灣酒店，享受那詩一般的黃昏。冬天的淺水灣是冷落的，酒店的旅客很少，海灘上，夜影漸生，遊客絕跡；只有酒店門前那一排大樹，默默地站在那兒。月色清麗，頗有江南涼秋風味；從葉叢中撒下來的白光，替草地鋪成了黑白相間的地毯。他倆手挽着手就在那濃蔭中，緩步走來走去；遠遠燈綵如錦，把他倆屏隔在海的一角上；遠處的輪船汽笛聲，偶爾三聲兩聲送了過來，顯得塵囂世界，推得很遠很遠了。她就一聲也不響，閉着雙眼，把頭靠在他的肩上；心弦的節奏，就像腳步那麼和緩；她已經沉入那個白雲瀰漫的夢中去了。他倆就是這麼漫無目的地踱來踱去，兜了一圈，又兜了一圈；好似在尋拾那白色的斑點。直到月色把樹影從廣大草坪收捲起來，黑影更濃了，田野更靜了；他倆才在草坪坐了下來，沐浴在銀流之中。

璐珊捧着志傑的臉，看了又看；她只要看見他的嘴角動了，就把嘴唇合上去，用舌尖堵住他的發話。他緊吸着她的舌尖，靠得貼近，讓彼此聽得心房躍動的聲音。一回兒，他也捧着她的臉，仔細看着她，她便雙臂緊攀，把他摀在自己的懷裏，不讓他離開去。一陣風過，她不禁戰慄起來；近處鐘樓報時，已經午夜十二時了。她才扶起了志傑，雙雙又穿過了那長列的樹影，回到酒店去。整整半個昏夜，就讓「沉默」連繫着她和他的呼吸、脈搏；此時無聲勝有聲，她覺得幸福已經回到她的身邊，有月光作證，海風為盟。直到溫暖的門簾，把她送入洞房，她才小鳥似跳躍着說：「小弟弟，我就算這麼死了，也值得了！」她就把志傑抱在臂上，雨點似地吻了他的頭髮、眼泡、鼻尖、兩腮，最後停在嘴唇上，好似會永遠粘在那兒！「好，死也值得了，死也值得了！」

　　她只是這麼溫文地享受着青春之樂，好似啜飲紹興老酒，一口一口地喝着。她讓志傑先滿足了，她自己也就滿足了。第二天清晨，她一早就醒過來，抱着志傑在懷裏，借着淡淡晨光，欣賞這上帝的傑作；她讓他的鼻息，從她的胸膛散向她的兩肩。他的臉頰，恰好埋在她的乳輪的當中。這時，「幸福」泡沫淹沒了她的心身，也就把這份泡沫掩蓋了他的頭面。她最後決下心來，要他斷絕明中那一邊的關係，她就是要佔有了他。

　　璐珊比志傑大着幾歲年紀，身材不高，看起來格外年輕些；眉清目秀，顯得小巧玲瓏，北方的小姐，卻帶着江南女孩子的氣氛。本來，蘇州、福州、成都，這三處女孩子，風韻差不很遠；志傑這個成都生長的孩子，面對這位江南的

小姐，這份含情脈脈的蘊藉情調，就有說不出的喜悅之情。他歡喜她的柔婉，燕爾之樂，他盡可以自由操縱；他展開了翅膀，翼護着這隻白白胖胖的溫柔的鴿子，顯得自己的男性氣概來。她曾經勉勵他，說是像他這樣一個樣樣都來得的男子漢，總有沖天飛去之一日；她希望他成為一個有志氣的男人，喚醒他的男性自尊心。她勸他不要在女孩子堆裏鬼混，老老實實地說：「歡場女孩子，都是沒出息的，貪圖眼前的快樂，不作久遠的打算！」她也承認眼前環境，拖着她沉淪下去，她要他拉上岸去，她心甘意願地守着他。

男女之間的種種，說簡單，原是簡單得很，說奇妙，卻也微妙得有趣。一個聰明的人，到了戀愛關頭，忽爾會愚蠢得離奇；可是，天下第一等笨伯，到了戀愛關頭，自會聰明過來。女人的心坎，有如一把秘密的鎖，配正了鑰匙，一下子就打開來了；配歪了的話，可能一輩子也開不出來的。此刻的志傑，他就把明中的心境，看得太簡單了。照他的直覺的想法；明中，這一型浪漫的女性，放縱任性，遊戲人間，甚麼事都未必認真；她對他這麼緊緊追尋，也只有一時的興趣，玩得厭倦了，也就可以分散了。他並沒看見明中那條精神上的空隙，她把志傑當作木筏，靠着他超渡彼岸的。他所記起的，只是一種渾身震戰的感覺，那是狂風暴雨所激起的肌肉反應；如不知道埋藏在下意識中的感受，已經生了根，一觸了電，又會震戰起來的。他只是這麼想：就是這麼慢慢兒疏淡下去，疏淡下去，日子頭一長，自無不散之筵席了。

因此璐珊跟志傑，安排向稱心如願的路上走去；那天，志傑便向魯老闆告了假，伴着她在牛池灣找了一處小院落，

過着小鳥似的同居生活了。他們住的處所，跟鑽石山靠在一邊，他隨時可以回去侍候老父，連他的老父也蒙在一個大謊之中了。她每天晚上，舞廳一完了工，就趕着回到新的寓所來；照她自己的說法，「一隻斷桅折槳的小舟，有着穩定的港灣了」，她只巴望這樣安閒的家庭之樂。

她跟志傑說起五年前的生活，她才二十來歲，跟她的丈夫從山東濟南繞道青島到了上海；第一個蜜月，是在滬西郊外 N 別墅中度過的。後來，她的丈夫，當選了國民大會代表，一九四八年冬天，回家鄉去了一次，就此失蹤了。可怕的謠言，和連天的戰火，把她迫到香港來的。

從她有記憶那時起，惡夢連着惡夢，一連串辛酸的遭遇。七歲那年，日本鬼子來了，她就跟着一家人在外邊流亡了，鬼子佔了她們那個小縣城，她們這一家，就在鄉下挨了八年吃糊塗的生活（一種調合麩皮而成的粗食）。她的媽，那年冬天，上城裏去找冬衣，就死在鬼子兵的刺刀上，連屍身都沒個下落。她的父親，排日趕集，擺個香煙攤過日。熬了那麼久，總算勝利了，天亮了，苦也苦出頭了。他們回到城裏去，就在瓦礫堆上，搭起矮屋來；那知，房子剛搭好，內戰又從鄉下打到城裏來了。

她記得清清楚楚，那時她只有十八歲，謠言滿天飛，說是沒結婚的女孩子，要抽籤配給的。趕着早晨，跟那位姓朱的中表訂了婚，下午就收拾行李一同逃到青島去了。她丈夫那個國大代表，倒是配給的；那知，這空銜頭，倒坑了她的丈夫，命定地該守一陣子活寡了。

她跟她的姑母，一同來到香港，開頭生活過得相當舒適

的；大家手邊都有點現款和飾物。就給一些近親遠鄰，哄着開店，店倒了；走單幫的貨失了；她的姑丈破了產，姑母也在憂鬱煩愁中死去了；衣食艱難，才在天堂中淪落下來。她的願望很小，從亂離中打滾過來的孩子，只巴望着安定，讓她在生活中的某一段時期，知道怎樣才是快樂。這個不幸的世代，「苦難」這兩個字，總算派到過它所應得的份兒了。真是甚麼災難，她沒有受到過呢？許多人已經死在她們自己的國內；其他的人，就不得不率領他們的妻小飄泊在那種無人招待的異鄉了！」這句三千五百年前人的話，同樣在這世代喊了出來！

「志傑！」她看着天花板，好似在禱告，「我想，有一天，天花板打開來了，這塊神氈飛上去了，它就把我們兩個載了去，讓我們飛到天邊一個小島去！你說好不好！」她向他眨眨眼睛，「好不好？我要你說好！那兒，誰也沒聽過『戰爭』、『鬥爭』、『矛盾』、『仇恨』，這一類字眼，男男女女，親親愛愛，從來不會你殺我，我殺你，搶來奪去。那兒呀，大家說真話，用不着宣傳，沒有口號，也不貼標語！噯，那個島上，沒有警察，大家都是老百姓，沒有甚麼官員！大家不知道錢是甚麼東西！」

他看着她，嘻嘻地笑了，「我的天使呀，那是烏托邦呀！」

「不，我的爸爸說，蓬萊仙島上就是過這樣快樂的日子的，我的爸爸說，世界上的事，就是給政治野心家搞壞了的！」

「你說得有趣，想得好；你知道嗎？蓬萊仙島就是烏托邦！」

「不，你們四川人，沒見過海，不知道海裏的事！我們

山東，海市蜃樓眼見得多，仙境裏的人真快樂喲！我的爸爸說的，從前秦始皇派了一位姓徐的，帶了三千童男童女到蓬萊仙島去，就此不回來了！你說仙島的天下，一直就那麼太平，他們還肯回來嗎？」她說得振振有詞。

「你不是說自幼吃了日本鬼子的苦嗎？徐市帶去的那三千童男童女；日本的鬼子，就是他們的子孫，大動干戈，打回老家來了！」他嘆了一口氣道：「國家呀，政府呀，組織呀，軍隊呀，法律呀，這都是害老百姓的東西；日本老百姓吃軍閥的苦，我們也是；我們恨透了這些妖魔，我們手裏沒有伏魔的法力，又有甚麼辦法？」

「沒有辦法，那只好你我兩個人廝守在這間小屋裏，快快樂樂活下去了！」她的嘴瘪着，顯得那麼失望的。

「假使我們廝守不下去呢！」

「不，不，我不要你這麼說。我不許誰再碰你的衣角！」

「豈不是又要爭奪了！」

「……」她聽到這句話，嘻嘻地笑了。

「一個人總是矛盾的，有時候，希望世界不要你搶我奪，和和平平過日子；有時候，輪到了利害關係上，又不免要獨佔了！」志傑也笑着說：「我的一些朋友，講起民主來，挺漂亮，到了自己的分限上，獨霸得厲害，只有自己，沒有別人。」

「你笑我，你笑我！是不是？」她提起拳頭，像是要打他。

「我是說世界上的人，大人物，小人物，差不了多少。那些大好佬，肚量比老鼠還要小，黨同伐異，爭權奪利，鬼打架，病人晦氣！」他雙手捧住她的拳頭。「我要問你，假

酒店

使黃明中來了，怎麼樣？」

「我不怕，我跟她鬧！料她也不敢鬧！」她笑了一笑，說：「我看，還是你忘不了她，私下偷偷地去找她，我可不答應！要是這樣，我要鬧個滿天星斗！」

他呆了半天，一聲不響。

「怎麼一句話也不說？你不許說謊，你說，心裏是不是記掛着她？」

「……」他搖搖頭。「不過，我知道，她一定要四處找我的，我倒希望你們不要鬧！」

志傑突然告了病假，已經是 M 理髮室的話題；明中到圓椅夾縫中，找尋失落了的心魂，更是談話的題材。他們都說明中裝出找尋的模樣，事實上，他是躲在她的綺羅帳底了。也有人說志傑的心，野花花地，這輛車子，又給別人拖去了。明中坐在椅子上，渾身不得勁兒；她東張西望，又不開口向人去打聽。剪刀、剃刀、肥皂、頭油、香水，樣樣都在嘲弄她，使她心煩。淋在她臉上的水紋，吹在頭髮上的熱風，就有那麼不舒適。每雙眼睛都在看她，每一嘴角都在笑她，她的眼前，就擺着那麼多的問號。

她幾乎等不及修整手上的指甲油，就跳下了圓椅，付了賬便走了；她明明聽到那些夥計們的譁笑，就讓那扇玻璃門擋住在門內了。她坐上的士，就趕回自己的寓中去；一進門，就摔東西，玻璃杯、石膏像、金魚缸、香煙碟，一件一件摔了滿地；她看見那幾條三尾金魚在地板上跳躍，又抓了起來，用力摔下去！摔得平貼在地板上才住手。黃太從後房奔出來，看她發瘋似這麼亂摔，也呆在一邊，摸不着頭腦。

明中看見了黃太，這才把手袋拋向半空，奔向她的懷裏，大聲地哭了！「媽！我要殺死他，我要殺死他，那個沒良心的東西！」

「你說的是誰？好孩子！」

「他，……」她又大聲哭起來了。

「誰？」

「就是他！擦皮鞋的賤骨頭，不中抬舉的東西！」

「怎麼啦？」

她想了老半天，也說不出所以然來。她又沒問過一句話，也不曾聽到夥計們說過甚麼，只是自己一面的推想，不見了志傑，就疑鬼疑神，動怒發氣了。

「那孩子跟你鬧過嘴嗎？」

「不！」

「他又給別人拐了去吧！」

「不！」

「那末？」

「他不在那兒，找不到他！」

「孩子，看你的性子！作興他回家去了，也許他病了！你不問問明白來！」

「他們只是笑我！」她的嘴翹得那麼高！「他們都是壞東西！」

給黃太這麼一提醒，明中也覺得自己的火爆性子太可笑了；她，仔細想想，甚麼都是她自己的幻想，把一肚子的氣，出在摔癟了的金魚身上，她就痛快了。她自己覺得好笑，豬油蒙了心，怎麼連志傑的住址都不曾問明白，連志

酒店

傑的底細都不曾摸清楚？她連忙自己敲自己的頭，說：「該死，該死！」但是，她又沒有勇氣到 M 理髮店再去探問音訊，想來想去，想起天聲來了；但是，她懂得男人的心理，在這些上面，多少帶着酸味兒，話是不容易說的。躊躇了一陣，她想到了林弟，要她間接替她打聽一下，這時，她又大夢初覺似的，記起這些日子，也久不見林弟的面了；不知她那肚子怎麼樣啦？她又自己敲自己的腦蓋，連連地說「鬧昏了，鬧昏了，這日子過得太笑話啦！」她才靜靜地坐下來，想着想着，志傑這冤家，三天不見了，那晚她留下了條子；昨天，今天，這冤家不曾到理髮店上工！怎麼，這三天的日子，會這麼久！天聲，一星期不見了，那天晚上，到過她的寓所的；林弟，倒是十天不見面了，一定在那兒病孩子了！她的媽媽告訴她，病孩子，看各人的體子，有人病三個月五個月也不定，普通總得病上個把月。這些日子，一定是林弟吃重的日子。好似一團亂麻，這麼一整理，心也平了，氣也和了，有些兒頭緒了！

雨過天青，她重新打扮起來，換了衣衫，看着黃太收拾那些破碎的磁片玻璃片，笑着彎了身子也拾起那殭了的金魚，放在嘴邊輕輕地吻着：「好寶寶，是我的一時的性起，害了你！」

「看你這小孩子的脾氣！」黃太也笑起來了，她看着黃明中匆匆地走出門去，輕輕地說：「這，那裏還像個女孩子！」她想不到溫暖的天氣，就烘着這些男孩子女孩子鬧出了格局。她手裏那枝標尺，就無從去量度了！

那時的林弟，恰正鎮天僵臥在床上；身子困得厲害，

胃口特別壞，最怕油膩，就連連作嘔，吐清水。嘴裏淡得厲害，嚼點梅皮殺殺嘴淡。偏是這些日子，天聲也不見了，她正悶得慌。她看見了明中，就先探問天聲的蹤跡！

「好了！好了！男人都變了！」明中嘆氣了。「我正想託你找天聲，替我探聽一個消息呢！天聲，也不在這兒！」

「是不在這兒，這一星期他只來過一次，看他很忙似的！」林弟勉強坐了起來。「想起來，我真怕！」

明中看她那困乏的樣兒，倒先憐惜她起來了。把自己要說的話，悶在心頭，裝了笑容，安慰她道：「天聲，人倒是厚道的，大變怪，不會有的！世道人心，世道人心，先是世道變了，人心才變的！我們眼見的這些男人，壞人嗎？不是，壞也壞不到底；好人嗎？也不是，好也好不到頂，到香港來的男人，真奇怪！都是沒有肩架！你可不能太放鬆他，脫了韁的馬，一慣了，那就難了！」

林弟一面聽着，一面點頭；天聲的影子，浮在她的眼前，他的確如明中所說的，沒有肩架，事事無可無不可的這麼一個人。但是，要她去抓住一個影子，又是不可能的。她只能對天聲推誠相與，感化了他的心；一半也聽天由命，她自己原本是個薄命人，事事只能退一步想。她牽着明中的手說：「我也想不到這時候會有孩子，孩子要來，也是命該如此，我既不怨天，也不怪人；不過，天聲要挖掉他，我可不答應，他也沒有話說。先前，我總以為他鎮天在你那邊，原來不在你那邊。男人的心真奇怪，連天聲這樣的男人，都變得這麼厲害了；對，你說得對！不能太放鬆了他！」她停了一下，接着又問道：「照你想，天聲到底到那些地方去的？」

明中笑了一笑，說：「我也好笑！男人的事，總是不大管的；天聲的底細，我也不大明白。我總以為，男人就像我們的衣衫，用得着，就穿在身上；不穿了，就擱在衣櫃裏，那知把衣櫥打開一看，這套合意的衣衫不見了，那就摸不着頭腦了！」她呆了一下，把聲音低了緩了，說：「你見過嗎？M理髮店那個擦皮鞋的小伙子？」

林弟微微笑着說：「見過，見過，他們都說，這小伙子是你的達令！聽說，這孩子，中文英文都不錯，還會唱洋文歌，樣兒也不錯！他們都說這孩子像你，跟你打得火熱！」

「不要說啦！這幾天，這小伙子也不見了。」明中有些兒臉紅，嬌羞地說：「你見了天聲，務必叫他替我打聽這小伙子的家，住在那兒，他叫滕志傑，四川人。」

「你連他住在那兒都不知道？」

「誰知道？他本來寄宿在理髮店裏的，後來呢！」

「後來，跟你住在對海半山的公寓裏。」

「你怎知道的？」

「若要人不知，除非己莫為；你的事，誰不知道！不過那孩子是不錯！」

「噯，你們都說他不錯，不是嗎？這小冤家，樣兒太像我，簡直是親姊妹！書香人家的孩子，樣樣都來得！」

「我早知道你是入了魔了！她們說你跟這冤家混在一起，整天整晚地。」

「誰？她們？她們還說些甚麼？」

「昨日，白璐珊來看我，她就說起你的事，活靈活現地；把你那小冤家誇獎的了不得，聽她的口氣，她也歡喜

他，樣樣都中她的意。她自己也沒這麼說，就是我這麼猜想。照她的話，看中這小伙子的可不少！」

「白璐珊？」明中想了老半天，想不出這麼一個人來。

「你忘了嗎？她總是跟我坐在一起的，山東人，一口京片子；一雙眼睛烏溜溜，挺俏的；她先前住在我們的隔鄰，新近才搬開的！」

「對了！」明中轉過了身，看看架上的鐘，正是酉初時分，她就站了起來。「林弟，拜託你，我那小冤家的住址，叫天聲打聽一下，早一點告訴我！時候不早啦！我要上班去！」

「上班？」

「到舞場看看，看有甚麼熟人沒有，嗯，我去聽聽白璐珊的口氣，說不定她會知道一點甚麼的。」她就這麼急匆匆走了。

那知到舞場一問，璐珊也已經三五天不上班了，大班告訴她：璐珊近來很快樂，在外邊活動得很。他們把「快樂」兩字說得那麼俏皮，好似在打趣她，她直覺地從冷言冷語中，摸出了一點線索，暗地裏搗她的蛋，挖她的心頭肉的，一定有白璐珊的份兒。她用力咬着嘴唇，下了最大的決心，發下最兇的狠勁，天涯海角，也要鬧個明白。

其時，已是節邊年下，市面大不景氣，老細們都有所顧忌，舞場生意更是清淡了；她等了老半天，才抓到一位闖來的稀客，那個山東高個子，高大昇。他是到舞場來找天聲的，她也不問皂白，就借了找天聲的因頭，要他伴着她周遊香港的舞場去。他也來不及問清來由，盡是跟着她團團轉；從西環石塘咀開了頭，再轉到灣仔的大小舞場，夜半時分，

又向天宮、麗池看幾家夜總會兜了一轉。她從相熟的姊妹，大班口裏，知道白璐珊近來跟一位小伙子打得火熱，聲影不離，恰巧這一晚，沒見他們的蹤跡。

明中盤算了一整晚，她忍不了這口氣，拚個死活，也要找他回來。香港這碼頭，活動的圈子本來有限得很；耐着性子，依着線索搜尋了去，容易碰頭的。高大昇，這山東漢子，拍着胸口，要替她查個水落石出；到北方幫口裏，他一問一打聽；白璐珊的底細，就有個眉目了。北方漢子直肚腸，一五一十說給明中聽；他說璐珊的身世是孤單的，飄泊在香港，先前跟一位軍官同居過一陣，那軍官不成材，吃她用她，還不時欺負她；後來鬧了幾回，就各自走開了！新近跟一位四川小伙子住在一起。他就老老實實勸了她：「你們都是可憐蟲，惺惺惜惺惺，不要為這點小事，傷姊妹淘的和氣！」他只見明中默不作聲，臉色突然鐵青，雙眼睜得很大。好半天，才斬釘斷鐵地說：「你跟我一塊去！你跟我一塊去！」

大昇一時惶惶然，手足無所措；「到那裏去？到那裏去呢？我，我，不要去了吧！」這麼高大漢子，好似頑皮孩子，碰到了老師，渾身周張得很！他的腳，準備溜掉了。明中突然轉了笑容：「放心！不會吃了你的！我又不是吃人的！不錯，肐膊子向內彎，你們山東人幫山東人，璐珊是可憐的。我呢，你就不可憐可憐我！我又沒說要鬧甚麼，不過，我要看看，究竟怎麼一回事？你陪着我，說不定別人欺負我，你幫我一下！」她小鳥似的靠在他的臂上：「你不可憐可憐我嗎？」她的聲音那麼悽惋，又那麼溫柔，給她這麼

一摸一攄，大昇那幾根頭毛也就順當了！乖乖地又跟着她兜了一晚的圈子。

冤家果然路狹，明中跟大昇剛進了南京舞廳，坐定下來，便見志傑縮在白璐珊的臂上，很親密地雙雙進來了。志傑一見了明中，腳步便停住了，璐珊回頭對他笑了一笑：「親愛的，怕甚麼！總是要見面的！怕甚麼！」她挽了他，就在明中的隔座坐着。她笑盈盈地，走向明中的座邊，替志傑跟大昇介紹道：「這是我的表弟弟！十多年不相見了，新近才找到的！這位黃小姐，面熟得很，一向少親近！高老大，你跟黃小姐老朋友啦！怎麼不聽得你提起！」她說得那麼入情入理，明中啞巴似的老半天說不出話來。她的耳邊，只聽得「表弟弟」三個字。

志傑臉上一塊紅一塊白，簡直不自在；一個字就有千斤重，吐不出來；老半天才向着明中的臉，說出了「你好！」

「嗯，你好！」她那嘴角上的冷笑，就把「好」字吞下了半個；她白他一眼，接上又是幾個「好」字。這時璐珊倒坦然地邀了高老大下舞池去，她的臉上依然笑嘻嘻地。

一半晌，志傑一句話不說，明中別轉了頭，也不理他。「好姊姊，怎麼啦！我們跳舞去！」

「呸！誰跟你跳舞？！哼，你幾天不見，倒會跳舞了！你這沒……」她猛然抿了他的鼻子！「好！好！」

「生這麼大的氣！她是我的表姊姊！」

「是你的表姊姊？我問你：你住在甚麼地方？你表姊姊住在甚麼地方？」

志傑一聽話頭不對，又急又喘地說：「我！我，我的家

在鑽石山。」

「她的呢？」

「她的家在牛池灣。」

「好！我跟你們一起去！」

「這算甚麼！這算甚麼？」

「沒有甚麼！你家還有誰！」

「沒有誰，我的爸爸，年老癱瘓在床上！」

「那好極了！我跟你去見你的爸爸，你就說我是你的未婚妻，最近才訂婚的！」

「這怎麼可以！」

「怎麼不可以？你說，這個白蛇精跟你甚麼關係！」

「我不是說過嗎？表姊姊！」

「那好極了！你對她說，我是你的未婚妻，我要你說。」

「姊姊，不要在這兒吵鬧好不好！等會兒，我到那邊等你，仔仔細細說給你聽！」

「哼！你還記得有個那邊嗎？我告訴你，好，大家鬧一陣，大家活不成！」

「等會再談，好不？」這時，高老大跟白璐珊有說有笑從舞池裏走回來了，她們看看他們，彼此招呼了一個不自然的冷笑。

明中，她一直旋轉着男人的世界，每個男人，跟她的吧狗兒一般，匍匐在她的腳邊，侍候她的喜怒。忽然，她發見她所要創造的對象，反而變成了她的叛徒；一陣痛心，一陣憤怒，一陣悲涼，她覺得她是這麼被世界所遺棄了。她可以饒恕毒蛇猛獸，饒恕地獄裏的魔鬼，卻不能饒恕這一個忘恩

負義的人！

　　她忽然想起那破產失蹤的鄒志道來，就是到了窮途末路那一刻，他還是替她留着後路的。這個小冤家，卻像丟一隻破鞋子一般，丟開了她，這對於她的尊嚴，是最大的冒犯。她自己懊悔瞎了眼睛，看錯了人；但是事到如今，非搶回來不可；「不完全則寧無」，她咬咬牙齦，獨佔了他，只可她丟他，不許他反叛！

　　她的雙眼已經出了火，她要吃人，她有勇氣把志傑斬成幾段，埋到壜子裏去。她願意跟任何人，白璐珊也好，到廣場上去決鬥，拚個你死我活；她願意跟志傑一同跳海、服毒，一同死了去！

　　那晚，她總算耐着性子，在半山公寓等到了他了；這隻夾着尾巴，沿着牆頭挨着身子向她目夾眼睛的狗仔，乖乖地坐在她的對面。她依舊一言不發，把斟好的一杯酒，放在他的面前，吩咐道：「喝下去！」

　　他端了杯，雙手有些發抖！「這裏面甚麼東西！」

　　「你喝就是了！」她冷笑了一聲！

　　「我喝，我喝！」他話是這麼說，雙手捧着，依舊在那兒發抖。

　　「我告訴你，這是毒酒，十片安眠藥，怕甚麼，我也一杯，一同死！她端起自己的一杯，骨都骨都喝了下去了。「一個男子漢，這麼怕死！」

　　「你騙我，你騙我的！」他低了頭向杯仔細看看，鼻子嗅了又嗅！

　　「你喝！我要跟你一同死！」她走了過去，迫着他喝下去！

酒店

152

「你不讓我說個明白，我死也不心甘的！」

「不要說啦，我明白的！」她一臉鐵青，「他喝了再說，你喝了再說！」

志傑再把酒杯端到唇邊抿了一下，明中趁勢把杯底一托，灌了一大杯在他的嘴裏，右手捏緊了他的鼻孔，一個骨都，小娃娃喝藥似的，吞下肚子去了。等她放鬆了手，才「嘎」地一聲叫了出來。「你，你真要我死！」他的舌頭覺得發麻，喉頭有些發燒，舌板上有些發苦，他驚愕失聲，相信吞下去的這大半杯，一定是安眠藥！

「是，我要你死，我們一同死，省得三心兩意，給那些白蛇精小青青迷了去！」她拿過桌上他吃賸的半杯藥酒，倒在自己嘴裏。「我多喝一點，快點死！給別人踢開了的，活在世界上也沒有甚麼道理！」

他好似從胸口麻了上來，渾身的血管，流得很慢很慢，差不多要停止的樣兒。他把嘴張得很大，要把整個房子的空氣吞下去；雙眼向天花板直瞪，看死亡之神會不會從板縫裏掉下來。「你，你好狠心！」

「你不那麼狠心，我就不這麼狠心！」她泰然自若，坐在椅子上，那鮮紅的指甲，一顆顆跳入她的眼中來。

他呆了一下，便奔向電話那邊去；她急步跟了上來，搶上了一步，嘻嘻地笑道：「何必這麼急呢？等我倒下了，你再打 999 電話叫急也不遲；我死了你活了，你們都稱心了，豈不是好！」

他剛要向她手中，搶取那聽筒；她猛力一拉，先把電話線拉斷，把聽筒交給他的手中。他木然地似接非接，蓬地一

聲，聽筒落在地板上了。他在房間裏邊走邊哭，邊哭邊叫：「我不能死！我不能死！」

「我偏要你死，我偏要你死！」

「你不能這樣狠心！你不能這樣狠心！我的父親老了，他癱瘓在床上；我死了，他也活不成！」

「我也有母親呀！我死了，她也活不成的！反正這個世界，多活一天，少活一天，又算得甚麼！譬如中了原子彈，一家門死光！」

「想不到你這人，這樣的冷心腸！」

「你這人熱心腸太多了，白姑娘黑姑娘一大堆！」

「你，你……」他只覺得渾身麻得更厲害了。

忽然，他的心房跳躍得十分厲害，耳中嗡嗡作響，眼前一顆星一顆星異動着；那隻黑色的大手已經伸到他的喉頭來了。他眼見明中的臉變得碧青，眼睛閉着，她是安安靜靜地在迎接死神了；一切都絕望了，他就給這狠毒的女人毀掉了。這女人把死看得這麼輕描淡寫，把自己的生命像毽子那麼踢着，連他的生命，也在她的手裏玩耍着。他想來想去，一點辦法也沒有。

老年癱瘓的父親，母親臨死時的叮囑，從江津流亡出來時，他那大哥的淚眼，以及魯老闆的囑咐告誡的話，一一浮上了心頭。女人是禍水，他就像一滴露水似的，在她的掌中乾掉了。平常時候，厭倦了人生，覺得活在世上，也沒有甚麼大道理，可是在臨死的一刻，生命的晚霞就是這麼美麗！他像一個上法場處斬的犯人，槍口已經向他瞄準；但是，他唱不出那句二十年以後又是一條好漢的好戲來。

酒店

「明中，你還年輕，我還年輕！怎麼不珍重自己的生命。這麼開玩笑似的丟掉了！明中，你難道一點也不懊悔嗎！」

「不，我一點也不懊悔，生命最可貴，愛情更值得珍重！有你陪着我同死，我還不高興嗎！」她張開了半隻眼睛，有氣無力地這麼說。

「你讓我走，好了，我死也不死在這裏！」

「走到那裏去？所有的門，我都鎖了，我就要你死在這裏！兩個人死在一堆，」她說話的聲音更低，臉色更蒼白了。「明天早晨，本埠新聞頭條大字標題：『黃明中殉情，滕志傑同命！』我的遺囑，已經送到報館裏去了！你要寫遺囑嗎？還來得及，抽屜裏有紙有筆，你自己拿吧！」她勉強站了起來，立即跌跌倒倒地歪下去了。

他用力蹬着地板，怒目看着明中「嘎嘎噢噢」亂叫了一陣子。

「親愛的！你要打，打好了，你要殺，殺好了；最後這一段的生命，我是整個兒屬於你的！你愛怎麼着，就怎麼着！」她就一句接着一句，拋向他的耳邊去！

第七章　灰色馬

　　死期逼近了，志傑也和許多人一樣，恍惚看見了上帝了。他第一步便陷到泥潭裏去了。他想拔出一隻腳來，但是，不，已經是不可能了。他明白他自己正沉向泥潭底裏去，慢慢地沉下去；一分鐘，一分鐘，一吋，一吋沉下去，於是，他絕望了。他想，這泥潭不久會把他沉陷到更深的底裏去了。不久，便會有一串水泡在他的頭上冒出；那個地方，不久，便要和先前一樣，甚麼東西也沒有，只有青青的草地，依舊青青地罷了。在世界的末日，死在一個泥潭裏，如同一個蒼蠅一般，他覺得心中似乎突然空無所有了。

　　他面對着一個嘲笑生命，連上帝都不放在眼裏的女人；哀求，她不理；威脅，她不怕；他就束手無策了。他俯首嗚咽流淚，自悔一時糊塗，妒火激怒了她，一半也是自己惹的禍。他想向她立誓悔過，永遠誓忠於她；要她愛惜自己的生命，趁早救治過來。這麼一想，好似胸口鬆動得多了，渾身血脈，也活動起來了，那酒裏的毒汁，跟着眼淚流出去了。

　　他抬着頭看去，明中半橫在沙發上，半斜在地板上；她已經撕破了旗袍、內衫、小褲，差不多裸露了全身，死在那兒了。他忘記了一切，奔了過去，只見她眼睛閉着，嘴唇合

着，死的樣兒，就像她鼾睡時那麼甜美。他屈着右膝跪在地毯上，聽聽她的心房，照樣躍動，鼻息也是停勻得很，兩頰已經紅潤過來；那曾經使他昏迷，欲死欲生的大誘惑，又擺在他的面前了。

突然地，他心頭跳動得厲害起來，誘惑正在向他招手。他又覺得上帝並沒辜負了他，他應該忠心於她，為她而生，為她而死的。他忽又轉想，或許這是安眠藥發作的初期狀態，猛又打了一個寒噤。心裏想：她喝得多，發作得快，再過一回，他自己是不是也這麼軟下來呢？遲疑了一回，他把嘴唇印在她的唇上；猛然，她的嘴唇動了，他的舌尖給吸住了，她的兩手，緊緊抱了過來。地獄跟天堂，就隔着一張紙，他又飛入飄飄乎的境界了。他沿着頸脖胸膛，一路吻着。她願意他在她的乳房上達成初潮，留連得許久許久，她才輕輕地展開眼睛來。

她貪饞地在那兒享受，她的叛徒，已經回到她的懷中來了，馴順得像她腳邊的叭兒狗一樣。他呆了一下，站了起來，想脫下了自己的衣衫。她霍地張大了眼睛，把那些破碎的衣衫，渾身一裹，把一串鑰匙摔在地下：「你走！我不要你，你走！」

「我不走，我不走，死也死在這裏！」

「呸，不要臉，快打 999 電話！」她把斷了線的聽筒踢到他的腳邊。「剛才你怎麼說的？你說！」

他嬉皮笑臉地，脫下了衣衫來；她可一溜煙，躲到房間裏去了！盡着他在房門外苦苦哀求，她只是閉門不理。

「好姊姊，好妹妹，下回我再也不敢了！」

「不敢了；好，那麼你說，你把這些日子做的事，一五一十招供，等我查明白了，一點兒不假，你再進來！」

「那怎麼行？」

「怎麼不行？不行，你走你的路，從此分手好了！」

「好姊姊，好妹妹，可憐可憐我！你要我說甚麼，我全部坦白，決不隱瞞一點兒！」

「那末，好，你說！你這些日子，住在那兒，跟誰在一起！」

「我住在鑽石山，跟我爸爸在一起！」

「好，我們一起去，看了再說。」

「不，噢，我說錯啦，住在牛池灣，跟表姊姊在一起！」

「表姊姊？」

「不，不是表姊，就是那個白璐珊。」這就像小偷一樣，在警察面前老老實實招了出來。連床上被窩的事，都說得很清楚了。

「好！好！好！」氣得明中話都說不出來。「那末，你就在地板上睡好了！」

「不，我要進來，我要進你那邊來！」

「呸，還有臉說這樣的話；好！那末你拿把刀，把璐珊的頭割了來見我！你愛的那件寶貝挖了來，也好的！」

「這算甚麼！這算甚麼！」

「她會狠心，我就下得毒手！我要她死！」

「都是我的過錯！你不要生氣了！」他在房門上亂打着。

這一幕，從悲劇突然轉過來的喜劇，已經演到頂點了；他恍然初覺，他喝的只是一種帶苦味的酒，此刻連那一點酒

性也已散發掉了。在他血管裏沸騰的，乃是明中這一團火所激發的熱力；她那磁場的吸力，使他無力去抗拒，也不想去抗拒；他願意熔化在她的身邊。

但，他給她關在門外，直到他無條件投降了，他還是裸着全身在房門外呆站着。明中要他親手去砍殺白璐珊，他又記起璐珊那麼溫柔、體貼，讓他過着有秩序的生活；一個飄零久了的孤兒，享受到家庭的溫暖。璐珊不像明中這樣火性，這樣霸道；但是，他到了明中裙邊，就只有屈服；明知道是一團火，他這隻飛蛾，還是要撲了過去！

他知道她需要的是甚麼了，只有當她享受到了飽和點，才會心平氣和，恢復過人性來的。他連哄帶騙，把鑰匙伸入了鎖眼，終於進入她那邊去了。房裏黑洞洞地，甚麼也看不見。只聽得她那隻叭兒狗在那兒喘氣；他慢慢地摸着索着，摸到了毛茸茸，那是狗兒叭的頭毛和耳朵，牠的鼻尖和舌尖，就向他的掌心上舐來舐去，麻麻癢地。她那光滑的軟軟的小腹也在起伏着。他就給這無邊的沉默和黑洞洞的世界征服了。

叭兒狗在喘息，他在喘息，她也在喘息；低沉的嚶嚶呻吟之聲，又把這個黑洞洞的房間征服了。他渾身三萬六千個毛孔，給電火燙焦了的；微微的汗水就從毛孔裏沁透了一身。他撫摸着她的頭臉，她的眼耳鼻嘴，肌肉似乎鬆懈得一團棉花一般。她的手臂掛在床沿上，她的腿橫在那兒；她就讓他要甚麼拿甚麼，一些兒沒有抗拒的能力。他就伏在她的胸口，貼在她那圓潤的核心上；從那兒發出的電力，重新把她振作起來！

「今天晚上，我真的，死在你的手裏了！」她連這一句話都分作三截才能說完的。她狠着心把一切腳邊的男人踢開去，只為了這個負心郎留着自己的春天的，她是飢餓得慌了。——一個餓得慌的人，其手已失知覺，眼也亦不能張合自如；可是，他咬了第一口饅頭，但見全身突然顫動，口眼大開，嗚嗚作聲，此非親身經歷，不知此中滋味也！」

她和他都很年輕，彼此都富有創造的勇氣和精神；在男女之間的種種，有如一場遊戲，彼此競賽着，有時他創造了新的紀錄，她很快地突破了這紀錄，達到了另一個頂點；在這些方面，她從來不會從另一個中年人的身上獲得過。男女之間，達到熔化了的程度，這種境界，只有音樂的諧和，可以象徵得；正如，一塊純鋼，才耐得住爐火的鍛鍊。她希望從他的靈魂中，創造出一個她所心愛的新生來。

他在她的身邊，動，有旋律似的顫動，靜，有搖籃似的舒適；必須到達了這樣的境界，才完了着生命的節奏；兩個靈魂已經結合在一起，他已經無從去擺脫！小別不到十天，而她就是為他而苦成惱追尋着，把一切奉獻給他這重逢之夕，他就失去一切知覺，只讓她的呼吸來代替他的幻想了！——到了這個境地，這就此失去了一切的幻想！

等到這對無憂無慮的孩子，享受得暢快、滿足，幾乎是癱廢了，就讓沉酣的夢境，呆到第二天的黃昏，她和他，每一條肌肉都散掉了，每一塊骨頭都開展了，只有一點記憶：她和他都活着。眼睛一閉，不知不覺又糊糊迷迷地睡去了。

她終於回到現實來了，重新斟了兩杯酒，對飲了；讓酒精來開起他們的發動機來，她告訴他：這裏面有着二十片安

眠藥，他伸伸舌頭對她扮個鬼臉，痛痛快快喝下去了。

「到底怎麼一回事！」

「甚麼也沒有！就是你這貪生怕死的人，一聽到安眠藥就嚇昏，神經病！那副見神見鬼的樣兒！」

「是有點兒苦味嗎？」

「苦味就怕，要吃甜的！」明中忽然嘆了一口氣：「志傑，好哥哥，你的心靠不住！你是要變的！我知道，愛情是苦的！」

「從今以後，我再也不變了！」

「拿甚麼來保證？我知道你是捨不得那個白蛇精的。可是，你當心！我一時性起，我會殺掉你的！」她若笑若怒：「你以為我是說說笑嗎？」

「你讓我把她處理得妥帖來！」他像個很聽話的小孩子。

男女之間的情愛，原是一種寒熱症；發高熱的時候，有那麼的念頭；熱度一退，那個念頭也就完全變個樣兒了。志傑在明中身邊，甚麼都答應了下來，甚麼事容易辦得很。他一回到了牛池灣，白璐珊的柔情又在熔化他了。她低聲下氣的，問飢問寒，沒有一個字提及明中，也不問他在那兒過夜。就像他旅行回來，替他料理茶水。他心裏想，他是到了家了，這就無須提起了，他就那麼舒舒服服過下去；精神上的恬適，比肉體上的暢快，耐得回味；安樂窩中，甚麼都這麼妥貼，還有甚麼話可說呢！璐珊照例陪他玩了幾天，就自己到舞廳去伴舞來維持兩口子的生計。她說，要等到志傑找到了事，才歇下來管家。她不讓他再回到 M 理髮店去，那兒的空氣，她有些不放心。她說：「年輕的男人，容易帶壞

的，一壞了，那就不容易收拾了！」她要他成器，趁早成家立業。他一想自己是依靠着她賣笑來養家的，也恨自己的糊塗，太不知上進了。這樣，他拋給明中的諾言，又掉到腦後去了。

那晚，璐珊已經去上班了，他懶散地靠在床上休息着；突然，門外剝啄之聲，他驚了一下，心裏想：怕不是明中追尋了來？遲疑了一回，終於打開門來，一看卻是許林弟，璐珊時常往來的姊妹。她呆了一下道：「你們這對小冤家，果真住在一起！」

「許小姐，求你遮蓋這個！」他讓她坐下，笑着懇求她：「誰告訴你的？」

「我有急事找璐珊！剛到舞場去，大班說：她已經有幾天不上班了，他告訴我，璐珊住在這兒，找了來，想不到……」她向他渾身打溜了一轉，笑着點頭。「可要當心，明中到處找你！她那烈火性子，不饒人的！」接上來，她自己也在嘆氣：「真麻煩！都是一些麻煩的事！」一層暗雲罩上了她的眉尖。

「璐珊能幫你的忙嗎？」

她搖搖頭，又是一口長嘆：「你該知道，我肚子裏有了孩子！真是孽債；偏巧，天聲的家眷，也從湖北來了，前天到了澳門。你看，怎麼辦？」她的肚子，的確彭亨得有些蓋不住了，那襲旗袍就那麼走了樣子。

且說，太平山下，男男女女，後浪逐前浪，串演着一幕幕的悲劇，一齣齣的喜劇；你我，彼此，有時是主角，有時是配角，當年真是戲，今日戲是真，卻不容我們做冷眼的旁

酒店

觀人。

　　這時候，天聲、林弟、志傑、明中、璐珊……他（她）們各自背起各自的十字架來了。說來，時代是這麼的離奇，場面總是這麼尷尬；飄浮在海外的這些「上海人」，一家骨肉，大難來時各自飛；有的在大陸，有的在台灣，三分天下，一分落在香港。思想的鬩牆之爭，每一家都在掀起了波浪，不讓一個人的精神有個安頓的去處。彼此的幻想，就這麼破滅了，既說不出工作有甚麼值得努力的目標，也沒有甚麼美麗的遠景，可以憧憬。享樂眼前，得過且過的念頭，就在苦悶的黑土中生了根。但是，求刺激、享樂，痛快一時，一切玩意兒，帶來了更多的煩惱！人生萬花筒，在這蔚藍的海天背景上，投射出一條條絢麗的長虹！

　　林弟肚子裏的小娃娃，小妖精似的在那兒拳打腳踢，翻不完的觔斗。他的小拳頭，向肚角伸了一拳，她就有些疼痛，彎着身子，老半天，才伸得直來。她懶得行動，到了下午，雙腳發腫，好似發了酵的麵粉團，連鞋子都穿不進去；就在腳背撳了一下，幾顆指痕，落在那兒。她把天聲當作唯一的親人，偏巧他自己的煩惱，比她擔負得還要重；她找到璐珊的門上來，見了志傑，也是親熱得很，就連着眼淚瀉到他的面前來了。

　　那幾天，天聲恰正給這一晴天霹靂嚇昏了。他的太太，帶了四個孩子，到了澳門；她在電話裏告訴他，和他們同來的，還有她的堂兄弟，算計到香港來淘金的。他左託右託，花了一筆錢，轉了幾個彎子，六條屈蛇才趁上一隻小帆船，花了一大筆錢，偷渡過海，說是平安可以溜過海關檢查的眼睛的，

那知剛準備在荔枝角的小埠頭上靠岸，就給巡邏的警察抓住了。他便整天整晚奔波於拘留所、法庭、碼頭之間。他們還關了整整一個星期，才算罰了一筆錢，依舊送回澳門去。他也就垂頭喪氣，跟着妻兒到澳門去安頓起臨時的家庭來。

他帶着一身臭汗，對着枯黃瘦怯的太太，鶉衣百結的孩子們發呆，他好似失去了知覺，也記不起，過去這些日子，這昏頭昏腦的日子，是怎麼過的！

照他太太的訴說，他屈指一算，離開漢口，已經一年半了。他脫下了那套教育家的外衣，趁上粵漢路直通廣州的南行車，走起單幫來，好像還是昨天的事。他的第一份財富，就給一隻大鱷魚一口吞下去的。往後靠着他那點鑑別古董的本領，轉轉洋人的念頭。鐘鼎、甲骨、字畫、玉器、珠寶，真中有假，假中有真，真真假假中打滾，總算在香港混得這麼久。也曾混起一筆錢，那知有錢便作怪，到了黃昏，心不由主，把那些撈得的辛苦錢，流轉於曼歌淺笑之中。香港的春天，也真長久得很，他的黃昏，就給春天的煩惱佔領了去。一個人住在春天的綺夢裏，山中七日，世上千年，直到回到世上來，才知道歲月真的過了那麼一大截了。

陳太太替他帶來這麼一個現實的世界，一把眼淚，一把鼻涕，就在她的長篇訴說中，加上了嘆標、問號和住點。她帶着孩子們在漢口住了大半年，實在窮迫，又回到天聲的老家住了幾個月，再回到漢口去煎熬了幾個月；實在熬不下去了，才變賣了所有的家財，破釜沉舟，到香港來的。

「天聲，你究竟怎麼攪的？也不替我們想一想！就不替我們想一想！」她伸出焦黃的手掌，一點血色也沒有；這麼

一年半，她就像過了三十年那麼老。「一個月，難得吃一回葷油，素油也沒有，天天一碗青菜湯，一點鹽，有這麼一點鹹味，就是啦！」

「我總當你們回到了家鄉，安安穩穩可以過得好一點了！」

「你在香港，只知道做夢！」她的眼淚又掛下來了。「偏巧不巧，我們剛到了家，住不上半個月，就開始土改啦！你們那些遠房近房，還當是我們回家分田地去的，閒話冷語，那才不好受！鄉下人總當我們發了財回家去的，看着幾隻箱簍就眼紅，還當是金銀財寶，說是你刮了人民的財產回去，也要分；好了，果然都分掉了 —— 連阿珠那件絨線衫也分掉了！那個冬天，我們母女幾個人，一人留一套衣衫！一天吃兩頓！一頓珍珠米，一頓稀飯！」她眼前就是那麼一幅黯淡的圖畫。

「是，都是我的過錯！我還當是從前的日子，三親四友，該有個照應的；而且，有些朋友，多少沾過我的一點光的。」他的眼睛落在他太太那失神的眼眶上。

這是「有冤報冤，有仇報仇」的世代。天聲已經二十多年沒回家鄉去了，說不上甚麼冤，也沒結甚麼仇。話可不能這麼說的；首先寫匿名信向區政府告發的，便是天聲的外甥；當時他窮苦上不得學，一向就靠天聲接濟的，而今這外甥就要清算天聲的官僚資本。一位天聲的老同學，當年從桂林逃難到重慶，在他們的客房打過地鋪的；天天在市集上聲言：「他們自己睡在床鋪上，叫我睡地鋪，明明白白是階級觀念！我們要鬥掉他這一家。」不提三親四友倒還罷了，一提了三親四友，沾過天聲一分光，就叫她們吃一分苦，多沾

一分光，就叫她們多吃一分苦！誰不自己撇得乾乾淨淨，不這麼鬥，就是溫情主義。

陳太太母女這一群，就給大義滅親，滅得一乾二淨了。從天聲的大衣到阿珠的絨線衫，滅親的義士，見者有份，都順手牽了羊去了。她們差不多是光着身子回漢口去的。「人真賤，偏是我們這幾隻皮包骨的餓鬼死不了！一天早，眼睛烏珠一挖出，張開嘴要吃，要吃，就是這些麻雀吵死啦！」她拚着最後的生命力，把這幾隻麻雀帶到南邊來。「一塊石頭落地，死也好，活也好，不管怎樣，我總算把孩子們交到你的手裏了！」看她那樣子，最後一口氣，就快嚥下去了！

這四個小孩子，就像四隻小鱷魚，眼圈深深陷着，眼珠柱元核那麼滾來滾去，要掉出來的樣兒。阿珠，天聲頂疼愛的女孩子，她年紀大了兩歲了，體重卻減輕了十多磅；枯黃的頭髮，焦黃的皮膚，穿上了褪了色的麻布褲子，人少珠黃，小老太婆的樣兒。玲玲、瓏瓏、璋璋那幾個弟妹，餓牢裏剛出來，巴着香蕉籃，盡是吃不飽；摸摸肚皮，對着天聲的臉，溜了一轉，各自抓上一隻，扯開了皮，三口兩口又吞下去了。他對着他們點點頭，那骯髒的雙腿，那鶉衣百結的衣衫，那一條條給指甲抓碎的殘痕，刀似的刺入了他的心頭來。

「敏娟，我真該死，你們這麼吃苦，你們消瘦到這步田地！我卻在這兒，過着昏天黑地的日子。」他自己慚愧，過去許多日子是在明中的裙邊過的；他跟林弟又胡鬧得那麼久，林弟的肚子凸向他的眼中來，眼見他在五隻包袱以外，已經另外拾來兩隻包袱了！

「天聲，你知道趙五娘吃糠是怎麼一種日子？是怎麼一

種味兒！要死，大家死在一堆，也不分離了！」她摸摸天聲的肩膊，「你的身體倒還不錯！」

他摸摸自己的下巴，真的又胖了起來了；前幾天，他在天星碼頭的休息站上磅了一回，又重了兩磅多。他的發福，恰好是妻兒消瘦的諷刺。她們吃麵皮，吃黃菜葉，吃人家臘羹、殘飯；他卻陪着舞女吃宵夜，喝酒，玩康樂球。她們在北風裏發抖，他卻替明中披上一件狐皮的大衣。林弟的四季衣衫，有三季是他替她備辦的；他自己的兒女，就跟叫化子那麼破爛；他賺來的十個錢，就有六個錢這麼胡花掉的。這一想，他良心只是對着自己妻兒負疚，他覺得萬分對不起這麼吃盡辛苦的敏娟。

他想起了自己對社會的責任；這是社會遺棄了他，他並不願意遺棄社會。他並不想偷懶，也不願意不勞而獲；他願意盡一分勞力，得一分報酬，他相信自己可以做一個很好的齒輪。但是，他的舊社會關係就這麼割斷了，每一根賴以生存的生命索子都粉碎了。一個人在生存的權利上受到了這樣重大的威脅，他還該對社會盡甚麼義務嗎？社會對於他，還可以要求些甚麼嗎？

他自己承認在香港過的這段生活，有些兒荒唐，但是，明中這一家的遭遇，林弟被踐踏的經歷，不值得同情嗎？上帝的兒女，都是無辜的，社會遺棄了她們。一個人，等到甚麼希望線都已割斷了的時候，不荒唐，不糊塗，這日子又怎麼過下去呢？

他滿懷憤激之情，對着這窠被社會所抖落的瘦貓，格外覺得人類的冷酷，政治鬥爭的殘忍！「他媽的！再鬥爭下

去，我們老百姓都活不成啦！」他用力把桌子一拍，桌上的杯盤壺瓶，跳躍得琅琅作響。

「天聲，這年代，無兒無女，才是福氣！不過，這些包裹丟給誰？社會不來管，我們管不了，難道真和貓兒狗兒一樣，一腳踢到街上去嗎？」她把頂小的璋璋摟在懷裏！

「不講人情，沒有人性的朝代長不了的！長不了的！」他在詛咒着。

「爸爸，明天還有香蕉吃嗎？」璋璋那瘦瘠的嘴角上，粘着一大塊香蕉。

「孩子，真可憐！」她嗚咽得說不下去了。

他們夫妻倆，怨天尤人，整個房間黯然無色，房門以外，卻是一片歡欣喜樂之聲。阿珠帶着頭，在門口大榕樹底下跳秧歌，捉迷藏，玲玲、瓏瓏，也是喊得起勁，跳得起勁。

「5656·16·1，5·165323，我們大家來歡迎，歡迎我們好爸爸！」玲玲開頭，就這麼唱了下去。

「不，不，歡迎我們壞爸爸！」瓏瓏大聲叫了。「爸爸不好，這麼好的地方，不讓我們來！他自己一個人天天吃香蕉，我們沒得吃！」

「對，對，爸爸不民主！有香蕉他一個人吃，不民主！」玲玲停着嘴。「來，來，來！我們來唱：打倒爸爸，不民主！不民主！香蕉不給大家吃，香蕉不給大家吃，真可惡，真可惡！」她們兩人就這麼一唱一和起來了！

「大姊，你說爸爸民主不民主？」

「等我想一想，嗯，我們穿的這麼破，爸爸穿得多漂亮！我們要爸爸替我們做新衣裳！」阿珠剛跳了幾下，嘶的

一聲，腰間已經裂開一條長縫了。「我們跟爸爸談判去，要吃香蕉！」

「橘子，蘋果，西瓜，荔枝，桂圓。」

「汽水，冰激凌，葡萄乾。」

「我們要買鞋子，襪子，衣服，帽子。」

「我還要一件絨線衫，」阿珠記起她那件粉紅色的絨衫。

「我要一套絨衣褲，短褲子。」

「阿姐，我要看電影啊！」

「好了，好了，我們到了天堂了；要甚麼有甚麼，我們要爸爸買！」

她們有了這麼一致的要求，那歌聲唱得更起勁了。「5656·16·1，5·165323·3653212，2532·16·1，……我們大家來要求，要求爸爸買東西，吃也買，穿也買。」下面就是一陣叫，一陣笑，一陣跳，她們的確到了天堂了。

「錢呢？」

「爸爸有！」

「我也有！」瓏瓏從袋中取出一張千元的人民票來。

「呸，一千塊錢，夠甚麼用？」玲玲把他手中那張人民票撲落一下打掉了。她從自己袋裏挖出一張綠色的票子來，「你瞧，我有港幣！」

瓏瓏湊過去一看，只是一塊錢。「一塊錢，有甚麼稀奇！」

「一塊錢，就比你一千塊的多！」

「你們瞧，我也有一塊錢的票子。」阿珠挖出一張狹長的票子來；那票子滿紙都是洋文。

「阿姐，這是甚麼用的。」

「這也是一塊錢，我這一塊錢又比你的一塊錢多！我的是美金。」

「阿姐，美金不好，老師說的，美國帝國主義頂壞！美金不好！」

「媽說的，美金值錢，這一塊錢，抵得好幾萬人民票。」

「這是甚麼道理呢？」

這幾個「阿麗思」，她們是在大陸生長的，忽而落到了這個新的天地。她們一直沒見過五分、一角的錢，落在她們眼裏，不是五百，就是一千；再多一點，五千一萬，倒也常見的。她們手頭，還有幾張二十五萬五十萬的金元券，夾在書本裏，就當作書籤用的。她只記得數學書上，有一些元，角、分的習題，老師曾經說過：十多年前，那時候，中國還沒跟日本打仗，就是五分一角這麼算的。青菜三分錢一斤，豬肉一角錢半斤，這就聽起來，好似海外奇談了。

而今，這幾位阿麗思，吃了那片糕，暴然縮小了，眼前就是這麼一個五分、一角斗零算起的新世界了。葡幣是種算法，港幣、叻幣又是一種算法，美金、英鎊又是一種算法！這些花花綠綠的票子，就把阿麗思們的小腦袋攪昏了。

她們在那兒想：她們的爸爸袋裏有港幣，有美金，一定有好多好多錢，算起來算不清的錢。她們來到了這麼一個看不懂聽不懂的地方；這是中國的地方，卻又不是中國的地方；眼前滿是中國人，可又不十分像是中國人；這是甚麼都有的地方，這是甚麼都沒有的地方；這是有錢人的天堂，她們相信自己已經來到了天堂。她們的爸爸，有着數不清的

錢，這就行了。她們把自己的單子擺在爸爸的面前。

她們整天提出一連串的問題，拖着媽媽問長問短，她們的媽媽，老是那麼不作聲，結底總是那麼一句話：「你們年紀還小，你們不懂！」

「我們甚麼時候會懂了呢？嗯，我知道那時候，我們也有錢了！」她們老是你看看我，我看看你。

這幾位阿麗思，她們把自己的爸爸想得那麼富裕有錢，她們開出的單子，多少也稱心如願，吃過甜頭的。她們的身子，光鮮起來了；新鞋子，新襪子，頭上綰根紅帶子，漂亮得多了。她們看過幾場電影，吃過兩次大菜，坐過幾次的士，在海灘上游過水，翻過觔斗；汽水、雪糕、芒果、橘子都吃夠了。但是，丈八矛燈，照見了遠處，照不見眼前；她們一家人搬出了酒店，就擠在新馬路的一家裁縫舖的樓上，一間前樓帶一騎樓。天聲夫婦倆，帶着頂小的阿璋睡在床上，阿珠睡行軍床，玲玲、瓏瓏在騎樓上搭個鋪位；一個衣櫃，一張書桌，一堆箱籠，就把這房子塞滿了。

偏是陳太太的堂弟張子沅，澳門住不得，香港去不得，大陸歸不得，晚上拖了一床蓆子在過廊上攤地鋪，事事礙手礙腳的；他的淘金好夢，跨入了澳門便破滅了。他眼見陳太的臉色雖是紅潤了一點，心事卻一天一天嚴重起來；天聲的眉頭皺着鎖着，言外之意，他也懂得；連孩子們的興致也一天一天壞下去了。他知道他走上了一條絕路，不獨他自己沒有辦法，連天聲的辦法也不很多的。

有一天，他逛了一陣閙街回來，剛走進房門，便聽得天聲夫婦倆關着門，在那兒流淚嘆氣。他眼前一片黑，腳步就

在房門呆住了。他在天聲跟前混了這麼一些日子，這日子不會混得很久的。他倒退下來，輕輕地走下了樓，低着頭一步一步走着想着。自己該識相些，早點搬開，可是落在這樣一個連話都聽不懂的地方，要飯的機會都不很多，他能走到那兒去呢？

澳門這樣小的螺絲殼，一轉兩轉，又轉到中央酒店門口了；這東方的蒙地卡羅，這帶有誘惑性的世界；四個紅字，就在他的眼前躍動。他冷笑了一聲：「反正到了絕路，『跳海』還是抓住自己的命運，就憑自己來選擇了。」他看了老半天，想了老半天，決下心來了。「好吧，等死，不如尋死，說不定命運會向他招手，一個觔斗，翻上雲端去呢！」

他拐過了牆角，信步走到海灘邊上，就在一塊圓石上坐着。低着頭，想了老半天。路只有這麼一條！明知是危崖斷壁，也只能拚着性命試一試了，他脫下那雙破舊的皮鞋，從鞋舌上取出兩個戒指，這是他的最後財產，他把自己的命運放在這兩隻戒指上。

他把兩隻戒指套在手指上，他鄭重地吻着這戒指，默禱上蒼；庇佑這可憐的羔羊，給他一點生路。他想：他母親的在天之靈看照他，這戒指一定把幸福帶到他的身邊來的！他重新穿好了鞋子，走着輕快的腳步，奔向兌換金飾的銀號，他慢慢地褪下了兩隻戒指，那戒指在天秤上發亮；他的眼珠就跟着那亮光打溜。他換得一百五十元葡幣，緊緊抓在手裏，心臟就那麼地跳動。

他重新回到中央酒店門口，心房跳動得更厲害了。他舉足剛跨進了一步，小偷似地心寒膽怯，呆住了。他急於想退

出來，好似有人在他的耳邊叫喊：「當心！當心！前面是個陷阱，掉了下去，就翻不過身來！」

他已經失去了一切勇氣，第二步就跨不進去；但是另外一種聲音在叫喊：「人生就是賭博，冒一冒險就出頭了；放手試一試，門口進進出出的人，不都是找自己的運道的？怕甚麼！」好似每一雙眼睛都在看他，笑他沒有決心！最後，他在姑且試一試的譬解話頭下走進去了，他聽到了自己的心臟的跳躍之聲。

跟着一群人，他擠上了電梯；也就盲然地跟着他們到了五層樓，豁然開朗，別有天地；音樂、彩色、脂粉，交織而成的大蜃樓，幾顆色子，吸住了每一個人的呼吸，視線牽引着每一個人的命運；鈴聲一響，命運決定了，「大」或「小」，有的人在嘆息，有的人在興奮，鐵青的額角就暴着一條條的青筋，汗珠在他們的額角上一行行橫陳着。他好似渾身發冷，有些兒抖動。這時，一位帶着媚笑的女郎走近他的身邊，招呼他；那香氣沖入了他的鼻孔，讓他有些兒迷糊，又有些兒清醒。

這些女郎，對於大鄉里的樣兒是看慣了的；她們知道賭神對他們格外看顧些；發大財的，常常是這些莫知莫覺的人！她把這頂簡單的道理說給他聽，非「大」即「小」，賭神就是一面倒的，一說就懂。她替他換了籌碼，告訴他，「這是一元的，這是五元的，這是十元的」。

場上已開出第七個「大」了，他茫然就在「大」上押了十元，他贏了。接上去，他押了八場「大」，果然還是「大」，到了第十六個「大」開出來，他茫然贏了一大堆籌

碼了。

賭神就是這麼照應着這個毛頭小伙子，他不知觸甚麼機，忽然到了第十七盤，他押到「小」的那一邊去，色子就帶着幸運跟到「小」的這邊來，又一連押中了七下，面前的籌碼堆得更高了。幾乎「小」「大」由之，呼之即來，那女郎笑逐顏開，招呼得妥妥貼貼。她相信財神跟在他的身邊，要不是大鄉里，沒見過大場面，下不得大注；否則這一舫斗，一定變個大財神了。她陪着他吃晚飯，換籌碼，除開他自己那筆本錢，贏了四千多塊錢。用慣了人民幣的，一千一萬倒也沒嚇住了他；那女郎卻對這位旗開得勝的小伙子有些兒驚嘆不已。她替他包紮了一疊票子，送他到電梯，招呼他自己小心錢財，希望他第二天再去。

他把一疊大票揣在腰上的肚搭裏，一疊十元票子插在近身的衣袋裏；另外一些小票，就胡亂地塞在褲袋裏。他有些飄飄然，這時正是季春三月天氣，渾身暖洋洋，好似落在一個迷離恍惚的夢中。他跨出中央酒店的大門，才腳踏實地，明白這不是夢境。無意之中，把食指送到嘴邊，猛然用力咬了一下；痛得他自己醒覺過來，他是在一夜之中，給幸運帶上新的道路了。

他走過水果店門口，買了一隻大西瓜、一籃橘子、幾串香蕉，自己提着回到陳家的寓所去；他才第一次看清楚那裁縫舖是那麼湫隘，那走廊是那麼黑暗。他看看那幾個小孩子的興奮，呆呆地自己流出眼淚來，一言不發地站在一邊。

他把一束十元的票子放在桌上，褲袋裏摸出那一把票子，五元的，一元的，一大堆；信手給孩子一人幾張，連睡

眼矇矓的阿璋，都蹦呀跳呀高興起來了！

過了老半天，天聲才明白過來。「子沅，你是發了財了！」

阿珠一邊咬那橙黃的瓜瓤，一口一口吞着，她不懂這發財是怎麼一回事。她只覺得這位小舅舅是發呆了，連她的父母也在發呆了。

「你就獨自闖了進去？萬一輸了呢！」

「輸了算了；這個世界，整個江山，要輸還不輸光？今天，我是糊裏糊塗地贏了，贏得才痛快，反正我也活不成，贏不了，就跳海！」

除死無大難，這小伙子，橫一橫心，他就絕處逢生，打出一條活路來了。他也說不出甚麼道理，只能感謝老天的保佑。第二天早晨，他一早起來，就趕到原來那家銀號，把那兩隻戒指贖了回來；這幸福的戒指，套在左手的無名指上，顯得璀璨耀目。他回到那海岸上，面着茫茫大海，惘然又發呆了老半天。他摸摸肚兜裏那包票子，方方整整，還是那麼一包。他這才開始核算一下，一元葡幣，換四千人民幣，百元就是四十萬，一千元，四百萬，四千元就是一千六百萬。在他們沆陽鄉下，十萬人民幣一個月，夠一家子開銷，一千六百萬就夠十四五年過活了。他這才笑了起來。一晚四千元，十晚四萬元，那就夠他一輩子舒服過日子了。真的，「人無橫財不發，馬無夜草不肥」，他的心有些兒躍動了。他走向新馬路，找一家衣舖，買了幾件現成的西裝褲，配上幾件新的夏威夷衫，換了一雙新鞋、新襪子；這個大鄉里，剎時間，變得夠時髦了。

他到理髮店剪了髮，用心把耳邊頭邊的積垢清理了一

下，人逢喜氣精神爽，這才回復了他的青春。他一面想，一面笑：「大，大，大，大，大，小，小，小，小，小，大大，小小，小小，大大，大小，大小，大小，大小……」這樣就可以賺起大錢來，賺錢真容易！這是冒險家的樂園，他對着鏡子裏的幸運兒，點點頭！當財神在找尋他的時候，他決意迎接上去！

　　陳家那幾個小孩，整個上半天也不得安寧，每人都有那麼幾張票子，算起來都有十多塊錢。璋璋吵着要買糖吃，他要吃朱古力，外國糖。瓏瓏早眼紅了別人的肥皂泡水，一甩就是一連串的美麗泡泡子，一塊錢一瓶。玲玲買了幾本花花綠綠的洋書，一個人坐在角上低着頭看着笑着。阿珠買了一瓶雪花膏、一枝鋼筆、一條黑絲帶，把這枝筆掛在頸上，她也得意得很！

　　「錢真是好東西！」這幾個阿麗思，拾起這把鑰匙，打開門來就高興了一半天，連陳太太也看着她們那股勁兒，有些兒飄飄然！她呆呆地對着阿珠的問話：「小舅舅的錢那兒來的？我們也發財去！」

　　「買，搶，偷，騙，拾，」瓏瓏在小手上輪來輪去，最後他叫了：「拾來的！拾來的！」他吵着也要拾錢去了！

第八章　晚霞

　　初夏天氣，午間悶熱，滿天黑雲，到了未牌時分，一陣雷雨過後，天朗氣清，一條長長的彩虹，從海的盡頭掛到山的頂上來。孩子們跳出了湫隘的小籠，奔向沙白渚青的海灘上去。天聲夫婦倆，憑窗遠望，心神跟着彩虹向那白浪滔滔的茫茫遠處飛馳。那美麗的彩虹，逐漸逐漸消失在蔚藍的天空之中。床上桌上地板上，攤着孩子們興奮了老半天的熱情餘痕；他隨手撿起了阿璋玩折了的竹箭，輕輕敲着窗邊的玻璃──她明白他的心頭，起伏着怎樣的念頭。她知道這個晚上，子沅一定要在中央酒店開始第二回合的命運戰鬥去；她知道天聲心頭想說些甚麼話，這番話，又如何開得口呢？她們並沒有可以幫忙他的力量，子沅興沖沖地剛贏了一點錢，淋他一頭冷水嗎？但是，道義上似乎應該有一番話要跟子沅說一說的。她從天聲手中接過那枝箭來，笑着說：「賭神開始收他的徒弟了！」

　　「敏娟，小孩子們說玩話，倒滿有意思：頭一個字是買，這個年頭要發財，做生意買賣是一條路，這條路風險也很大。鋌而走險，做無本生意，『搶』也是路；去年，香港有一年輕強盜，三分鐘就搶了一家銀行；二十萬現款，手法乾淨，比荷里活的打鬥片還精彩。膽子小一點的就去偷，

從飛簷走壁，夜入人家，到三隻手摸袋袋，各人有各人的本領。太平山下的故事，老千設局訛詐，連台好戲；大鄉里貪圖便宜，到處上當。其他橫財，就到馬場賭場去找尋，撿得了利市就是便宜；一旦走了霉運，那就準備跳海。說穿來，買、搶、偷、騙、拾這五個字，那是碰碰運氣看，差不了多少的！這麼一想，開頭想勸勸子沉，得意時且住手；此刻，倒覺這些話是多餘的。「我們真傻，我們為甚麼不上賭場試試命運看！」

他這麼一說，她倒呆住了！他輕輕用手指敲着玻璃窗，接着說：「希特勒、史太林、毛澤東、蔣介石，這些都是狠天狠地的賭手，賭贏了坐定江山，予取予求；賭輸了只好溜之大吉。成則為王，敗則為寇，政治圈子裏，也就是這麼一回事！」他看着她的臉色，「你讓我去試試看嗎？」

陳太只是呆呆地看着他，她滿肚子都是話，只是說不出來。她恍然明白：男人是天生的叛徒，撐船碰上了逆風，就會不顧一切，拿自己的生命去跟命運去賭賽的。她自己總是女人，也說不出不該冒險的理由；不過有了兒女，總得替兒女們想一想，輕易下不得注的。

「敏娟，你不讓我去試一試嗎？」

她搖搖頭，停一停，說：「試一試，假使輸了呢！」

「輸了，那就算了！我跟你說，這一年多，沒到澳門來，算是沒上過賭場。其實，眼前一些朋友，販黃金、運軍火、走私，碰巧發大財；一陣罡風，打得七零八落，也是眼前的事。有的炒金上倒了大霉，輸了一兩百萬，比買馬票還輸得苦！有的做進出口，西藥、五金、膠胎、熱門貨囤得

多，一觔斗翻下來，跌得你粉身碎骨。說穿來，都是賭博；賭博有輸有贏，那倒不必這麼擔心。」

「你是連着我們都押在命運上去吧！」她回過頭去，看那白茫茫的海波。

「敏娟，那一場頂大的賭博都輸了，千萬百萬的家當，那麼一掃而光；到了小命運裏輸上幾百幾千，又算得甚麼！」他發了一聲長嘆。

「好吧！你就去試一試吧！」她回過頭來，對他微微笑着。她叫他到中央酒店看看子沆的情勢；失風的話，叫他拉他回來，莫讓他脫了底。她也說一句期待的話。「也許幸福在照顧着我們的。」

可是，命運弄人，天聲進了中央酒店，有人正在賭攤邊上等着他，其人卻是黃明中。她一把抓住了他，不由他分說，就兌清了籌碼，立起身來，要他跟她一同走。他且走且看，擠擠人頭中，也看不見子沆的影子。她就是那麼親熱地挽着他走上了八樓，到她的房間裏去；她對他笑一笑，砰地一聲，把房門關起來了。算起來，也差不多有三個多月，不讓他去親近她的了！

她的第一句話，就是「你們男人，好狠心！」他茫茫地摸不出這句話的意思，也不懂她的動機。

「我告訴你！恭喜你，你又做了爸爸了！好胖的小寶寶，真把林弟急死啦！」她笑得那麼俏皮。

澳門跟香港，只是隔着那麼一片水，就像隔着一個世界；天聲也樂於把香港忘記在水的那一方。可是每天下午，香港的報紙，把水那一方的消息帶了過來，市場不景氣，一

些不幸的故事，跟他的朋友們，多少有點兒瓜葛。他也關心到自己一些古董上的業務，擔憂那幾家往來很久的老主顧，也會捲入倒風之中。他在街上行走，就怕碰到熟人，會帶些不尷不尬的消息來。有時林弟的影子闖了進來，她的肚子已經快成熟了；他怕她頭胎碰了難產，有了意外，卻又連忙搖開這個記憶，希望世界上並沒有林弟其人，她的肚子和他並無關係。

自從他的太太，把大陸的真實情形帶了來，聽夠了大變動的大場面，家鄉於他已無緣，武漢也不再是他的第二故鄉，看來他要在這天南海外混下去了。眼前這一群消瘦的兒女，喚醒了他的責任，挺起脊樑來重新做人，卻又不知從何做起。一時是安分守己的念頭在警惕他，深淵薄冰，事事得小心謹慎；一時又是冒險心理在鼓舞他，苦悶的心境，迫着他作孤注之一擲。

偏巧他踏進中央酒店一步，還沒和賭神見面，明中卻輕輕把香港的現實問題帶了來了。他把那小孩子形容得那麼逢人喜愛，好似她自己恨不得也有這麼一個好寶貝才快意。她說：「林弟孤孤單單，無依無靠，也真可憐！我的媽媽看不過意啦，親自送她上醫院去，陪着她在醫院裏，住了兩個多禮拜。你們男人，就不管死活，樂你們自己去了！偏生你們那孩子真好玩，林弟寶貝得甚麼似的，連痛得死去活來的味兒都忘記了！她說，就是沿門求乞，做叫化子去，也要把小寶貝養大來！」她一面說着，一面還是發着傻笑。

「林弟說的，她也要到澳門來，我可等不及了。」明中點着他的鼻子說：「她要到澳門來找你，讓孩子也見見爸爸！」

「那怎麼行！」天聲脫口而出，這麼一句焦急的話。

「怎麼不行；你就像李十一郎一樣，連孩子也不要了。」她看他那麼緊張的神情。「她說，她要見你的這位太太，甚麼都不管，就是要你們承認這個小孩子。」

「你回去好好安慰她，叫她不要來，我就會到香港去看她的！」他一臉懇求的神情。

「嘻嘻！我也不回去了！我也要跟着你啦！」

天聲從她的臉上搜索了老半天，眉毛斜彎着，眉心舒展着，嘴角淡淡的笑容，找不出甚麼特殊的意味；她好似說了一句老老實實的話，話的票面跟票價是一致的。他懂得她是一團火，能夠熔化任何堅強的意志，他是沒有力量去抗拒的。他跟她相處的日子越久，就越成為他心目中一個大謎；一年半的時光，就把這麼一個淑女，變成了淫娃，旋風似的性格，誰也把握不定。

「天聲，你就看不起我，是不是？」她把他的外衣脫了，掛到衣櫥去。「不管怎麼樣？今晚住在這兒！」

「那怎麼行！」

「又是怎麼行！不行也得行！一個男子漢，連太太面前撒謊都不會；就說，一直賭到天亮了，先輸了一筆錢，不能放手了，後來總算贏回來了；風頭好，又不能住手了。要末說，香港來了一個朋友，喝酒喝醉了，一覺睡去，忘了；總之，怎樣撒謊，都行。你也不可憐可憐我，孤孤單單一個人在澳門，連陪我一晚都不成，一年多的交情，就是這麼不值價！」她忽而莊重起來，說：「天聲，近來我仔細想過，我要好好兒嫁個人，嫁個像你這樣的一個男人！」

他看她，好似開玩笑，又好似並不開玩笑。「那……」

「不要那怎麼行了！你跟林弟不是過得挺好嗎？」

「說起林弟，我已經悔之不及了！」

「噢，你跟林弟就養了那麼白白胖胖的小娃娃，跟我就不養一個玩玩！」

「養一個玩玩！養一個玩玩？」他倒有些愕然了。

「天聲，你怎麼這麼看不開，你們男人把我們女人玩玩，好似應分如此的；我呢，不服氣，玩玩你們男人看，大家的閒話就多了！近來，我又覺寂寞得很，真的想嫁人，養個孩子玩玩，你就不要我，連孩子也不肯替我養，是嗎？」

「那末，我問你，你不是跟那個姓滕的小伙子打得火熱嗎？」

「不要說了！不要說啦，這沒良心的狗仔！」她一臉怒火。

他聽見明中的一連串詛咒、謾罵、指手畫腳地叫囂，才知道那一個小圈子裏也有了一點風波。她頂中意的小伙子，滕志傑，那個擦皮鞋的小白臉，給清華舞廳另外的舞女迷住了；那個舞女叫白璐珊，許林弟的姊妹淘。為了這樣，她怪天聲，是同惡黨，串通了來弄送她，都是黑良心的；她又替林弟譬解一下，說她臨落月，自己身體不好，或許不知情；她坐定天聲一定知情的，只是瞞着她一個人。她跳起來說：「你們瞞不了我，我全知道了。志傑跟這婊子住在牛池灣，簡直不要臉！」這時候，好似她是天字第一號的貞女，豎得起牌坊的。她又從那位山東佬高大昇那邊探知白璐珊跟一條軟皮蛇，叫李仲達的，（這傢伙先前也是大陸的中級軍官）同居過一陣子。她已經找到了這條蛇了，她要他鬧開來，有

她撐腰！要錢有錢，要人有人，她要他攪得瓈珊死得活不得，也不讓黑良心的小伙子便宜了去。她說起她這一套收拾白蛇精的手法，頗為得意。只不知她是攪混了場面，才到澳門來躲風頭？還是事前走開了一陣，表示她自己不曾參加這一回的計謀呢？他恍然面前這個女人，像海水那樣：一時月明風清，一片淪漣，扁舟容與，安閒自適；忽而飆風疾轉，驚濤壁立，急雨駭浪，摧舷折桅；她就是這麼玩弄着男人，吞沒你的生命，抓住你的呼吸！

　　他，這麼一層一層推想開去，耳邊已經沒聽到她的叫喊，直到侍者叩門送香港的《星島晚報》進來，才從她的心魂中浮了起來。他看了正面幾行大標題，信手翻到了第四頁，「白瓈珊慘遭毒手」一行大字箭一般刺入他的眼珠，「嘎」地一聲，他就捧着報紙坐下去了。他一字一字追尋這條新聞的線索。她，不錯就是她，清華舞廳的舞女，本日午刻，在英皇道月園碰到她的舊友，姓李的，也是北方人，一個一向吃軟飯的過氣軍官；他邀她到 Y 酒店少坐，說是有要事相商。不知怎麼一來，兩人就吵嘴了，那姓李的，惡向心邊起，打碎了玻璃杯，就挖碎了她的臉龐。

　　這條血淋淋的新聞，把這血淋淋的事實帶到他的眼前來；這姓李的破口大罵：「媽得皮！你中意小白臉，咱老子就要你好看！」琅瑯一聲搞破了那隻玻璃杯，猛地向她臉上劃去，左臉眼角上就劃開了一大塊，鮮血直流；她一邊掙扎，一邊叫喊，她的右掌，又給劃破一長綹，痛澈心骨。這狠毒的男人，又撳住了她的頭，在右臉下頤上劃了交叉的十字，把她的嘴唇割成了兩片了。直到僕歐聞聲趕來打開了房

門，她昏倒在血堆裏，這姓李的兇手就溜着走了。

「好狠毒的人！好狠毒的人！」他把這張報紙擲向她的面前。他心裏明白，這姓李的心好狠毒！這裏面還有內幕！這女人的心，更是狠毒！但是，他面前的女人，是這麼美麗，是這麼熱情，是這麼使他神魂顛倒！但是，她的心比蛇蠍還毒，比豺狼還狠！

「嘻嘻！這有甚麼好看！這又不關我的事！」

「唔！不關你的事！」

「天聲！良心要擺在當中，我甚麼地方虧負了你！我要你記牢今天的日子，我在甚麼地方碰到你，——從甚麼時候到甚麼時候，我們兩人就在這個房間裏；這總不是假的吧！要是有人查問，你要說實話！」

「那怎麼行！」

「不行也得行！天聲！你只要證明我這一天這一時候，人在澳門，跟你在一起，不就行了嗎？」

「…………」他遲疑了老半天。

「天聲，船幫水，水幫船，大家幫忙則個，天沒坍下來，怕甚麼！」她把他擁在懷裏，「你仔細看看，新聞上並沒有說璐珊死了，只是臉上破點相，怕甚麼。冤有頭，債有主，活口對活口，她自己跟那姓李的，有過一段舊姻緣，藕斷絲連，才鬧出這樣的事，怕甚麼？」

他把她推開一點，「你說，是不是你的主意！」

「天聲，你真傻，我還怕天下男人死光，一定要那個窮小子嗎？」

「你說良心要擺當中！想不到你這樣好好的女孩子！

酒店

184

就變得這樣狠毒，甚麼都做得出來；你說，是不是你的主意！」他再迫着追問一句。

「咦！這又奇了，姓李的又不是我的親人，怎麼會是我的主意？我倒要問你，我對你總算不錯了！你會聽我的話嗎？」

「那你為甚麼要我替你作證人，證明我和你此時此地在一起呢——你，賊膽心虛，是不是？」

「不許你這樣講！」明中忽然笑起來了。「天聲，你說相信我，我是不是這樣的人，那天，我氣不過，高大昇找了那姓李的來，一五一十，把白璐珊的事告訴了他，那是有的。我想，讓他去鬧一陣，攪散了，就算了！那知這傢伙會這麼做出來！他要做，我又有甚麼辦法？」滿臉瀉着眼淚，濕了她的整個前襟！

「我不信，我不信，」他冷冰冰地搖搖頭。

「不信！好！那末，我走！」她霍地站了起來奔向門邊。

「明中，這又算甚麼！」他拉住了她。

「你管不着，回香港去，向差館投案；我說，教唆殺人，都是你的主意！我說，你是我的達令，看你逃得了！」她的眼睛，兩股火焰，像是要吃人！「天聲，我要你陪我一同死！」

「這，這，這……」他連話都說不出來。

「虧你是個男子漢，這麼怕死！」她揩乾了眼淚，冷笑了一聲。「這兒的僕歐，就是我們的證人；我們兩人在一起，是不錯的吧！我說，出了事，我們兩人一同逃到澳門來的，看你怎麼說！」

他一想到她把自己拖在一起，她就是這麼狠，她要他

185

脫不了身。他只怪自己的糊塗，但是事實如此，又有甚麼辦法？他給亂糟糟的念頭攪昏了，想不出一句適當的話來！

「天聲，我要你想想清楚，只有聽我的話，替我洗清白來，這才替你自己洗得清白！」她的話那麼有決斷。

他心裏明白：這女孩子是厲害的；她讓他穿上了這件濕布衫，就此脫不下來。她說得明明白白，只有替她洗刷乾淨來，他自己才洗刷得乾淨；就像掉在水潭裏，她就拖住了你的腳，看你能不能掙扎着爬起來。她活不成，你也休想活下去。想來想去，只有聽憑着她的擺佈，沒別的路子可走了。他自己就像屠格涅夫筆底的羅亭，甚麼事都是遲遲疑疑，粘手粘腳的；既沒勇氣抓過來做，也沒決心來擺脫；倒不如耶泰娜利利落落，說做就做，不管後果如何，苦的甜的，一股腦兒，自己一口吞下來。他自己就不如明中這般爽辣。

「好，好，好……」他的話，只是說給他自個兒聽的。

「好，好，好甚麼？十二分地委屈了吧！」她站在他的身邊，抱着他的頭，把他擁在自己的胸膛前。「天聲，替我擋過這一陣，我不會忘記你的。你不要怕，不一定會出事的。凡事總得防一着，是不是？我就怕那姓李的，窮極無聊了，亂拉扯！」

「但願無事，就好！」

「我的小鳥喲！看嚇得你這樣子，連嘴唇都青啦，紫啦！」她低下頭來，貼着他的臉，溫暖他，撫惜他那受驚的心魂，「差不離連膽子都碎啦！」她把嘴唇在他的右臉磨來磨去，好似母羊那麼疼愛他。

給她的磁性一鼓舞，他又昏昏沉沉，聽她的擺佈了。

「好罷，反正不是冤家不聚頭，前世欠了你的債，今世來還！不過……」

「天聲，我的好親親，不要『不過』好不好？男子漢，說了話，不要翻悔！」

「你讓我回家去，你得讓我回家去！」

「一走了事，賴得乾乾淨淨，是不是？」

「不，就算不回家，等回：也得上賭場去！」

「看你恍恍惚惚地這樣子，再上賭場，輸了錢，那才倒霉！要走，也得定定心！」

「我告訴你：我的妻子的堂弟弟，他要上賭場來的。他昨晚贏了錢興致很好。她怕他年紀輕，把不穩，叫我來看照他的！」他白了她一眼：「你就不管三七二十一，把我拖了出來了。」

「你就讓我孤孤單單住在酒店裏？」她那麼楚楚可憐。

「那末，你也一道去！試試你的運氣看！」

「不！」這個字的聲音那麼甜；這時，房裏電燈突然黑掉了。

一掉落到她的綺夢中，他的腦子，就那麼糊裏糊塗了。他在黑暗中摸索着，都是撒旦拋給他的禁果。他恍然看見一個魔鬼站在面前，但是他並不曾把魔鬼推開去，而是讓她緊緊地糾纏着。他的手指在發搐，他嘴裏不住地叫喊：「我的心，我的寶貝，我的上帝……」這是他的無能的呼聲，造孽的嘶喊，他自己明白，將來一定會落入地獄，萬劫不復；但他沒有力量去反抗。他隱隱約約，看見她雙手抓着自己的胸膛，眼睛直視，在那兒尋找天堂；她是需要他幫着送往天堂的大道去的。他耳邊忽然響起「助人為快樂之本」這麼一句

187

老話。上帝要他幫着魔鬼來打天堂之門。於是，她和他吻了又吻，莫名其妙地顫動他們的牙齒，大家都被一種糊塗的熱潮所纏繞，忽然嚶嚶地哭起來了。從前，他們好似接近過天堂，這一回，他們都切切實實到了天堂。他迷迷糊糊地想：靈與肉的一致，該是上帝的意旨了！

黑洞洞的房間，漸漸微微有些光亮；她和他就在那微光中打起鼾聲來了。她伸着那雙好似軟化了的大腿，讓新生命在她的天地裏浮游着。他也忘記了整個世界，讓疲乏之感佔有了他，和魔鬼同榻的夢是甜美的，他把握着這一個最現實的現實。

中央酒店照樣活躍着，各人都在做各人的綺夢，張子沉伸着帶上了兩隻戒指的手，不斷摸索面前的籌碼。那位女郎拿着一枝鉛筆替他畫記「大」「小」的符號，她輕盈的笑容，好似替他添加了財氣。她直覺地把他當作財神；因為他從落手以後，一直沒有失過風。這一晚的攤路，總是「大」「小」，「大」「小」，這麼交叉的多，不知他憑着甚麼靈感，也會歪向這一攤路來，就在天聲打鼾這一時期，他的面前，已經堆着一大堆各色各樣的籌碼了。

那女郎把帶着十個小渦，胖胖的手掌壓在他的肩上，輕輕在他的耳邊道：「你是活財神！」一縷香氣沁入他的鼻孔，他陶陶然有些兒飄盪。他在自己鄉里，並不怎樣安分，也懂得男女情趣。面前的籌碼，把這分禁忌解開來，先是貪饞地看着她，接着便把她的手掌從肩上移到自己的掌中來了。這時候，攤上開出一個「大」來，他又贏了一大把籌碼，高興得跳起來！

酒店

　　她把籌碼點一點，這一下可贏得多了，一千三百五十元。風頭順，手氣好，籌碼多，膽子壯，時來運來，無往不利。她替他算一算，這一晚又贏了七千多，風頭順下去的話，三萬五萬眼見的事。她仔細端詳這行了運的小伙子，理了髮，換了衣衫，眉清目秀，額角開朗，是個發財的樣兒。他就抓了一把籌碼，放在她的手掌裏，替她握了起來；她約略看看，也有三四百元模樣，心裏想「這小伙子倒也慷慨得很」。她嬌聲淺笑，對他表示了謝意。他也就叫她連着他的籌數一併換了現款，說是要歇一回。他要她一同吃夜點，她高高興興地把那些現款檢點好來，換了衣衫，陪伴着他上餐廳去。

　　華南的女孩子是熱情的，西方文明把男女之間的種種，整個兒改變過來了。子沅眼中，覺得這女孩子，大大方方，毫無拘束；挽在他的臂上，親熱得很。她坐在他的邊上，有說有笑地，替他斟酒佈菜，就像她的「達令」一般。他放眼看去，細細的蛾眉，雙眼皮兒，端正的鼻樑，瓜子臉兒，只差顴骨高了一點。她也識字知書，談起報紙上的新聞，九九不離十，有她那一套說法。她說她自己姓楊，叫楊佩英，在中央酒店做了三年多女侍；一家五口，就靠她來養活。茶樓酒店做女侍的，照例沒有工資的，她們的生活，就靠客人的「踢破」來維持，每月多則五百，少則三百，就是這麼過下去。她們的外賞，那就看客人的額角，她們自己的運氣啦。近來市面不好，跑賭場的也少了！她這半年來，就很少撈到大筆外賞的；這一晚的這筆錢，還是第一次。她也見過許多豪客，一晚贏三萬五萬也有的，只是從來沒見過像他這麼一

帆風順的。算起來一萬二三千元不算多，累積了五十多攤，抓到這樣一筆錢，那就不容易了。

「張先生，你要走運啦！你要走運啦！」她膩在他的頸邊，嬌聲嬌氣把每一個字注入他的心坎裏去！

「借你的光啦！你是福星！」他也匀了一碗甜的米湯澆在她的心坎上。「我敬你一杯！」他端起一杯白蘭地，送到她的唇邊。這酒很甜，容易上口，她也就骨都喝完了。接着他又敬了她一杯。等到三杯落肚，她的兩頰泛了紅光，嬌艷得很。

從餐廳走向酒店的距離，本來是很短的；那個少女不鍾情？她心眼裏，把子沅當作活財神！醉眼矇矓，帶點鄉氣的男人，格外顯得篤實可喜。結結實實的身體，嬌羞可掬的樣兒，比之她那些浮滑少年，多三分中意之處。他依照着撒旦的意向在走，三分裝傻，三分裝醉，還有四分裝糊塗！就讓她帶到「結局」的去處了。

一進了房門，她才知道這小伙子並不如她想像的那麼老實；她佈好了棋局，準備誘敵深入，他卻雙馬連環，只讓小卒過河試探。等到她飛相叉士，設防固守；他已集中車馬炮機械化部隊的火力直攻軸心，叫她全軍解體。第一局她輸了，第二局她沒有贏，第三局她已酒醒，她要和，他不肯和。

她喘着氣說：「好哥哥，你真壞！」

「小冤家，你還不夠壞！」他覺得都市的女孩子，撕破了「愛」「情」一類的面紗，單刀直入，只要一個字，「慾」。只要通過「錢」的橋樑，甚麼都可以。他就讓她慢慢地活了過來，又讓她慢慢地死去；直到她願意把整個兒性命交給

他，他才讓她橫在床裏壁，做着一場半死半活的碎夢。

等張子沉和楊姑娘，糊糊塗塗地進入夢境，天聲和明中卻已清清醒醒坐在賭攤邊上了。他找來找去，找不着子沉的影子；他暗自推想：這孩子一定來過了，夜深了，回家去了。或許一贏了錢，或許輸掉了。他這麼想來想去，心神不安，連眼前的攤路，也恍恍惚惚不十分留心。他要想抽身回家，明中硬是不許；做好做歹，才讓他到家中去探個實訊。

那知天聲回家一看，也不見子沉的蹤跡，便又急忙趕回中央酒店，二層、三層、四層、五層，大小賭攤兜了一轉，依舊找不到他的影子。他坐在明中邊上，想來想去，想不出甚麼原由來；後來忽然一想：「這孩子，怕不出了事？」他並不知道子沉昨晚贏了那麼多的錢，自譬自解道：「鄉下佬，沒有錢，大概不會出事的。」

這時，明中正贏了一點錢，看他那麼心神不安，嗔責道：「要你急甚麼，那麼大的人了，還怕拐了去！」她要他下注去！

賭攤本來有一種不成文的規則，叫做攤路，也就是所謂賭纜；賭慣了的，好像那顆圓球，這幾粒色子，這些小石子，自會依着「大小」或是「單雙」的路子走去的。說穿來，也並不怎麼神秘，因為世界上一切現象，形成的或然律，總是成個「五十一」與「四十九」之比。十萬對夫妻在一起，他（她）們的兒女，大體是這麼一個比例；四顆色子，搖出了十萬回，其「單」「雙」的比數，也是這麼的；自然界供獻這麼一個或然律，就是賭徒手裏的總纜子。但是，十次裏面，可能「一大九小」，「一小九大」，「二大八小」，「八大

二小」，「三大七小」，「七大三小」，「四大六小」，「六大四小」，「五大五小」，那就碰各人的運氣了。久賭成精，他們有了一種幾句總訣：「久老防跳，久跳防老，不老不跳，住手為妙」。子沅碰上了運氣，老的時候，他在跟；跳的時候，他在變；剛巧不老不跳，他已經跟那位女郎做甜夢去了。

晦氣星就站在明中的邊上，開頭贏了一點錢；不上十攤，已經輸光了；她的錢袋裏，只留下十多塊錢，她就抽出十塊錢，買了籌碼，押在「小」上，偏巧不巧，這一下是全色，通吃。她張大了嘴巴，半晌合不攏來。她回頭看看天聲，他連忙從皮夾裏拿出最後一張紅票子交給她；她看見他的皮夾也是空了，這是一份最後的本錢。那一陣，輸輸贏贏，直到東方吐白，她手頭只留了五十多塊錢，天聲總算一下，他自己的籌碼，也不過百來塊錢。這時，連連呵欠，和一種迷茫的情緒，把她和他再送到臥室去，天卻已大亮了。天聲低着頭，牽着她的手，從七樓的拐角一轉彎，迎面和一個人碰了一下。彼此抬頭一看，呆了老半天，說不出話來。

「是你，噢！」天聲那麼驚訝地。

「……」子沅只是笑，指着「714」號說：「我住在這兒！」恰巧和明中的「715」是貼隔壁。

「贏了吧？」天聲在他耳邊輕聲問道。

「贏了一點兒，不多！」他臉上一股得意的神情。也到天聲耳邊輕輕地說：「萬把塊！」

「萬把塊」這三字，卻讓明中聽得清清楚楚了。她滿臉笑容，向着他問天聲：「你剛才就是找他嗎？我說！」她從頭到腳，把子沅打量了一下。

這一不大不小的橫財，強心針似的把天聲和明中都振奮起來；現實主義叫每一個人都是見財開眼；只要一介紹，明中跟子沆就像自己一家人。那時，天聲把明中送到房裏，也就匆匆地趕回自己家中去，到把一肩重擔，卸在子沆的身上來。照年齡說，子沆比明中還大上幾歲；明中卻以大姊的身份在招呼他，問長問短，真和親姊弟差不多。她已經忘記了香港那邊發生的驚天動地的大事，也忘記了那個忘恩背義的小伙子；她心頭的空虛，有了適當的對手來填補，享受現在；她的哲學，就是這樣：「今朝有酒今朝醉」，將來怎麼樣？她就甚麼都不管了。而且璐珊的臉已經毀了，舞也跳不成了，那窮小子也活不成了；她的冤氣也出盡了！她也不管子沆心裏怎麼想，她眼裏的男人，那是一樣的，給他們甜頭吃，收服他們，叫他們乖乖聽話。她單刀直入，要子沆退掉隔壁那一房間，住在一起，彼此有一個照應。

這麼大膽，這麼甚麼都是無所謂的作風，倒把子沆聽呆了；他想不到開門見山，一些想也不敢想的話，就從這麼美麗的女孩子嘴裏吐出來。他紅着臉說：「可是，我那房間裏，也有一個女孩子睡着呢！」

「那有甚麼關係，等回兒，算了賬，給點錢，打發她走就是啦！」她就像付了定頭，找定了主顧。

「人家說起來，總是不大好的，」他猶猶疑疑地想不清楚，究竟該不該住到這一房間來。

「你這鄉下人！怕甚麼？你總共一個熟人，你的姊夫，陳天聲；我的事，天聲明白得很，他自己回去了，就是把你託給我了，你懂不懂？」她雙手攀在他的肩上，輕輕在他的

耳邊說着。

「要是她不答應呢？」

「她是你的甚麼人？」

「就是賭攤上招呼我的那女孩子，她帶我上這兒來的！」

「你真是鄉下人！這種女人，就是要錢，多給點錢就是了！五十一百，夠了！再多，她們當你是個大鄉里，不懂事！」她要替他安排得妥妥貼貼。「用錢用在分寸上，多，不必，少了給她們笑，犯不着！噯，城裏的事，你不懂，問我好啦！」她裝出大姊的樣兒來。

明中替自己打好了如意算盤，但是天下事，卻未必合上她的如意算盤，明中摸到了男人心理的一面，她眼前這些男人，剛從舊禮教的傳教中解放出來；他們雖說要有一個溫暖的家庭，但那種家庭的溫暖，使他們覺得單調、沉悶，一句話不夠刺激。尤其是在事業受了挫折，眼前沒有遠景，希望一一破碎以後，自然而然地都在求強烈的刺激，煙酒、女人，都是適應着這一個目標而來。她就讓他們在狂縱奔放中獲得快意滿足，她變成了夠味的大眾情人。她卻忘記了自己是個女人，她懂得中年以上男人的心理，卻把年青下一代的男人心理摸歪了；他們雖說在狂風暴雨中獲得剎那間的快意，但他們正需要一個溫暖的家庭，她就把滕志傑那一邊看錯了。那孩子雖說願意匍匐她的腳下，他卻更滿足於璐珊的小窠。此刻她認為有了錢就可以解決的小事，恰正碰了一次更多的鼻灰；一個懂得男人心理的女人，常常不懂得女人的心理，甚至連她自己的心理，都不十分了然的。

許多年輕女孩子，就因為他們自幼被抖落在荒漠的社

會裏，一隻野貓似的給養起來；有的就給生活鞭子打得太慘了，剛有了知識就嘗遍了人世的悲酸，她們當然現實得很，知道此時此地無錢不行，她們心底，更需要精神上的愛。明中竟乃忘記了自己從「愛」變形的「妒忌」，卻叫子沅把那份飛來的愛情，像垃圾一般簸開她。這麼一來，她又走歪了道路了。

子沅回到自己的房間裏，楊佩英正從酣睡中醒過來；陽光之下，顯得這女孩子格外秀麗動人，一串成熟的葡萄，顆顆都是飽滿的。雖說明中那麼殷勤招呼他，他和佩英之間，似乎更進一層的認識。而且他心頭總把她當作一顆福星看待，他走進賭台，第一個照應他，就是她，一直他就那麼走了好運。他就甚麼都沒有說，一同吃飯、閒談，直到她到賭場返工去。他是答應她，料理一點私事，就上賭攤去。他也記取了她的話：「風頭順的時候，放手多賭一點；風頭壞的話，要自己緊收一把，不要任性！賭久必輸，賭場總是沒有好結果的。」他心裏覺得她倒是很厚道的女孩子。

天聲把自己的遭遇，隱藏起來，只把子沅的好運氣，帶回家去，讓自己的妻兒少一些掛慮，多一點興奮。他自己盤算一下，除了給明中那百塊錢，自己也輸了百多塊，他目前一家六口，靠着他手邊這點錢，輕易碰不得意外的。這麼一想，心就寒怯起來。他又想到明中那場禍水，不知怎麼演變開去惹上了是非，那更不得了。幸而子沅走了紅運，暫時解開這個大結子；他心裏真想把明中推向子沅的肩上，閉門推出窗外月再說了。

這時，子沅回家來了，小孩子們都高興極了；水果、糖

果、餅乾、玩具、書本、衣料、化妝品，買了一大堆，讓他們稱心如願；連陳太太也笑逐顏開，拆開衣料，替兩個女孩子試身，動起刀剪來。天聲告訴她：子沅贏了萬把塊錢，這個數目，也把她嚇呆了；照人民券算起來，就有四千多萬，真是一個讓她伸舌頭的數字。

「子沅，你出了頭了！」她這時仔細端詳他的臉色，明堂發亮，兩眼有神，該是發財的樣兒！「噯，你說說看，這麼多的錢，怎麼弄來的！」

「糊裏糊塗，我自己也弄不清楚！」他想不出究竟甚麼道理。別人身邊，都帶着種種攤路的記錄本子，焦心苦慮，老半天才下注；只有他，想到甚麼是甚麼。說也奇怪，我想到「大」，搖出來便是「大」；我想到「小」，搖出來便是「小」，我住手了，就會開出全色來。你說怪不怪？開頭就是那麼幾十塊錢，籌碼越來越多！前天晚上，就贏了四千多。昨天晚上，不到半晚，又贏了七八千！我總是把細，膽子小，要不，天都翻過來啦！」

「媽媽！我也去！我跟舅舅去！」阿珠叫起來了！

「媽媽，我也去！」

「媽媽，我也去！」一窠小鳥都吵起來了！

「又不是看電影，到那裏去？」陳太太笑了。

「舅舅到那裏去，我也到那裏去！他拿了好多好多的錢，我們也拿好多好多的錢！」阿珠表示她也懂得了。

「孩子，你們年紀還小，不懂！」

「又是我們不懂得啦！媽媽，你騙我們！」阿珠噘着嘴。

「那些地方，不是你們去得的！」天聲壓住了他們。

酒店

第九章 孽債

　　北角英皇道，白璐珊慘遭毒手的新聞，把一群外勤記者吸引到廣德醫院的會客室裏來。陰雨，黃昏時分，給濃煙蒙罩的房子，顯得格外沉悶。他們就圍在一起，閒談、打橋牌，排遣這又緊張又寂寞的時光。走廊上，只見穿白衣的護士穿梭似地來來去去；有時也伸過頭去看看，想來醫生已經動了手術，該有點線索了。一回兒，看護長帶了好消息進來；大家立即放下了紙牌，擁向前去，團團圍了她一圈。她低下頭去想了一想，好似她要找出一條索子的頭緒來。

　　「好了，打了三次強心針，神志清醒過來了。」她說，「白姑娘的左臉，上下五處傷口；眼角那一綹，深得很，幸而沒曾破了眼珠；顴骨那一刀，沒傷骨，不要緊；頭上的一刀，向後歪了一下，血流得多！下頤那一個十字叉，把嘴唇割碎啦，總算縫好了；別的倒沒有甚麼，只是破了相啦！」

　　「她自己怎麼說？她是幹甚麼的？害她的是誰？為甚麼下這麼狠的毒手？」那一圈記者急於要知道這些事。

　　「看她說話很吃力！一時嚇昏啦！一個北邊人，山東口音，她自己說在一家舞廳做舞女，她孤孤單單一個人在這邊！害她的叫李仲達，他是山東人，軍官出身，還是她丈夫的朋友呢。」

「她丈夫呢？」

「在大陸沒出來，死了！」

「她自己知道，這姓李的要來害她的嗎？」

「說起來，她傷心得很！這姓李的，在香港失業流浪，還靠着她不時救濟他呢！」

「男子漢，就這麼沒心肝，下得毒手？」有人替她抱不平。

「我看，這裏面還有文章；她養活他，救濟他，他還會恩將仇報？」有人帶點兒懷疑。

「你知道，這個世界變了；先前，不是一個姓藍的舞女，也是給一個男人刓了臉龐；臉是女人的本錢，這種男人，就這麼毒，要他見不得世面，活不成！」又是一個發的議論。

「聽她說，這姓李的，和她好久不見面了；昨天，偶爾在英皇道上碰到的；邀她進了酒店，沒講幾句話，就動手的！」那看護長補充了幾句。

「男女之間，總是這麼一筆糊塗賬！」有人在那兒嘆息。

正當議論紛紛的當兒，警察局的電話來了，說是疑兇李仲達已經落網；沒等電話說完，一窩蜂似地，他們又趕向警察局去了。投在他們眼前，這姓李的，彪形大漢，是北方人的樣兒。雙眼血紅，大概整個晚上沒睡好。他看見這麼許多眼睛看着他，這麼許多鏡頭對着他，呶呶嘴吧，在發氣。

「他們說你殺了人呢！」

「是，殺了人！」他臉上毫無表情。

「有甚麼仇恨，要這麼害她？」

「無冤無仇。」冷冷地這麼一句。

198

「那為甚麼要害她？」

「她是女人嘛？」

「是你的女人？」

「不，」他搖搖頭。

「不是你的女人，那為甚麼？」

「沒有為甚麼。是女人都要殺！女人是禍水；香港的女人，妖裏妖氣；殺，殺，殺，殺，殺，殺，殺，殺她們精光！」他好似張獻忠下凡，鐵青着臉，右手裝出殺人的樣兒！

一室的人都在交頭接耳，覺得這個兇手，神經錯亂，亂殺人！

「人家的女人，管你甚麼事！」

「咦，她是山東人，丟我們山東人的臉！手邊沒刀，留下她的狗命！還是運氣了她！」他發了一聲冷笑！

「神經病瘋子！」有人輕聲在說。

「我看他受人指使，另有門道！」另外竊竊私議。

「大丈夫，男子漢，一人做事一人當！咱姓李的，行不改姓，坐不改名，做了就做了，怕甚麼！」他又在冷笑！「大不了，平頭之罪，有甚麼稀奇！二十年又是一條大好漢，怕甚麼！」

這時，警察走過來，把他提到審問室去了；他邊走邊說：「怕甚麼！怕甚麼！」

從李仲達的口供裏，大家也聽不出另外的線索；他的話，一半誇大，一半氣憤；他不願意別人說他吃女人的軟飯，要找一個堂而皇之的理由來替天行道。一則他是北邊人，氣概比較豪爽，胸襟卻十分狹窄；他做過軍官，威風過

一時，不願意讓別人看作是被利用的傀儡。儘管黃明中在澳門擔驚害怕，他卻始終沒說到黃明中一個字。一個人，當他犯罪的時候，開頭是清醒的；一動手就糊塗了，甚至進入昏迷狀態，自己也不知道做的是甚麼事；他自己看了報紙上的記載，好似這一場大禍事，是別人闖出來的，跟他毫無關係。他自己又像在那兒受最後的裁判，經不起良心的譴責；他在找尋許多理由，這些理由，一一又被他自我駁倒；直到那最後的理由出來，他此次行兇，只是移風易俗，為社會正人心；這麼一來，他便自己把自己塑成偉大的英雄了。

　　直到第二個星期，白璐珊裹了一臉創傷，和他在法庭上相見了；這位英雄，才從幻想的境界回到現實世界來。他只聽得她一面啜泣，一面申訴：她到了香港，孤子無依，和這姓李的，一面之交，攀了鄉誼，乃遂引狼入室；她是在威脅之下，被他污辱了的，忍氣吞聲，苟活下去。後來，她手邊一點現錢都花光了，只得下海伴舞去；他還是予取予求，拿她賣笑的錢去喝酒賭錢。她跟他吵了幾次，挨他幾次毒打。有一回，他偷了她的手錶金鐲，把錶送給另外一個女人，把金鐲換錢亂花，這才大鬧一場，好幾個月不敢見她的面了。直到上星期，偶爾在月園碰了面；他就這麼下了毒手，他幾乎要她的命。她的血淚，把整個法庭聽眾都感動了；他的頭越來越低，自己明白，這些不要臉的事，都是他自己幹的。他那替天行道，為社會除害的大旗，就此倒下來了！他自己忽然覺得自己只是蟲豸、畜生，不要臉的東西；他自己舉起手來，左右開弓，打了一頓嘴巴，好似冤鬼附上了身體。

　　迷迷糊糊之中，他好似聽到了庭上的判決：「十五年監

禁。」十五年的數字，比他那二十年再做一條好漢，短了一點；但是這瓶洩了氣的英雄牌啤酒，一點勁也沒有了。他和這個世界，就這麼暫別了。他看見白璐珊滿頭白紗布從法庭的大門消失掉了，他自己卻在庭警監視之下到牢獄去了。

　　黝暗的牢房，那股潮濕鬱蒸的氣息，讓這姓李的靈魂慢慢甦醒過來；他畢竟不是英雄，卻也做不了窮兇極惡的暴徒；給他損害了的，只是可憐的兔子，而他自己卻也虎落平陽，進入黑房來了。他腦子裏，這牢房便是他先前給士兵重禁閉的黑房；士兵進黑房，十天半月就算了，他卻要在這黑房裏度過悠悠的歲月。他對着板縫裏一道陽光，呆看了老半天，他已經和陽光的世界隔離了。忽然他號啕大哭，把一房子囚犯的眼睛都吸引過來了。

　　「老鄉，不要這麼娘娘腔！哭甚麼！」一位長了滿嘴鬍子的老犯人，走過來拍拍他的肩膊。「開頭有些兒不慣，慢慢也就慣了的！」

　　他一聲不響，頭也不抬，仍是嗚嗚地哭着。

　　「犯了甚麼王法啦？判了多久？」

　　「十五年。」他帶着哭聲，好像小學生對着老師在申訴。

　　「事可犯得大啦！夠一輩子挨苦啦！」那老的搓搓自己的眼角。

　　「一輩子見不得天日啦！」另外的囚犯插了嘴。

　　他拭着眼淚看着他們，他回想起自己怎麼會莽莽撞撞打出這麼個主意來。白璐珊並沒虧待他，她跟一個年輕小伙子住在一起，也是她自己的事，跟他又有甚麼相干？他就聽了黃明中一番話，茅草火性子，一燒燃通天，吃虧的還是他自

己。他這時神志清醒得很，但是倒在地下的牛奶，哭泣也沒有用了！他喃喃自語：「我又喪在一個女人的手裏！喪在一個女人的手裏！」他想奔向那一群記者面前，傾囊倒篋，把這番曲折，詳詳細細吐露出來。可是案已結了，人也散了，那一群記者早忙着另外的驚天動地的新事件去了；對着他獰笑的，就是牢窗上的粗鐵條，橫的豎的，把他的生命封閉在這暗淡的斗室中。好在同牢的囚友，有判五年的，十年的，二十年的，也有無期徒刑的，惺惺惜惺惺，他雖是比上不足，卻是比下有餘，慢慢地咬嚼着自己的生命再說。

那位受難的白璐珊，回到了醫院裏，仰臥床上，回想自己的身世，命運乖舛，怎麼又碰上了這麼一個魔蠍星；他對着鏡子看看，輕輕揭開頭上的紗布，一道道紫紅的血痕，烙毀她那份動人的容顏。從右邊看去，芳容依然；從左邊看去，簡直換了一個人。她曾經看到過一位半邊美人，想不到自己也落到這樣一個命運。

她說出兩個沉重的字眼：「冤孽」；這一世受的苦痛，都是前世欠的孽債。被踐踏受損害的人，就這麼解脫了精神上的負擔。她對着鏡子裏的影子發怔；她只有這麼一條謀生的大路，這條路就這麼斷掉了。她想到滕志傑那個小冤家，又是一筆孽債；那時候，一時興之所至，要從黃明中掌裏挖取這一顆珠子。這一場禍水，就從這兒起的因；而今，她已經養不起他了，她這麼一副相兒，小冤家說不定變了心。她想到這兒，就不願再想下去了。黃明中輕輕易易就擄了回去；再不，多少姊妹都歡喜他，男人的心，一變就沒有邊了。她頹然倒在枕上，讓眼淚泛濫在無邊的寂寞之中。

她昏昏沉沉睡去，迷迷茫茫醒了過來；夕陽從牆壁爬行到那面鏡子的斜角上，反射出一輪彩屏，把她縮繫在把握不定的夢境中。她回頭一看，志傑這小冤家已經坐在她的床前；他的邊上，一個老年人陪伴着。

　　她向那老年人，看了又看，她並不認識他；這老年人卻是這麼和藹可愛，好似她自己的親屬。她看看他，又看看志傑，好似他這一天的意義，跟其他一天有特別的不同；她只是下意識地覺得是這樣，卻也說不出所以然來。她坐起了半身，再仔細看看，志傑是坐在她的身邊，那老年人微微地笑着。

　　「璐珊，魯伯伯陪着我來看你的！」他站了起來，立在魯老闆的左邊。他告訴她，魯伯伯就是 M 理髮店的老闆，他父親的老朋友，他父親請他來看她的。

　　「白小姐，你放心！好好休養，一切有我！」魯老闆靠近床邊一步。「我跟志傑父親數十年交情，甚麼事，他的就是我的。他父親瘋癱在床上，不能起身，叫我來看看你！志傑這小孩子年輕不懂事，慌了；照說，天坍下來，也該自己頂上來。一句話，你要是願意的話，你就是滕家的媳婦啦！小孩子，整天在家閒着也不是事，他依舊回到我那店裏去，一切，你放心！」

　　她聽得發呆了，她自忖被世界所遺棄了，想不到世上還有這份溫暖的人情。她明明白白聽得魯老闆說：「你是滕家的媳婦了！」

　　這時候，整個房間都是光輝；這年老的魯老闆，正是背着幸福袋子的使者。她坐了起來，要跟他們一同去看滕老先生，她渴慕着那看顧她的忠厚長者。他們要她再靜養一些日

子，慢慢來；既是一家人了，甚麼都可以商量着辦的。

　　顯然地，舊一代的人，滕老先生，魯老闆，連她自己的父親也在內，都是富有人情味，推己及人，發揮相親相愛的人性；他們承認人的性格上，總有那麼一些缺點，知道原諒人，寬容人；危急困難時期，知道扶助人。到了她們自己這一代，連帶着鄉氣的志傑都在內，現實的意味重起來了；人與人，之間就有這麼一把厲害的算盤；「需要」當作生活的唯一條件，為了自己的需要，就把別人的利益墊在腳底。她是看中了志傑的，可是她跟明中是一樣的，為了目的不擇手段，曾經耍了許多不乾淨的手法，甚至有點兒卑鄙。她眼見新一代的人已在叩門了，溫情主義忽而變成了一種負擔，一種罪過；一個人就是一種機械，踢掉一個人，就像踢掉一副機件。選擇一個人，就像選擇一卷發條，不讓有一些兒錯誤。過分的苛求、譴責，讓你在精神上無法忍耐，除非你是一副機械。她突然愛慕起舊一代的人來，借着他們的光輝，她才有希望脫開畜生道向上飛升去。

　　志傑畢竟是不懂事的孩子，他是一開頭就嚇慌了的；他只怕這場禍水惹到他的身上來，幾乎想逃開香港，躲到是非圈外去。他幾次想稟告自己的父親，話到了舌尖，又吞下去了。後來鼓着勇氣向魯老闆去申訴。魯老闆既不責怪他，也不譏諷他，要他擔當起責任來。他說：「孩子！我早知道會有這麼一天的！不過，今天的事不同了，男人要像個男人，有義氣，能擔當；這姓白的女孩子，她的臉為了你犧牲掉了，你不管愛不愛她，你得娶她，養她，養她這一輩子！你父親那邊呢，有我，我會去說的。」這才把志傑的腰脊撐直

來了。

　　滕老先生呢，他從儒家的道德觀點出發，一口應承；比魯老闆講義氣更進一步：「到了今天，再壞的女人，也該是你的媳婦；因為這是做人，不是戀愛。」

　　璐珊的心境一好，她的身體，也就很快復原了；她的姊妹淘，同情她的，不時到醫院去看看她，替她這被毀了的容顏，表示深切的惋惜。他們口裏不曾明白說出來，心裏都知道容貌一毀，一個女人，就沒有甚麼巴望。她自己卻是心靈有所寄託，淡然不以為意；老天給她留着一半的光輝，這光輝就分給愛護她與她的心愛的人。還有一半的獰獰面貌，她就分派給那個醜惡的世界了。

　　有一天下午，璐珊午睡剛醒，護士帶了許林弟進來了；她的手中，就抱着那滿了月的孩子。她住在醫院裏這麼一些日子，林弟還是第一次來看她。林弟告訴她：就在這幾天，要到澳門找天聲去，不管怎麼樣，就算陳老太太來了，她也要跟天聲講個明白。她說，「明中去的時候，還說給我帶信去，找個確實音訊回來；那知也是一去無消息，不管怎麼樣，我找天聲去！」

　　這麼一說，璐珊才知道明中也到澳門去，她原怕明中有機可乘，會把志傑抓了去的；而今名份已定，她倒頗想明中知道這一番新的關係，下意識中，她自己覺得這也是一種光榮的勝利。「好！你碰到了明中，說我記掛她！」

　　「你記掛她！她才不記掛你吶！她恨透了你，知道嗎！」林弟一本正經地說：「她的母親，倒是厚道人；我這回住在醫院裏，舉目無親，全靠黃老太太招呼我！這孩子，也是她

一手料理的！」

「老一輩的人是比我們好一點，她們就算替自己打打算盤，也會替別人想想的！不像我們這一輩人，只打自己的算盤，不管別人的死活！」

「對啦！黃老太太很照應你呢！有一回，明中找了一個你們山東人來，說了許多你的壞話！要不是老太太攔住她，罵了她一頓，明中真會跟那山東佬上舞廳去跟你大鬧呢！」

這麼一說，璐珊忽有所悟：「我知道了！我知道了！明中這女人真厲害，借刀殺人！借刀殺人！我問你！那山東佬是不是姓李？」

「姓甚麼？我不知道。」林弟想了一想。「不錯，那傷害你的，正是北邊人，報上說，先前也是軍官，你自己總該明白的吧？」

「是了！對啦！這都是明中出的主意；我老是想不懂，這姓李的，怎麼翻臉無情，動武傷起人來！原來如此，原來如此！」璐珊低着頭輕輕偎着這小孩的臉。「世道人心，真的變了；我們這一代，不如舊一代，他們這一代；也許會更兇狠殘忍，失去人性呢！」

「你那天跟那姓李的法庭對質，他不曾說起明中嗎？」

「不，不，不曾。不過我們北邊人，性子剛直，要稱好漢；就算明中背後燒的火，他也會一肩擔當，不拖出她來墊背的！」璐珊拍拍她的手背說：「難怪明中這一陣子躲到澳門去，賊膽心虛，不敢見人啦！」

她們兩人一推一詳，蛛絲馬跡越說越對了。璐珊要林弟當心一點，「林弟，疑人之心不可有，防人之心不可無！

我是吃虧在先了。不過，明中這樣個人利己的算盤，是打不長的。她以為我給她這麼一暗算，一輩子就完了；那知吃了虧，也就撿了便宜。我卻也因禍居然得了福了！」她就把魯老闆跟滕老先生的話，一一說給她聽，她很愉快地說：「我是毀了相兒，倒真的抓住了愛情了，」她停了一下，又說：「你見了明中，甚麼也不要提起，看她怎麼說！」

「璐珊，明中的心地，本來也是厚道的；對於她我比你清楚得多，只有一年半載，她就變得這麼自私自利；這個社會環境太壞了，甚麼人落到染缸裏，人性都變啦！她的口氣好大，說是命運開她的玩笑，她就開命運的玩笑；甚麼事都是開玩笑，一切無所謂；說不定，她要開你的玩笑，偏巧碰上了老實人，做出來了；你也晦氣，他也晦氣！等着瞧吧！說不一定自扳石塊壓腳背，壓碎了她自己！」

「我並不恨她，只是以後得當心；這樣的人是可怕的！」

那位在中央酒店裏碰命運的黃明中，她天天從港報的本市新聞裏，找尋這場殺傷案的發展線索；她知道璐珊的傷勢，已經一天一天好起來了，半邊臉兒，毀得不成樣子了；李仲達也被捕落網了，他的口供，從頭硬到底，真是一人做事一人當，沒拖累到她的身上來；這才一塊石頭落地，放下了心。可是璐珊一字一淚的聲訴，字字刺到她的心坎；那姓李的判處十五年徒刑的消息，字字在她的眼前飛動，渾身覺得不自在。天聲坐在她的對面，兩眼盯着她，沒說一句話；她低低垂着頭，一股熱流怒火，燙痛了她的心。

「天聲！你不能饒恕我這一回嗎？」她還是低着頭，好似在基督面前禱告，表示她的懺悔。「想不到，後果會這麼

壞的了！」

「我能拿石子丟你嗎！」天聲覺得她這麼任性縱情，當然她自己的過失，卻也是社會的過失；他自己，也得負一部分責任，「明中，你看看！璐珊就這樣一輩子殘廢了；那姓李的，一輩子受罪；你就一輩子，良心上負疚！為甚麼，你就這麼任性！」

「天聲！」她的聲音突然響亮起來，頭也抬起來了。「你說我是這樣的人嗎？鬼迷呂洞賓，我自己也不明白怎麼會鬧到這步田地！以前，我們母女倆，淪落到這個冷冰冰的地窖裏，有誰管我們的死活，我是拿了我自己的青春挽回我媽媽的性命的；哼，從那天起，我就甚麼都不管啦；不錯，我自私自利，自顧自，愛怎麼樣就怎麼樣；你們男人，色酒財氣，哼！人就是畜生，畜生就是人！你也是這麼一套貨色！」

「你罵得對，我也是這麼一套貨色！」

「這一年多，我就這麼糊糊塗塗活下來了！我越糊塗！你們就越開心！不過，天聲，我也是一個活活的人呀！我還年輕，樣兒也還不錯吧！男人我已經有了，我也要愛情呀！志傑，那小伙子，也是前世的孽，一見了他，我就發瘋似地愛他！你看，他的樣兒像不像我？偏生他會變心。璐珊，她攔路替我搶了去，你說，痛心不痛心？天聲，她心狠，我比她還要狠！我真要她不得好死！」她忽而悲切起來。「一出了事，我知道糟了，悔之不及了。我怕，志傑那小伙子，再也不回來了！我傷害了璐珊，可奈也就傷害了愛情了！」

明中，一想到自己用左手栽培起來的愛情，給自己的右手斫掉了，她就流下淚來了。「天聲，這事沒鬧穿，我好你

也好，大家好，你也不用怪我了！我想，暗地送一筆錢給璐珊，再多一點也可以；那姓李的，本來不是好料子，關幾年收收性，你也替我送點錢去。」她看看天聲的臉色，「不過，無論怎樣，璐珊該識相一點，可不能再惹志傑了！拜託你，寫封信給志傑，說我在這兒生病，即日到這兒來！」她一臉懇求的神情。

「說了好半天，你還是放不下！」

「天聲，我要他，我不能讓他給璐珊再抓了去！」她好似有把握地說，「你也有你的難處，說不定林弟會來找你的；志傑一來，我就不會再來麻煩你了！」

「要是他不來呢？」

她咬咬牙齦，老半天才說：「人真是難處！我越遷就別人，別人就越不聽我的話！」她想起張子沅也給碰回了一鼻子灰，心中猶有餘恨：「那我會甚麼都不管的！」

「你剛才不是懊悔不迭吧？怎麼又忘了！」

「要末，大家都不成，她丟開手，我也丟開手！」

「你不是毀了她的臉了嗎？」

「又不是我動的手；志傑再跟她一起的話，別人說來，她跟他倒真正有了愛情了！」

「君子成人之美！」

「那我更忍不下這口氣了！」

那知事實的發展，恰正和她的預想完全相反；那天晚報上，刊出了白璐珊跟滕志傑訂婚啟事，還刊出一篇訪問記。璐珊就把愛情說得那麼純潔，簡直是戀愛至上主義的信徒；她說她自己跟志傑都是貧窮圈裏的人，此間只有窮人了解窮

人，同情窮人；她相信在人生的艱苦道路上，她和他共同創造真正的幸福！這些話，也許是新聞記者加油加醋渲染起來的；明中看了，一肚子的不舒服。

明中越看越氣，一臉鐵青，大聲喊道：「爛污婊子，也講甚麼愛情，不要臉！」她把房間裏的東西，乒乒乓乓摔了一地，一面哭，一面叫：「我要殺人！我要殺人！我要殺掉他，那忘恩負義的畜生！」

「明中，」他拖着她，要她靜下來想想，「慢慢來！慢慢來！你想一想！」

「他死，我死，大家一起死！」她那股吃人的眼火。

天聲，早已摸熟了明中的性子，知道除了讓她獲得十二分快意，沒法使她和順過來的；在目前，她已經成為他的重負，恨不得卸了下來，偏生前緣有定，不讓他輕輕憩了肩的。（他那年輕的妻弟，跟明中在一起，就要輸錢；換過了那位楊姑娘，就贏錢；賭場上的迷信，簡直是不可解的。到了後來，子沅幾乎和楊姑娘形影相依，見了明中，理也不理了；明中就一直嬲着天聲，不讓天聲有一天清淨；他要她早點回香港去，她卻一天挨着一天，一直不曾動身。幸喜她自己換掉了鑽戒、金鐲，手頭還寬裕；子沅也是贏多輸少，那一段日子還過得下去的。）

等到明中的火焰漸消，恢復了常態，天聲試探着想和她談談今後的安排。「明中，為着你自己着想，也為着你的老母，你應該有個歸宿！」

「好的，」她冷冷地這麼一句，「你替我把志傑找回來！」

「譬如志傑死了呢？」

酒店

「死了就好！我願意跟他一同死！」

「這不是你跟你自己找麻煩嗎？」

「那末，我嫁給你，好不好？你可又不要我啦！」

「你替我想想，真是夠煩悶了，你又何苦纏着我！」

「我纏着你，你就討厭；別人纏着你，你就舒服，我打電話去叫林弟來好不好？」

一提到林弟來，天聲就更心煩了；他覺得眼前的事，沒有一件是停當的。他恨不得把這些事敞開來，談個明白，但是他並沒有這個勇氣。

那天晚上，明中的手氣很順，「老」跟「老」，「跳」跟「跳」，居然贏了四千多塊錢；她要天聲邀了子沉跟那位楊姑娘一同上六樓跳舞去。每一回，她跟子沉同舞的時候，都是熱烈得很。她對子沉表示關切，約他快敘一晚。同時，她迫着天聲絆住了那位楊姑娘，她要天聲明白，除了替她找尋幸福的道路，他自己就永遠沒有脫身的日子了。

可是，音樂一停，各自回到各自的座位，子沉跟楊姑娘又膩在一堆了；他跟她越是親密，明中便格外煩躁，那一座火山隨時都會爆發起來。照說，男想女，隔重山，要慢慢地爬上去；女想男，隔重單，拉開來就是的；但是，一個女人把男人的心境看得太簡單了，越是想走近路，彼此反而越遠了。而且，男女私情，多少帶點神秘性；女的總是比較取守勢，走一段曲曲折折的路，過若即若離的癮；此中另有味兒。明中把這過門兒，看得太輕了；人家要接近她這份心思，也就冷掉了！

那楊姑娘也是精靈古怪的女孩子，她嘴裏不說甚麼，心

頭卻明白得很；表面大大方方，眼角卻處處留神。她把天聲當作自己一家人，親近得分寸上。她心眼裏的子沅是財神，子沅心眼裏的她是福星，水乳相投，到了這個境地，整個世界，就變成她和他兩個人的孤島，不容第三者插足了。明中雖說成熟得很快，卻因為腳步跨得太大了，人生的意義反而十分隔膜，她就向水底去撈月亮了。

她怪着天聲，言辭之間，有些兒怨恨；那堆積在天聲心頭的愁悶，她漠然無所感受，反反覆覆，只是把自己肚子裏的牢騷說了又說。她看見天聲穿起了上裝，準備回家，兩眼銅鈴似的虎住了他，一句話也說不出來。突然地，她狂笑了一聲，飛奔向自己的房間去。天聲連忙追了上去，只見她一進了房，就打開白蘭地的酒瓶，仰着頭直灌下去。剎那間，她氣也不換，盡是灌呀灌呀，把一瓶酒都灌完了。她喝完最後一滴酒，便把酒瓶向衣櫃摔去，摔偏了向，卻把一隻痰盂打碎了！

接着，她放聲大笑！哈哈哈……一片笑聲，就在房子裏打旋，徐策跑城般一圈接着一圈跑着。天聲走上去拉她，她順手一甩，又奔過去了。那麼，奔了十來轉，忽然倒了下來，她仆在地板上了。天聲屈着身子，想扶她起來；一碰到她的手，她就猛力打他一下，簡直不讓他近她的身。

「明中，明中！」

她理也不理，一回兒，霍地爬了起來，又打開第二瓶白蘭地，張開口在灌！天聲想替她搶了下去，她就老實不客氣，把酒瓶擲向他頭上去了。

這一下，這酒瓶不偏不斜，恰好打在天聲的額角太陽

酒店

穴上，破了一大塊，鮮紅的血泉水般射出來；他驀地神昏眼黑，一段木頭似地倒下去了。那酒瓶落在地板上，琤瑯一聲碎了，澄黃的酒汩汩流着，跟那血水混在一起，圍繞着他的頭臉在泛濫。她哈哈大笑，伏在地下拚命地喝，一半是腥的血，一半是甜的酒。她的嘴，迎着那股血流吸到天聲的額角，叭兒狗似地舐着他的眼皮、鼻尖和嘴唇。她那血紅的嘴，就把他的臉，油漆得神廟裏的關公似的；她還是得意得很，一邊舐着，一邊笑着。有時，還坐在地板上拍手，把一地的血酒濺滿了自己的衣衫。

子沅看着她和他進了房，好久沒出來，跟着到房門口聽一聽，也不見甚麼動靜。他彎下身子向鎖眼看看究竟。一見兩個血人，一臥一坐，不禁狂叫起來。一時驚動了僕歐、賬房和旅客們；打開房門一看，那一片血污樣兒，就把大家都嚇呆了。明中一頭亂髮，一臉血腥，卻是笑嘻嘻對大家叫道「來，來，來喝一點！喝一點！」她伸出手來好似送一杯啤酒給他們的嘴邊。子沅走近身去，想看看天聲的情形，給她用力拖了一把，腳下一不小心，滑了一跤，就倒在血泊中了。他連忙爬了起來，明中也就拖在他的臂上爬起身來，她緊緊靠住他的身上，把臉貼向他的臉龐笑嘻嘻地笑着：「達令！喝一點吧，喝一點吧！」他要想掙開去，她就拉得更緊，不讓他動一動。

還是賬房出的主意，把這兩個血人送到另外房間去。再叫僕歐抬起了天聲，放在床上，一面叫醫生來急救；剎時間，整個走廊上都擠滿了看熱鬧的人。

久而久之，大家才弄清楚：這位年輕女郎，酒醉失心

瘋，失手傷人，打昏了她的男友。子沅跟受傷的是至親，他進房去看情形，給她拖住了的。可是明中一直那麼「達令長，達令短」，不讓他有抽身的機會，直到她吐了一陣，昏昏沉沉睡去了，才算脫了身。擺在他的眼前，就是這麼一個瘋了的血人，一個傷了的血人，還有一個他猜不透的謎子。

黎明時分，天聲神志才有些清醒過來，頭重得很，眼皮也睜不開來，他就瞇着一條縫看一看；整個房間都是白色的，床前一張長沙發，橫着三個人：子沅、阿珠和他的太太。他不知道此地是甚麼地方，又不像自己的家裏。他瞇了一瞇，就合着眼睛在想，只覺得額角上陣陣刺痛。勉強抬起手來，這手臂也有千斤重，向頭上一摸，才知道纏了一大圈紗布。他才隱隱約約記起，自己受了傷，睡的是醫院的病房。他稍微抬起了頭，把眼睛張大一點看看：子沅和他的妻子，就是穿了外衣斜靠在那兒。他這麼睜了一下，眼角就掣痛得厲害，只能閉起眼睛，重複墮入半昏沉的境界。

不知過了多少時候，他覺得有人把手掌摸着他的頭額，微微張開眼睛，只見一位穿白衫的醫生替他在換紗布，邊上兩位穿白衣的護士幫着在料理，子沅他們也站在他的床前。他只聽得醫生輕聲在說：「還得注一次血。血流得太多了，真危險！」他要想說甚麼，只是嘴角動了幾下，一個字也沒說來。

他就是那麼昏昏沉沉，又不知睡了多少時候，才聽清楚子沅跟阿珠的談話：「那姓黃的，醒過來了，還是瘋瘋癲癲的！差不離脫不了身，只能送瘋人院去了吧！」

「不！」不知費了多少氣力，他才說出這個「不」字來。

陳太走到他的枕邊，問他怎麼說，他嘴巴動了動，動了動，依舊聽不清說些甚麼。

「爸爸，」阿珠也走了進去。

他緩緩轉過臉來，貼着阿珠的嘴唇。

「爸爸，」她再叫了一聲。

他微微點點頭。

「天聲，」陳太在他耳邊叫了一聲。

他依舊點點頭。

子沅一聲不響，看看他的臉色，只見蒼白皮下，一條條青筋，貧血的徵象。

這時，門外剎喉聲，他打開來一看，進來的正是跟他混得很熟的楊姑娘。

一個昏昏沉沉地睡在醫院裏，一個瘋瘋癲癲住在酒店裏；這個謎子裏的內情，一直都沒曾完全猜透。中央酒店那些賭台上不少好奇熱心的人，也沒有誰能夠把這份線索找尋出來。好在明中身邊還有一大筆錢，他們就替她找了醫生，請了特別看護照顧她。有時有些清醒，那就吵着要喝酒；不知怎麼一來，立即糊塗過去，又是那麼癡癡呆呆地。她亂叫一陣子，志傑、天聲、志道，總是叫志傑的多，她們也不知道志傑是誰。

無巧不巧，來了一位少年婦人，帶了剛滿月的嬰孩，從香港到澳門來到了中央酒店來找黃明中，又說是要找陳天聲的。那婦人一見了明中，也就發呆了，明中好像認識她，也只是呆呆地看看她，對她傻笑了一陣，問些亂七八糟的話。楊姑娘摸不着了頭腦，急匆匆地把這消息送到醫院來，叫子

沉去看個究竟的。

　　這時，天聲似乎留神在聽楊姑娘的說話，他的嘴巴老是動着，大家依舊聽不出他在說甚麼。陳太湊到枕邊，靜靜聽他的聲音，咿咿唔唔也是聽不清楚。還是阿珠聽懂了一個字「去」，好似叫她們去看看。佩英也就低聲和子沉說：「照那女人的口氣說來，這孩子還是天聲的呢」，子沉回頭看看天聲，他的眼睛瞇開了一條縫，好似在招呼他。他靠近他的耳邊，對他說：「我知道了」。天聲也就微微地點點頭。只是一顆圓滑淚珠，從眼角滾了下來。

　　「天聲！」陳太恍然也有所了悟，輕輕在他的耳邊說：「不要多想！你自己的身體要緊！放心好了！沒有誰會怪你的！」

　　「唔」了一聲，他的淚珠又滾出來了。陳太連忙替他揩乾了眼淚，把臉貼在他的臉上。

　　「天聲！不要傷心，那位黃小姐，已經好得多了！」

　　他搖搖頭。

　　「那麼，你不要多想了！」

　　他點點頭，他看着子沉跟楊姑娘從房裏走了出去，一直目送了去。

第十章　峻坂

蘇魯支向着他的門徒，說：

不是高山，卻是峻坂，最為可怕！

在峻坂上眼向下望，手向上攀，於此中心，因
其二重意志而暈眩。

阿呀！朋友們，你們也能猜測我內心的二重意
志麼？

這是我的峻坂和顛危，我的眼光上極於崇高，
而我的手又欲把持而且依倚──於深谷！

天聲仰臥在病榻上，白色長枕，把他擁着了，這時候，
好似一位哲人站在他的面上，給他以種種啟示。

他的創口，一天一天好起來了，接了幾次血，臉色也
紅潤過來了；只是腦神經受了這一場重大的創傷。上午，神
志就比較清醒，一到下午，便昏昏塗塗，不十分清楚了。那
位，住在中央酒店的黃明中，也是迷糊時多，清醒時少；那
護士耐心耐性看顧她，她對她可一點兒不發生作用，子沅就
怕進她的房間，一見了面，就粘着了，不讓他脫身。這是一
種心病，只有心藥可以醫得，懂得她這心病的，只有天聲，

217

他卻拿不出這份心藥來；子沅呢，又不懂得怎樣去配合這一份心靈；因此她就一直瘋瘋癲癲，那麼纏綿下去了。

陳太，也就從林弟那兒知道一些天聲和明中的關係，也知道林弟自己和天聲的關係。她才知道林弟手裏的孩子，果真是天聲的血肉。林弟和天聲；卻又並沒有甚麼法律上的關係，林弟就是那麼無所謂，只希望天聲能夠留她，陳太能夠容她，一切都是無所謂的。明中更是一筆糊塗賬，可以說和天聲一些關係也沒有，卻又是關係非常之深。她幾乎不敢相信這些話是真的，可是香港的男女之間，就是這麼一個樣兒，她只能嘆息道：「這個世代！」

有一天早晨，天聲精神很好，陳太帶着阿珠回家去了。子沅把明中的病情告訴了他，他呆想了老半天，轉過身來，對子沅道：「明中的性格，我是明白的，你得幫她一個忙，幫她就是幫了我！」

「你是說她要錢用嗎？她身邊還有一大筆錢！」

「不，不是的，你明白嗎？她是花癲，只有讓她在肉體上滿足了，才會清醒過來的，你懂得嗎？」他帶着懇求的口吻。

天聲要子沅接近這瘋狂的女人，他的心底便泛起了莫名的厭惡之感。那亂蓬蓬的頭髮，斜掛着的眼角，血紅的嘴唇和不自禁的啼哭嘩笑，顯得神經已經失常。雖說，她是絕代的佳人，瘋子這一意念，就把她和世人隔開來了。他對着天聲點過頭答應的，到了酒店，就把這份諾言吞下去了。

她的腦子，變得這麼單純，一天之中，一大截時光，讓別人來擺佈；吃是人家的事，人家牽着她就走，一具活着的傀儡，一刻兒，她清醒過來，她是要擺佈別人的，見酒就

喝，見着年輕男人就拖，哭哭啼啼，像個成年的嬰孩，一不如意，打地滾來滾去，老萊子那麼逗人發笑。

本該，把志傑找出來，對症用藥，一下子就可以讓她稱心如意、恢復常態的，偏生林弟替她焦慮得太深切了，卻把眼前的念頭壓住了。這麼一來，她就在子沅的好心照顧之下，送向精神病院去了。

經過了病院醫生的診斷，那專家說她受了意外的刺激，得靜靜休養些時間，才會恢復常態。他沒曾從花癲這一角度去推詳，因此那麼多的安神藥劑都失了效驗；唯一的靈藥，只有那圓圓的酒瓶。她捧着了酒瓶就高興，喝到某一限度，就有短時間的安靜。那位專家，承認這位失常的女人，當她喝醉的時候，才是清醒的時候，她卻也找不出另外代替酒的東西來。她在院中，就是那麼好好壞壞沒有多大的進步。

直到黃太從香港趕了來，她才第一回清清楚楚認識坐在自己床前的是自己的母親，才看清楚自己落在一個驀驀生生的地方。好像給電流燒斷了的保險絲，給修整起來了，往事一一浮了起來，清清楚楚記得了，她記起自己從香港到澳門來遊玩，住在中央酒店的七樓；她跟陳天聲一起玩了許多天，輸了一些錢，也贏了一些錢；最後一回，贏了四千多。她記起張子沅，天聲的妻弟，跟一位楊姑娘混在一起；連着，她記起了林弟，記起了志傑，記起白璐珊那場禍事。

一想到這裏，她便嗚嗚地哭了，她躲在黃太的胸裏，東張西望，好似有人在偵察她似的。她記起了璐珊臉上被挖的新聞，記了李仲達的口供，她的眼前都是可怕的手指！

黃太偎着她，和聲下氣地勸慰她：「沒有甚麼事，甚麼

事也沒有；你靜養幾天，我們一同回香港去。孩子！你窮也窮過了，闊也闊過了，人生一世，又何苦自己煩惱着自己？凡事總得退一步想，給別人留一點餘地，自己也就有了餘地！你自己看看，不過個把月，變得這麼個樣了！」

明中側轉頭來，向鏡子裏看看，蓬頭、皺眉、苦臉，簡直不成個樣子。她嘻嘻地笑道：「媽，那小冤家呢？他怎麼不來看我？」

「孩子，你怎麼又記起他來了？我勸你看開一點，要不，譬如他死了。」

「哼！他死掉了就好！我要他死！他死了嗎？」她依舊那麼切齒痛心！「他死了嗎！」

突然，她的雙眼圓若銅鈴，思路又斷掉了！這一份妒情，就把她帶到狂亂的境界去了。她拿了一根木棍，說是上方寶劍奉玉皇大帝之命，到凡間來殺盡負情的男子，她一把抓住黃太的領口，亂叫亂喊：「志傑，你這薄情郎，無義的人，我要你的狗命！」

忽而，她悲鳴嗚咽，道：「好哥哥，好弟弟！可憐可憐我！你不要聽他們的話，他們都是騙你的！你是我的心肝寶貝！你離不了我，我離不了你，永生永世，我們在一堆！」

她雙手搖着黃太的肩膊，眼淚流在她的衣襟：「志傑，好哥哥，我的心肝寶貝！」這一來她又嘻嘻地笑了。「好哥哥，乖寶寶，整個身心都是你的，你拿去！你拿去！」她解開衣襟，要餵他吃奶似的。

黃太連忙站了起來，替她重整衣衫，那知不等她扣好鈕扣，她又一把撕開來了。她揭開那貼肉的襯衫，裸露了上身

在房間飛來舞去，鬧個不停。直到醫生給她喝了一杯酒，才慢慢安靜下來。

她斜躺在長椅上，頭歪在椅背上；黃太扶着她，細細地看着，不覺悲從中來。一家骨肉，死的死了，散的散了，可憐的女孩子，又是這麼瘋了！說來說去，誰也不能怪誰，這都是「戰爭」的恩典，政治鬥爭所造成的罪孽，這個世代的男男女女，都在政治販子手中犧牲掉了！「天嚛！」她仰着哀嘶了一聲。

一邊是黃太的嘆息：她想到黃家的祖先，都是勤苦的儉樸的莊稼人，沒作過甚麼孽；明中的父親震華，從練習生爬起，戰戰兢兢，小小心心，爬到小行員地位，也沒撈過一分非分之財；要說報應，她們黃家不該承受這樣的苦果。她自己記得很清楚，明中自幼循規蹈矩，雖說是獨養女兒，她也不曾慣縱了她。這女孩子在她身邊二十來年，她是眼見她長大的，從來沒多一句嘴，多走一步路，說來該是一個最安分守己的了。就是生活迫着她走錯了一步路，一步錯，步步都錯；究竟是這孩子的過錯，還是時代的過錯，社會的過錯呢？她也說不上來了。她只有一個想頭，迫着人，不許人活下去，這樣的社會總是不合理的。要說有報應的話，那些政治販子、戰爭販子，他們滿手都是血腥氣，老天怎麼一點兒也不打擊他們呢？她對着明中看得發呆了。

一邊是陳太的悲鳴。她知道林弟的身世和自己差不多的，黃明中的家世，也是差不多的；大家都是小資產階級，從手到口，靠苦做苦省過日子的。黃明中落到這步田地，說不定自己的女兒阿珠也會落到這步田地。天聲做的事，原本

是太糊塗了一點，但是，她一知道他的錢，花在這些人的身上，也不能十分太責怪了。這個社會，不讓本本分分的人有工做，不讓正正當當的買賣有路走。她眼見子沅所得的都是淌來之財；只有冒險，才有活路，明知走不得的，偏非闖過去不可；她耳邊聽到的，眼前看到的，都是走私、投機、局騙這一類的行當，她能怪天聲走歪路嗎？

　　她從解放區來到了民主之窗，覺得人生的意義，越來越黯淡，人生的價值，也越來越渺小。我們每人常憐那忙忙碌碌一生的螞蟻，而今才知道人生比蟻生更渺茫。螞蟻受着命運的災殃，人類卻是掛了各色各樣的旗幟，喊出冠冕堂皇的口號，用自己的左手斫自己的右手。人類的命運，捏在半瘋狂的魔鬼手裏。他們喝我們的血，吃我們的肉，還得感戴天子的聖明，叩頭謝恩。罪惡越深，社會地位卻越高，像天聲這樣只犯了一點小錯，已經不值得計較了。

　　天聲的創口，不久也完全平復了；神經也慢慢地復原了，偶爾有些兒掣痛，閉着眼靜一靜，也就好了。陳太這才找到一個適當的機會，獨自和天聲談到林弟的事。她和聲下氣地，說起林弟已經到了澳門，和她見了許多次，談得投機；那孩子也滿有趣，胖胖地，樣兒也不錯。不過，事實是事實，她從大陸來，嘗到過現實生活的苦痛，不願意以一時的感情衝動，造成永遠的痛苦。她勸天聲不要誤了林弟的前途，這孩子也得個安頓。他開頭也頗忸怩不安，看她明明理理，話說在恰當的分寸上，也就放下心來。她說：「你身體一好，就陪着林弟回香港去；應該怎樣安頓？那是你自己的事。我不會使你為難，你慢慢處理好了！我們就在澳門等

你，譬如我們留在大陸，你也不必掛心。得暇，能回來看看我們，那更好！」她又說到明中的事，她的發瘋，天聲當然沒有責任；不過明中瘋了，她的母親年紀也大了！總得有個辦法。她替天聲煩心，也替自己一家的生活煩心。「天聲，已經錯了的，不要去懊悔，當心自己今後的腳步！」她嘆了一聲道：「我知道，大家的心境都不好！每個人的臉上，都那麼緊張，神經過敏，惶惶不安。這種情緒，經不得刺激，一受刺激，就會不顧一切，胡作亂來的！火氣重，大家忍耐一點兒！」

「敏娟，你是進步了；明中的病就是這麼來的，事事求痛快，不顧一切，只求一時的快意，她早懂得一點兒，也不會自己挖坎埋自己了！」

「明中的事，林弟也告訴過我一些！你們這些男人，順着她的性子，由她調派，放縱她；聽說你也乖乖聽話得很！」她笑了一笑，「看你怎麼辦？我看，她這麼瘋瘋癲癲不是了局；一旦清醒過來，還是不得了！」

「那只有找志傑來之一法了。」

「志傑是誰？」

「林弟沒告訴過你嗎？明中這一回發瘋，也還是為了志傑的事，一半也是明中自己把事弄僵了。」他就把璐珊和她爭風的經過說了一點，陳太聽了，一面點頭，一面嘆氣；覺得亂世男女，竟是糟到這個田地！

經過了這一場事變，天聲透過這面凹凸鏡在反省自己，也透過這面凹凸鏡來分析眼前這幾個女孩子。他覺得自己的太太最可愛，她是舊社會教育培養出來的，懂得怎樣控制

自己的感情，約束自己的行動，把事情看得比較遠，凡事有個安排。林弟也是舊社會的女孩子，就因為從損害的圈子爬上來，不免軟弱，聽任命運安排。明中恰正是站在另外一極端，她是舊社會的叛徒，現實社會損害了她，她就抓着現實來撕裂、踐踏。但是，她們三人都給愛情征服了，有時在犧牲別人，有時在犧牲自己。

天聲自己正是矛盾的綜合體，他眼見人世相就是矛盾的綜合體；他靠在枕上，默默地想，也許宇宙並沒有甚麼一定的理路，也沒有終極的目的，也就是一個矛盾的綜合體。他承認自己太太所走的路是不錯的，可是孕育她的思想那個社會，就已經給時代否定了。明中那份閃電式的生活，多少使他頭痛；但是當他粘在她的身邊的時候，又覺生活得夠充實。林弟也可以做一個夠合意的太太，一個很好的主婦；可是這個社會，並不曾替這樣的女性留出生路來，軟弱的，就會給暴風雨簸棄掉。他自己也並不曾有多大的勇氣來反抗社會，但是他願意一個女子有勇氣來反抗傳統的力量。

他忽然記起了衛希禮寫給媚蘭的信來：「我們就永遠不能回轉舊時代去了，我呢，卻是處於舊時代的人，我並不屬於這個瘋狂的殺人的現代，恐怕也不能適合於將來，無論我怎樣嘗試去適合。同樣，你，親愛的，也一定不能適合，因為你和我是同一血統的，我雖然還不曉得將來會帶甚麼來，總之，它決不能同過去一樣的美麗，一樣的使人滿意。」這些話，就好像他自己要對自己太太說的話一般。

然而，認識現實，有勇氣成為叛徒的明中，她畢竟變成瘋子了，這又怎麼說呢？她大概還是舊的意識在作怪，她還

酒店

224

想和浪漫時代一般，用自己心血去培植愛情之果的原故，他想到這裏，也只能嘆一口長氣了。

天聲出醫院那天，他的太太就把他送到中央酒店去。她幾乎甚麼都不提，只提了一句話：「千萬不要粘手粘腳，甚麼事都放不開手。」黃明中原是可憐的，他可只能擱在一邊，不要去理會她。她又叫他替下一代替自己的孩子想一想，給他們一個好的印象。那幾天，她就叫阿珠她們留在家裏，不到醫院來，她不讓孩子們知道她們的爸爸有這麼一段曲折，說起來，又是一大堆嚕囌。她送到了門口，就回去了，回過頭來說了一句話：「要走出一條明明白白的路來，我希望你！」她便逕自回家去了。

且說林弟每天獨自悶在酒店裏，只是逗着懷中小孩玩玩笑笑，排遣這漫長的日子。初夏天氣，穿着單衣，還是悶熱，傍晚時分，她就抱着孩子到南灣海邊一帶，坐在沙灘上送夕陽看晚霞。和風漾蕩，白茫茫的海波，鱗鱗相接地捲向海灘來。浪拍輕沙，切切地私語着。這時，她忘了自我，和大自然渾然為一，連她的孩子也靜靜地睡在那裏，仰頭看着白雲，怡然自樂了。

這時，她忽見一群小孩子，從沙灘上奔了過來。她們跣着腳，踏着海水，讓晚潮跟着她們推進。走到眼前一看，那大的女孩子，十二三歲，次的也是女孩子，十來歲，小的兩個都是男的，一個七八歲，一個五六歲，一色臉孔，活潑得很，只是瘦削一點。那幾個孩子，一看見小寶寶，搶着就來抱，連那兩個小的，也擠在一堆，要讓他們先抱。林弟看他們好玩，拖那頂小的過來，抱在膝上，讓他吃糖果。那大一

點的男孩，看見弟弟有糖果吃，也就鬆了手，乖乖地坐到她的身邊來。

「小弟弟！你們的爸爸呢？」

「爸給一個壞女人，打破了頭啦！」那頂小的說。

「香港的女人真壞噢！」大一點的男孩說。

林弟呆了一呆，問道：「那末，你們的媽媽呢？」

「媽媽整天整天在醫院陪着爸爸，不回家！」

「媽不讓我們到醫院裏去看爸爸呐！」那頂小的噘着長嘴。

「你們姓甚麼？」她輕輕問他們。

「我們姓陳，耳東陳！我爸叫陳天聲！」

林弟無意之中，碰到了天聲的孩子們；她挨着一個一個看下去，樣兒都和她自己的孩子都有些相像，孩子們笑起來的時候，簡直就是天聲的影子。她心頭萌生着悲喜交集之感，要具體把握這份情緒，卻又渺渺茫茫，摸不到邊來。

「阿璋，你來，看！小弟弟的眼睛、鼻子，那跟你一樣；你看！」阿珠把小弟弟放在阿璋的面前。「你要不要？這是你的小弟弟！」

「我要，我要！」阿璋叫了。

「我要，我也要！」瓏瓏也叫了。

「好！好！我們抱回去！我們的小弟弟！」玲玲接過來輕輕地拍着。

林弟看她們搶得有趣，笑道：「送給你們吧！你們抱回去吧！」

「你騙我們的！」阿珠抱了過來。「我知道你不捨得的！」

「盎脫，他的爸爸呢？他姓甚麼？」

「好妹妹，他也姓陳，跟你們一樣！」

「那好了！真是我們的小弟弟了！」

　　林弟就把她們一起帶到一家咖啡館，一人一盒雪糕、一碟蛋糕，真把那兩個小的快活極了。她跟阿珠、玲玲談長談短，從武漢的生活談到沔陽老家的情形，從吃黃菜葉說到咬蘿蔔皮。觸類生感，她想到自己的母親，經年沒有音訊，也不知在上海過的甚麼日子，淒然落下淚來了！她知道天聲的家累是重的，又不知怎麼來安排她們母子兩人的生活。她掛心天聲額角受了重傷，受不得刺激；卻又不便去看他；她了解陳太也有她的難處。

　　孩子們一場快意，也就忘其所以，不管驀生的盎脫會把她們帶到那兒，就跟着林弟擁到酒店去。一到了中央酒店，那更是她們的世界了。她們坐着電梯，直到屋頂，對着大海狂叫狂跳，那小的兩個，更是興高采烈，好似爬到了天上，要把天邊的星雲都摘下來了。

　　　雲兒飄在天空

　　　魚兒藏在水中！

　　她們的歌聲，就籠罩在巍巍矗立的屋頂上了。

　　夜色已深，孩子們的興致正高；林弟呼着小寶寶睡着了；才走上屋頂，拖一個，抱一個，哄一個，騙一個，把阿珠姊弟一連串拉回房間來。她叫了幾樣菜，讓她們在靠窗的圓桌上吃晚飯。她們狼吞虎嚥，吃得有味；林弟也陪着他們吃了一頓頂舒服的夜飯。那些孩子邊吃邊叫邊笑，幾乎口不

停聲，嘴不停吃，好似到了自己的外婆家了。

　　正在吃得頂起勁的當兒，聽得有人在叩門，玲玲連忙丟下了筷子去開門；那知房門一開，走進一個頭上裹着紗布的男人，卻把他們看呆了；一桌子的孩子，都丟了筷子奔過去，圍在他的身邊。

　　「爸爸！你！」阿珠看看他的額角。「你好了吧？」

　　「好了！好了！你們怎麼到這兒來的？」天聲問他們。

　　「爸！這盎脫真好，她帶我們來玩的！」

　　「媽知道嗎？」

　　「媽，她一整天沒回家，我們到海邊玩，碰到了好盎脫！她帶着我們玩了好一陣子吶！」

　　「爸！我們吃雪糕啦！」頂小的璋璋叫了。

　　「爸！這屋頂真好玩啦！等回吃飽了，我們還要上屋頂去！」

　　七嘴八舌，把他鬧成一片！林弟在旁看着，眼中噙着一顆飽圓的淚珠。她偷偷地揩了一下，對他說：「本來，等他們吃飽了，我會送他們回去的，反正你們又不在家！」

　　「爸！盎脫有個小弟弟才好玩，跟阿璋一模一樣的！」這時，喧嘩的聲音，把床上的小寶寶吵醒了，阿珠連忙趕過去，抱了起來。

　　「爸爸！小寶寶也姓陳的呢。」

　　「我們抱回去，好不好！盎脫說，小弟弟送給我們啦！」

　　這時，天聲看看林弟，林弟看看天聲，默不作聲，彼此都不知這番話從那兒說起。

　　「林弟！」天聲輕輕叫了她一聲。他正準備說下去，又

聽得有人叩門；阿珠開了門，進來的卻是陳太。

「嘎！你們怎麼都在這兒？真嚇死我了！我回家一看，一個人也沒有，到海邊去找，也不見，我說：這可糟了！」

一群麻雀似的，一聲聲的「媽咪」，一聲聲的「爹地」，一聲聲的「盎脫」，把陳太太的兩隻耳朵塞滿了。他們爭着要把「盎脫」的好意說給她聽，有了「盎脫」，便甚麼都有了。他們還是搶着要把小弟弟搶回去；把一群生人嚇呆了的小寶寶，阿珠就抱向陳太手中去了。

這時，天聲明白是怎麼一回事，林弟也明白是怎麼一回事，陳太也明白是怎麼一回事！他們三人，你看看我，我看看你，半晌說不出話來。

「媽！怎麼啦？一句話也不說。」阿珠看看陳太的臉！「爸，你怎麼找到這裏來的？」她又看看父親的臉色。

「盎脫！你跟我爸爸認識的嗎？」玲玲摸着林弟的手。林弟笑了一笑，說：「是，我認識你爸爸的。」

「盎脫，怎麼我們沒見你呢？」

「我才從香港來！」她低着頭，拍拍玲玲的手背。「我正想找你們去呢！」

「盎脫，那末，你答應把小弟弟送給我們了！」瓏瓏一股糖似的粘在她的身邊。

「好，好！好的！」林弟對天聲看了看，笑着說。

「你不會騙我們的吧？」阿珠把小寶寶抱得緊緊的。

「不會騙你們的！」

「那末，好了！你們不許再吵了！」陳太笑了！「今天趕快回去睡個好好的覺，明天早晨來抱小弟弟好不好？」

「那末，小弟弟還是不抱回去啦！」

「小弟弟小，要吃奶的；沒奶吃，他要哭的！」天聲哄着他們說。

「盎脫也去好了！」瓏瓏首先這麼說。

天聲看了林弟一眼，陳太倒牽着姊弟們的手先走了。「天聲，我們先回去！等回，你們商量好了，再說。」林弟就從她手中接過小寶寶來，默默地在後面送着。

「好的！等回，我就回來！」天聲也跟在後面，輕聲這麼說。

小別重逢，這兩個多月的人事變遷，就有幾個世紀那麼悠久。小寶寶這根索子；就把林弟的心更緊緊在天聲的身上；一個女孩子，總得有個歸宿，她似乎願意這麼停泊下來。她看陳家這些孩子也頂好玩，陳太給她第一個印象就不錯，不至於容不下她們母子倆的。她抱着孩子，逗着她說：「哥哥，姊姊，都走了，沒有人要你了！」

「林弟！」他把千言萬語擠在叫一聲的語調裏。接上自言自語：「這樣也好！這樣也好！」

「今天真巧！」林弟高高興興地說：「你那幾個孩子倒挺有趣的。他們就是這麼跟了我來了，真是親姊妹似的，他們真歡喜你的小寶寶吶！」

「他們可不知道是我們的小寶寶呢！」

「你不打算告訴他們嗎？」她皺了皺眉頭。「你太太怎麼說？」

「她沒有怎麼說，她要我跟你談談清楚。」

「你要怎麼談呢？」她突然變了臉色。「我知道你們的意

見了！」

「那是你的多心！」

「我有甚麼多心！我知道你一直沒把我擺在心中！」她嗚咽着說，「你是連自己的孩子也丟得開的！」

天聲拿了自己的手帕替她揩乾眼淚。在她耳邊輕輕地說：「凡事從長計議！我得把實在情形說給你聽！」他抱過了小寶寶，在他的小額上吻了一下。

「你說！」她仰着頭等他。

天聲先把大陸中國的情形約略說了一番；他那漢口客中的家，等於沒有了，沔陽的老家，也是一個零；這樣，像他這麼飄浮在海外的，正是無根的萍草，經不起浪打風吹的。他為着林弟將來着想，與其將來懊悔，不如眼前理智一點的好！

「你這麼說來，我們是散定了！」

「人有聚就有散，聚時歡喜，到散時豈不清冷，既清冷則生感傷；所以不如倒是不聚的好。比如那花兒開的時候叫人愛，到謝時，便增了許多惆悵，所以倒是不開的好。」

「你對我說教嗎？你還是跟你自己的孩子講清楚來，你說，他怎麼來的？」林弟冷笑了一聲。

「就是這個麻煩；『我本不要兒子，兒子自己來了。』你偏要把他留下來！」

「呃，原來你存的是這麼一份心思，當初，你又何必救我出來？讓我落在井底，死在井底，不是完了。」她的眼眶又漲滿了淚水。「你倒好，拉我上了岸，就把我們母子倆一腳踢開啦！」

「我是為你着想啦！」

「我不要你為我着想，你說，這孩子怎麼辦？」

「就是這個麻煩。」

「只知道麻煩，麻煩，麻煩又怎麼樣？」

「你可知道，這麼個時勢，連我自己也沒有辦法！你是眼見的，大的小的那麼一大堆。」天聲想想了陳太的話，只能把聲口硬下來；但是，他低頭看看手中呼呼入睡的小寶寶，卻實在不捨得。連忙換過了語氣。「林弟，再談吧，好在一時也急不來的。敏娟說，不要誤了你的青春，日子頭長呢，與其將來失悔，不如趁早收梢的好，——再談吧。」

「好，再談吧。」林弟冷冷地把小寶寶抱了回來。「那末，明天見了。」她就目送天聲下了樓，自己關着房門坐向床邊去了。

這一晚，林弟一直沒有睡好，反反覆覆，把從上海南來的一幕幕往事從頭想起。她跟天聲也說不上甚麼愛情，可是有了這麼一段姻緣，彼此也過得還不錯。照說，有了小孩子，彼此的心就敲實了。此刻，她才知道那是個舊社會的想頭，這個時勢，大家都把算盤打得精了；多個孩子，就多一份牽累，說不定天聲和她之間，這一段姻緣，反而疏遠了。

她忽然轉了心意，想立刻離開澳門，就此和天聲不再見面了；可是，她自己明白，把小孩子帶着走，就像上了腳鐐，永遠爬不動的了。她冷笑了一聲：「他硬得起心腸，我也硬得起！」只要這孩子有個着落就行了！

她在房間裏走來走去，只聽得小寶寶甜蜜的打呼聲。

第二天早上，天剛亮，陳家那幾個小孩子吵着起來，要找盎脫，要抱小弟弟去了；瓏瓏璋璋，鬧得格外起勁些，

連早飯都不想吃了。四海之內，皆兄弟也；只要他們稱了心頭，你的就是我的，我的就是你的，都是無所謂的。阿珠也覺得那十一層樓的屋頂好玩，算計跟玲玲到那裏去消耗一整天；反正有盅脫招呼他們，有吃有喝，甚麼都不用愁了。

天聲一夜失眠，和他的妻子談不出結論來的結論，給孩子們這麼一吵一叫，連那份結論也打得粉碎了。「現實」不讓他們在溫情主義的圈子裏打觔斗，人類畢竟是有人性的動物，擺在面前，這麼一個活龍活跳的小寶寶，而且是自己的親血肉，就擺脫不開去。陳太就讓步到聽憑天聲的決意，一切都可以，她對林弟的印象，的確不算壞！

「誰吵，誰就不准去！」陳太這麼一說，那幾隻麻雀都靜靜坐着立着一聲也不響了。「聽媽的話，知道嗎？」

「知道！」四個孩子齊聲作答，好似在課室裏對老師的答話。

「爹身體不舒服，在家裏休息！媽也沒工夫陪你們去！」

「我們自己去好了！」玲玲嘴角那麼一轉。「我知道，這兒往前，往左一拐彎，就看見那所高房子啦！」

「不！叫小舅舅來陪你們一天！」陳太這麼打算。「今天看誰聽話，聽話的，明天再去，不聽話的，不准再去啦！」

「聽話！」又是四人齊聲作答。

好容易挨到正午時分，子沆才回家去，飛鳥出籠似的，連午飯都不吃，就趕到中央酒店去了。子沆買了一張搖籃車，吃了午飯，把小寶寶推向屋頂，四個孩子，輪流着玩着推着，整個屋頂，都跑完了。子沆也就跟楊佩英走了一陣坐一陣，坐了一陣，走一陣，過着蜜月似的生活。

新鮮的天地，甜蜜的時光是容易過的；他們就在這屋頂上消磨到日斜；四個孩子，玩得疲乏了，躺在一張涼蓆上，呼呼地睡去了。搖籃裏的小寶寶，玩了一陣，睡了一陣，吃了一回牛乳，也睡去了。他倆也就在這安靜甜蜜的空氣中，靠在沙發上，也要睡去了。

　　南島的人事，原像氣候那麼變幻莫測，彌望日麗風清，海波不揚；可是，海空一角，烏雲結集，眼見一場狂風暴雨就要到來。子沅張開了粉紅色的睡眼，仔細一看，站在他們面前的，正是黃明中的母親；她一臉焦急的神情，手裏捏着一封信。他猜想着，明中的病情有甚麼變化。「老太太，明中好了一些吧？」

　　「林弟呢？」黃太四處在找尋。

　　「明中怎麼啦？」他站了起來。「明中。」

　　「不是的，我找許小姐。」

　　「許小姐？她在七樓房間裏！」

　　「糟了，她走了！」黃太把手中的信給他看。「孩子呢？」

　　「不會的，不會的！小寶寶睡在搖籃裏吶！」

　　黃太走過去一看，果然，小寶寶正在打呼，小臉睡得通通紅的。「這孩子！連小寶寶都丟得下，那才怪，那才怪吶！」

　　子沅急忙接過那封信來，信是寫給天聲的，不曾封口。只見潦潦草草幾行字。

　　天聲：

　　　　我想了一整晚，總算想明白了。我不想礙你們的眼，擾亂你們的家庭幸福，我決意走開了。

天涯海角，從此不必相見；天聲，原諒我，不必來找我。

孩子，他是我的影子，留在你的身邊，這個世界，是容不得我們有點溫情的；當作你的第五個孩子，留在你們那邊吧。好在他的姊姊哥哥，都是那麼歡喜他的。

天聲，能夠活下去的話，我總活下去的。我希望你不要那麼婆婆媽媽地，又是捨不得了。

謝謝陳太的友誼，她是一個值得尊敬的太太！

天聲！再見了！

林弟留言

他把這封信，從頭讀了兩遍！「真的走了嗎？不會的吧！小寶寶怎麼辦？」

「小寶寶交給我，不要緊。」黃太雙手扶在搖籃上。「你把這封信，送給天聲去。」

這時，幾個孩子都醒過來了，小寶寶也「哇」地一聲哭起來了；落日沉到海的那邊，一顆又大又紅的圓臉。

這一天，天聲整天依舊睡在床上，休息着，偶爾翻着屠格涅夫的《羅亭》；他覺得羅亭就是他自己的影子；他把甚麼事情，看得明明白白，說起來，也夠漂漂亮亮；可是到了要做起來，就顧前顧後，簡直沒有決心了。自己的太太就跟耶泰娜一樣，利利落落，說做就做，比自己有決斷得很。他把這本小說捏在手裏，對着窗外嘆氣：「我們這一班讀書人，這一輩子是完結了！這一輩子是完結了！」

突然地，子沅把林弟的信送到了他的手裏；他想不到這樣的女孩子，竟會下了決心，拋下了小寶寶出走了。他撫然有間，默默地對着子沅看着，好似看不懂這封信似的。

　　「天聲哥，林弟真的走了呢！」

　　「我 ── 知 ── 道！」他慢慢吐出三個字來。

　　「她丟下了小寶寶呢！」

　　「我 ── 知 ── 道！」

　　「怎麼辦？你說。」

　　「你說，怎麼辦？」天聲的聲音很低很低。

　　「你似乎……」子沅在搜索他的意向。

　　「我想到了耶泰娜！」

　　「耶泰娜？」

　　「就是那個愛羅亭的女孩子，你看她多麼有勇氣，而羅亭又是多麼不中用！」

　　「你是說讓她走了，不去理會她啦？」

　　「也許她是不錯的！」他把那封信捏得緊緊的。「把孩子養起來好了！」接着他又問道：「孩子呢？」

　　「此刻黃太在招呼着。」

　　「黃太。」

　　「是的，黃太替小寶寶換了尿布，在餵奶乳啦！」

　　天聲又想起了明中的事來：「真是！碰來碰去，都是這一類麻煩的事！噯，子沅，我忽然覺得，世界變得真怪，像明中這樣，看去頂有辦法的，偏偏經不起刺激；像林弟那樣軟弱的，偏偏堅強得很！你說！」

　　突然，天聲掀開被單披衣下了床，把林弟的信往袋裏一

塞：「去！去！找她去！」

「找誰？你是說？」

「找林弟去！我回香港去！」他忽然有了決心。

「回香港？」陳太太剛巧洗好了衣衫回來，一面揩着淚，一面驚異地問：「怎麼啦？這回兒好一點了吧！」

「我要找她回來！通力合作，有難同當！」他把林弟的信交給她的手裏。

「這孩子的信，倒也寫得不錯！」陳太仔細在唸着。「當作你的第五個孩子，留在你們那邊吧！」她唸到這句話，說：「她倒堅決得很，連孩子都不要啦！那怎麼行！」

「我去找她回來！」天聲的話，還沒說完，門外那幾個孩子已經一連串把小寶寶連着搖車抬了上來了，後面跟着那老年的黃太。

「爹地，好了，盎脫把小弟弟送給我們了！」璋璋頂高興拍着手在喊。他們就像撿到一隻野貓，忙得不亦樂乎。

「爹地，盎脫呢？」阿珠看看房間裏，不見林弟的影子。

「好！都是你們不好！盎脫走了，把小寶寶送給你們了！看你們怎麼樣？」子沉打她的趣。

「那有甚麼要緊？我跟玲玲餵奶，晚上跟媽咪睡，好不好？」

「不好，不好，小弟弟跟我睡！」瓏瓏叫了。

「不好！我要小弟弟跟我睡！」璋璋也叫了。

「新鋪毛坑三天香，你們都搶着要；過了三天，小弟弟哭啦叫啦！看你們還要不要！」陳太笑了。「林弟倒說得不錯，姊姊哥哥，都是那麼歡喜他的。」

「說正經話，還是把小寶寶交給我吧！」黃太認真地這麼說。「我看天聲，倒把林弟找回來要緊！」

世事變幻，一重重刻畫在黃太的皺紋上，她認為做人總有做人的一番義務，這義務跟林林眾生相去不遠；一隻貓、一頭羊、一匹麋鹿，連一隻小小的蟲豸，餵養自己的雛嬰，那是天經地義，用不着多說的。一個女人，孩子就是第一件大事，她也曾希望着明中有個孩子，孩子是女人的鐵錨，它給每個女人以安定的力量。她老是對明中說：「做了母親的女人，才是真正的女人。」偏生這個小寶寶落到林弟的肚子裏去，明中一連串的荒唐，就荒唐不出一個小寶寶來。明中發瘋了，她一直還在幻想，只要她懷了孕，她的神經病，自然而然會好起來的。

她也說，林弟丟下了孩子出走，那一定飛不遠的；一陣奶脹了，她就會想起自己的孩子來了。「天聲，走不過那麼幾處地方，林弟在港不會有多少朋友的；你到處問一下，大家幫着你打聽打聽，一定會找得到的，你得對她遷就一點，你也該替自己的小寶寶着想，這總是你自己的骨肉。」她回轉頭去對陳太說：「這年頭，中年人的心思變得離奇；無軌列車，也摸不準怎麼一個方向，男女之間的事，有時候，您只能擔待一點。」

「黃太，整個世界都在變啦，我們從大陸來，大陸在變，到了澳門，澳門也在變，人人都有種種可能的矛盾，誰也預料不到將來，明天，下一刻鐘有甚麼變化。也不知是誰說的，如聖賢一般的人，腦子裏也會有卑鄙的念頭；高尚的念頭，也會在十惡不赦的壞蛋心中，如影子一般出現。講到

人格，一般的說法都是武斷的，人性總是動盪不定的，說甲是放浪的人，乙是安分的人，也是靠不住的。」

「你真是看得透得很啦！」

「不過，黃太，你該明白我們是從大陸來的，解放以後這一年多，我們這家人過的是甚麼日子，那是你們想不到的。」

「你是說？」她看看陳太的神情。「你怎打算？」

「本來呢，我就讓天聲自己去打定主意；你可知道，他們這一般讀書人，要他們打定主意，包定打不出主意來的；我沒有為難他，只要他想想清楚；有力養活他們，那就無所謂，養不活的話，那就自己識相點。林弟這麼一走，倒叫我為難了！我也要叫天聲去找她回來，凡事無不可商量，凡事沒有比活下去更重要的了！黃太，你說對嗎？」

過了三天，天聲已經在香港寓所的舊房間裏，安頓下自己的一團亂糟糟的心緒，重新把林弟留下的那封信，讀了又讀，那輕婉的哀愁，字字打入他的心坎。她把小寶寶當作自己的影子，話中包藏着無限的依戀。這時候他的心頭，浮起了她種種善良的德性來。他默默地推尋林弟的去處。大陸那條路，路不通行，她是飛不過去的；香港這一邊，可真沒有她的下落，從舞廳到酒店，他腦中搜尋得出的線索，都已追尋過了。他期望澳門來的電話，會把林弟歸來了的喜訊送過來；那邊的回話，依舊沒有音訊。好在黃太總是在電話裏安慰他，說小寶寶一直很乖，哥哥姊姊跟他玩得很好，叫他可以放心。

這麼，一天一天過去，石沉大海，林弟的下落真的成為一個大謎了。白璐珊倒是親姊妹似的，比他還焦急，催着志

傑幫着奔走，排日刊小廣告，利用麗的呼聲廣播，結果依舊杳無音訊。天聲就在這些焦灼的日子裏，料理自己的生計，九龍香港，滿處亂跑，荃灣、粉嶺、沙田、長洲兜了無數圈子；他手中抓得到的就是「失望」二字。一陣旋風，已經把他的三朋四友捲入總破產的浪濤中去了。他的一位老主顧，住半山花園大洋樓裏的 K 經理，人去樓空，好容易才從鑽石山的木屋裏找到了他，總算幸運，把幾代古董找了回來。還有一位跟他十年深交的老朋友，當過銀行經理的，一個觔斗摔在荃灣的木屋裏挨餓，哭喪着臉，提着那隻給蛇咬傷的爛腿向他訴苦，讓他明白寄放在那邊的字畫，早已換了柴米，叫他不必追尋了。他的最後一筆財富是擱在一筆熱門西藥上，薀進那日子，配尼西林市價五元一枝，後來漲到過七元八角一枝，而今連四角一枝，也找不到買主了，眼見三四萬的貨品，可發一筆小小的財的，一塊大冰似的，就在自己手裏，消融得只留這麼一小塊了。

　　他對着鏡子，看看自己的影子，眼圈下一層一疊的暗黃影子，額角上，一道紫黑色的傷疤，流年不利，一個人倒霉破財，就是這個樣兒吧！「天聲！」他喊着自己的影子，「一家六口，不，一家八口，看你怎麼活下去！」他手邊把握得定的錢財，只有一二千塊錢，這麼一個數目，就看他如何再打開新的世界來了！

酒店

尾聲

目前的造物主，還是一個怯弱者。

他暗暗地使天變地異，卻不敢毀滅這一個地球；暗暗地使生物衰亡，卻不敢長存一切屍體；暗暗地使人類流血，卻不敢使血色永遠鮮濃；暗暗地使人類受苦，卻不敢使人類永遠記得。

他專為他的同類——人類中的怯弱者——設想，用廢墟荒墳來襯托華屋，用時光來沖淡苦痛和血痕；日日斟出一杯微甘的苦酒；不太少，不太多，以能微醉為度；遞給人間，使飲者可以哭，可以歌，也如醒，也如醉，若有知，若無知，也欲死，也欲生。他必須使一切也欲生；他還沒有滅盡人類的勇氣。

幾片廢墟和幾個荒墳散在地上，映以淡淡的血痕，人們都在其間咀嚼着人我的渺茫的悲苦。但是不肯吐棄，以為究竟勝於空虛；各各自稱為「天之僇民」，以作咀嚼着人我的渺茫的悲哀的辯解，而且悚息着靜待新的悲苦的到來。新的，這就使他們恐懼，而又渴欲相遇。

—— 魯迅〈淡淡的血痕中〉

林弟的下落，終於找到了；可是，她永遠不回來了。

241

那是澳門一家旅行社探聽得來的線索；那天傍晚，是有一位女客，趁上了一艘機帆船往香港去的；天明時分，快到長洲的途中，一陣狂風，把那帆船的桅杆打折了。把舵的拿不穩船身，一個大翻身，十多個客人都拋到海濤裏去；死了九人，救起了三個，那女客也在劫難中的。照那送客的夥計所說的身材、服色看來，無疑這女客定是林弟的了。不過這隻帆船一直沒回澳門過，究竟當時的情形，事後的經過，怎麼一個情形，誰也說不清楚了。天聲也曾在報紙上尋登廣告求那幾個獲救的船客，可也並沒人到他那邊去報導這場災禍的實情。她就這麼留下一個影子解脫而去了。

　　落在陳家那幾個人的嘆息中，還是「天有不測風雲，人有旦夕禍福」那兩句老話；她們替小寶寶取了一個名字，叫做「小林」；這渾渾噩噩的嬰孩，他既不知道母親的劫運，也不知道上海外家住在甚麼地方；倒是黃太看作自己孩子一般，一心一意在餵養他；她那份寄望在明中身上的溫情，移到小林身上來了。

　　說到明中，她已移送到瘋人院去了；瘋人院的世界，是廣大的，各人住在各人的聖赫勒拿島上；每人的財富，都在洛克斐勒之上，人人有和希特勒、斯太林八拜訂交的自由；他（她）們奉玉皇大帝聖旨到凡間來替天行道，手執鋼鞭將你打，那才是自由平等的伊甸園。這時候，她是恩仇都了，志傑的往事不復浮上記憶，跟璐珊的妒情，也淡焉若忘；渾渾噩噩，肚子餓了吃，嘴巴乾了喝，天晚了睡覺，就像一隻肥豬般在各自的窠裏度此殘生。看她呆呆地盯着黃太看，或許還認得這是自己的母親，或許連母親的印象也十分模糊

了；她是脫出了人世的是非場，她是幸福的了。

　　天聲從明中的寓所裏，檢點出大的、小的、高的、矮的、凸肚了的、方面孔的、橢圓形的、三菱式的、橙黃、湖綠、黯黑、紫紅、一連串香水瓶子，配上了玫瑰、雙蒸、高粱、大菊、茅台、葡萄、薄荷、白蘭地、惠司克、伏得卡一連串中外名酒，那半跟、平底、高跟、銀白、金黃、蛇皮、鳧皮、一大堆皮鞋，那方的、圓的、籐的、竹的、玻璃的、紋皮的、花捲式的、方盒式的、大紅的、漆黑的、一大堆皮包，那塞滿了衣櫃的，單的、夾的、棉的、皮的、絲的、麻的、長袖的、短袖的、高領的，開襟的、鑲邊的、裝鍊的衣衫，這都是明中的生活實錄那。帶着香氣的襯衫，勾起了他的綺情和那些荒唐的夢痕。他曾經在她那豐滿的胸膛上，過着如醉如癡的夢境，這夢境，如此地擺在眼前，卻又如此地不可捉摸。他的耳邊，響起了明中的喘息聲音；這聲音曾經使他有如觸電，麻上心頭來；此刻只留下了淡淡的餘香，和這空洞洞的客廳，蒙着一層暗淡的氣息。他把她的衣衫緊緊抱在懷裏，明中的笑容就浮在他的眼前；那是一種神秘的笑，她那不可測的眼珠，就準備攝取他的心魂，使他沒有抵抗的勇氣。

　　忽然，他的眼前闖進了這麼一個女人：長髮披在兩肩，滿是紅絲的雙眼，火似地盯他，那焦枯的雙唇，襯出黃黑的牙齒，貓頭鷹似的叫喊，打入她的耳朵，他不禁渾身發戰了。

　　等到天聲鎮靜下來，重新把明中的臥室檢點了一番；那梳妝台抽屜裏的口紅、胭脂、雪粉、冷霜、瓶兒、盒子又是一大堆，論百條手帕，虹彩似的躺在那邊；打開手飾盒一

看，珠圈、戒指、鎖片，就是那麼幾件；一大疊賬單；三個
月房租，一千多衣料，五百多裁縫工資，米店三百多……
總共一算，得付五千多的現款。他就把那些能變現錢的都變
了現錢，一堂梨木的傢具，只拍賣了八百多，珠圈不過換了
一千五百，總共找到了四千八百多的現款；他只得自己墊了
六百塊錢，了卻這一場粉紅色的殘夢。他就把那一大堆生活
記錄，收拾在一隻黑色的手提箱裏，連着明中的一張半身彩
色照片帶回到自己的寓所中去；「我們從不可知的黑暗中，
暫時出現到太陽光底下來，迴視四周圍的光景，快樂着和苦
惱着；我們的存在的顫動，傳移給別的存在，由是再回歸到
黑暗裏去。」「我們的生命，也全都像是從地中出來，再還
地中去的一種拋物線底運動。」光芒照耀過一時的明中，泡
沫似的，消逝於浩森波濤之中了。

　　夜闌人靜，他重新把明中的照片拿了出來，輕輕揩拭那
臉面上的灰塵；抹過了鏡框，又復鑲了上去；斜豎在寫字枱
的那頭，那含笑不語的雙眼，正默默地向着他。這是她最初
跟他相見的神情，一個天真無邪的少女；她的微笑，就包含
拒絕或承受，贊成或反對，夠你揣測的神情。他從這雙媚人
的眼珠中，看到過她的醉態，高度享受到達愉快的頂峰時的
蕩情。他看到她靜嫻的與狂放的靈魂兩面，她的神情，就在
這對窗子開闢上流露出來。

　　他回頭看去，那牆上的林弟，也正向他笑語。那幽靜的
淑女的神情，和明朗暢快的明中，恰是明顯的對比；林弟把
愁苦悶在心頭，聽憑命運的支配；「命運」也就老實不客氣，
一口吃掉了她。明中曾經和命運搏鬥了一陣了，到了最後一

回合上敗退下來。偏生在她們之間，天聲恰好處於有關係無關係，親密而又疏遠的地位，現在輪到他自己來替她們收拾殘局；可是，觸處塵痕，勾起了舊夢，卻也說不出為甚麼的因由來。

林弟的房子，他是這麼熟悉，卻又是這麼生疏；他抽出筆來，想在明中的照片上題了幾句，筆尖凍住了似的，一字也寫不出來；他又擱下筆來，對着她默默地看。他這一生世，好似七寶樓台，棟折榱崩，牆圮垣傾，完全坍了下來；首先是血緣的宗法社會拔了牆腳，大家庭先後解了體；接上便是男女關係的變異，舊倫常那一套網羅，網碎繩糜，簡直不成甚麼體統。他幼年時期所見的少女，束胸放腳，已經夠大膽了；眼前的少女，跟他一同到海灘去裸浴，卻已毫不足奇。明中這女孩子；就在他的眼前，馬拉松賽跑似的把一段長程匆匆跑完了。他叫了一聲「明中」，轉過頭來，又叫了一聲「林弟」，過去這一段時期，他就在這樣莫名其妙的男女關係中混着的；可是，男女之間，就會這樣微妙地混着攪着，誰也不覺得驚奇；一葉既落，天地秋聲，整個世界都在轉變了。

且說梅雨季節，天氣燠熱，層雲低壓，悶得每個人喘不過氣來。天聲閒坐無聊，惘然地走向街頭，沿彌敦道南行，只見酒店那紅色電流向他招手；他走進 M 酒店大門，抬頭看了老半天，隱隱之中，好似有人在叫喚他。他想起了林弟，也想起了明中，他和她們的一段姻緣，就從這家酒店開了頭，信步進門上樓，就在一向住慣了的 313 號歇下腳來。他憑窗眺望，只見四空密雲疊起，雨意更濃了。他悶悶地回

向几前，叫僕歐喊了一瓶白蘭地，添了幾樣小菜，就獨自喝起酒來。

剎時間，窗外電光閃動，雷聲隆隆，陣雨便密集打過來了。他三杯落肚，興致覺得很好；眼前浮起了林弟跟明中的笑容，不自禁地順着電波中的樂曲跳起舞來；他跳來跳去，跳了一陣子，又復坐向几邊，斟起酒來，一杯一杯喝下去。這時，明中的醉態，在他的面前浮動，他就站了起來，把她從東邊扶到西邊，又從西邊扶到東邊，響在他的耳邊，正是她的笑浪的聲音。忽然，他呆在沙發上，隱隱聽得有人在那兒唱詩：

> 前不見古人，
> 後不見來者；
> 念天地之悠悠，
> 獨愴然而淚下！

他不自禁地嗚咽涕下了。

在他面前，一幕幕的回憶，如電影般映現出來；離開祖國，擠在惡濁的四等艙裏，向里昂進發，一個窮困的青年，正向海外找光明的前途，那時胸中的抱負，何等軒昂。接着，帶着改造新中國的雄心，回了祖國，又在苦難的世界中顛沛了十多年，不過生活雖說困難，精神總還痛快的！

「往事」映到了他從武漢南奔那一階段，滿胸只是空虛寂寞；從前的種種，就像一條爛了的繩子，抓一段，斷一截，絲毫着不得力。他第一天到香港的印象，鮮明地浮在眼

前；他一過了羅湖，兩手空無所有，全靠一位法國老同學，做進出口的幫了他，而今這位同學也已經破了產了。「世變」把他帶進了世紀末的圈子，有時痛快，有時荒唐，有時昏天黑地，有時清清醒醒，他也曾幾次浮出水面，跳上岸來，一個浪頭，又把他捲了下去。而今，已經捲到了漩渦的中心，他自己明明白白，已經沒有自救的途徑了。

酒杯把他的思慮索子弄得很清楚，卻又弄得很糊塗；窗外一閃光，就把他怔住了。他口口聲聲地說：「我厭倦死了，我厭倦死了！我要休息，我要休息！」一腦子亂糟糟的意念闖了進來；他看見了，無數的手指，在他的面前舞動，那手指都在指着他，好似每一指都有一張嘴開合着，都在說他笑他。那手指，有的是鬆着紅的紫的黃的蔻丹，那紅的黃的紫的點兒，有似流星似的，就在他的頭上轉來轉去。

他恍惚看見，這是明中的手指，這是林弟的手指，這都是女孩子的手指，她們都在旋轉着他的心神，使他笑，使他懊惱，使他愉快，使他在永遠不安定的天秤上顛簸着。他恍惚看見滿屋子都是蛾眉和眼球，那彎彎的，那圓圓的，那黑白相間的珠子，飄浮着，飄浮着把他淹沒在池子底裏，就像給肥皂泡掩蓋了自己。

他恍惚看見明中渾身都是血跡，拿着酒瓶哈哈大笑，她把那酒味和着血腥的嘴，吻上他的嘴唇；她那熱狂的氣息；顫動了他的靈魂，他想用力推開她，但是他雙手抱着她的腰！

突然間，空中隆隆雷聲，尖銳地刺入他的腦角；他張開眼來一看，既沒有明中的明眸，也沒有血腥的紅唇，只見燈光暗暗，映着橙黃的酒杯，他又端起杯來，骨都喝了下去，

拿過酒瓶，重又斟滿了一杯。他端杯向鏡子的影子照杯，很爽快地又喝完了一杯。

就在一杯接着一杯的悶酒中，潮起了他的憂鬱愁苦的念頭。牆壁封鎖了他，窗簾包圍着他，桌子椅子都在對他扮鬼臉，他是被整個世界所遺棄了。他忽然想到了一個「黑色的大字」——「死」。這念頭釘住了他，就像一隻螺旋釘那樣向木頭鑽了進去，越鑽越深了！

他於是拿出了他的手帕，平鋪在桌上，從他的腦子裏流出了一段很熟悉的話，一字一字寫在那上面：

現在我知道，我是倦於生活了。我對我的說話，我的思想，我的慾望都厭倦了——我厭倦一切人，厭倦他們的生活；他們與我之間，有一個東西間隔着，有許多神聖的界線，我的界線是血污了的刀。

當我還是一個孩子的時候，常常望着太陽，太陽盲我的眼，他的光燙熱我。當我還是一個孩子時，我已知道愛，——我母親的溫和的愛情。我天真的愛一切人，我愛生命之樂。現在，我卻誰也不愛了。我不想愛，而我也不能愛了。生命在一小時裏，在我看來，變成一個可詛咒的空虛的東西，一切都是假的，一切都是空的！

他寫完了路卜洵的話，讀了又讀，覺得這些話的確是從他的心胸中流出來的。上帝的確是仁慈的，他就用「死」之

手來解脫人間一切解脫不了的苦痛的！

這時，他就這麼無掛無慮，讓死之神來迎接他。他想起了芥川龍之介的話，一切的死法，只有投繯自盡是最舒適的，於是，他也找尋了舒適的道理，解開了自己的褲帶，搖搖晃晃在那木架上縮好了一頭。他就在鏡子前頭端正了自己的衣衫，扮作從容就義的樣兒，把項頸套了上去。「蓬」地一聲，等到僕歐打開房門時，只見這位客人已經橫在地板上了。

那幾個僕歐，七手八腳，搶着把天聲從地板上抬向長沙發上去，木架上那條褲帶，依舊在空中飄盪着，飄盪着；桌上的酒瓶已經空了，一隻連着一攤酒漬的杯子倒在地板上。他們看看杯底，並沒有沉澱的藥粉，他們一致判斷他是酒後傷懷，厭世自縊的。

接在「999」的告警電話之後，一輛警車便到來了；天聲便昏昏沉沉地從酒店送到醫院去了。第二天各報本埠新聞都刊出這一位教育家的悲劇，連着他所寫的那番路卜洵的話；有的說他懸樑自盡，有的說他喝的是白蘭地加拉素，也有的說他吃了過多的安眠藥片。只有酒店的僕歐，斷言是吊死鬼討替，因為 313 號房間吊死了好幾位客人，白晝常聞鬼哭；這位姓陳的，給鬼迷了心竅，也就牽起自己的褲帶來上吊的。

不過，陳天聲只在醫院住了一天，那是事實；他對醫生只說是飲酒過度失性，有些事，他已經記不清楚了。他坦白地對醫生說：「我有五個孩子，我死不了！我還要活下去！」他一出了醫院，連各報的外勤記者，都找不到他的下落了；醫院裏也拒絕說明他的去處。

天聲依舊回到林弟住所去了。其時，志傑趕赴澳門，居然把他的一家，連着瘋了的明中，老的黃太，靠着張子沉那筆現錢，一同接到香港來了。這一群受驚的鳥兒，看見天聲平安無事，格外來得快慰。陳太一面流淚，一面嗚咽着說：「天聲，再苦的日子，我們也得熬着活下去！要是這麼短見，我們也不到香港來尋死啦！」

　　「你把林弟的孩子給我好啦！」黃太說，「天聲，我想明中會清醒過來的！凡事得從好的方面去想！我看陳太真堅強，她從來沒說一句怨言！」

　　「怕甚麼，還有我們四隻手哪！」璐珊笑着，拍拍志傑的肩膊。

　　這時，天文台正在播送警訊：十級颶風吹向香港，來往船隻，各自當心。天聲站向窗前，雙眼看那遙遠的天空。

曹聚仁生平年表

年份	生平事項
1900	6月26日，生於浙江浦江蔣畈村（今金華蘭溪市梅江鎮）。
1904-1911	就讀父親曹夢岐創辦的育才學堂。
1915-1921	就讀浙江省第一師範學校。五四運動期間，擔任學生自治會主席。
1922	到上海創辦滄笙公學。 春季，隨《民國日報》主持邵力子參加章太炎的國學系列演講，期間將內容筆錄整理後刊登，獲章太炎高度讚賞。 **出版**：章太炎《國學概論》（記錄整理）
1923	5月，與柳亞子等人合辦「新南社」。 正式成為章太炎入室弟子。
1925	受上海暨南大學校長邀請，擔任中學部國文教師，其後於大學部任教。
1927	4月，「四一二事件」後，受老師單不庵邀請，到浙江省立圖書館西湖分館文瀾閣參與《四庫全書》的編修工作，長達半年。 12月21日，筆錄魯迅於上海暨南大學的演講〈文藝與政治的歧途〉。其後於翌年1月29日至30日，以筆名劉率真將講稿刊登於上海《新聞報》。
1930	**出版**：《中國史學ABC》
1931	8月，於上海創辦《濤聲》週刊。
1932	兼任上海群眾圖書公司編輯。
1934	與陳望道等合編《太白》半月刊，並擔任同名月刊編委。7月，主編《社會月報》時為「大眾語」論戰發

表公開信，徵求關於大眾語的意見並提出問題，隨即獲得魯迅響應支持，且回擊汪懋祖等人復興文言的立場。秋天，到上海市立務本女中（今上海市第二中學）擔任國文教師，結識時為學生的第二任妻子鄧珂雲。

1935

3月，與徐懋庸合辦《芒種》半月刊。12月29日，加入上海文化界救國會。
出版：《筆端》

1936

獲魯迅所託，於《海燕》第二期負上發行人的名義。其後因怕責任纏身，2月22日於《申報》發出〈曹聚仁否認海燕發行人啟事〉，導致《海燕》夭折，但事後獲魯迅諒解。
出版：《國故零簡》、《文筆散策》

1937

淞滬抗戰爆發，開始戰地記者生活。翌年因戰場報道出色，受中央通訊社聘任為戰地特派記者。
出版：《文思》

1938

3月下旬與鄧珂雲到徐州，共同見證台兒莊戰役的勝利，但後來共赴洛陽時，鄧氏染上嚴重傷寒，惟暫時分開。

1939

與鄧珂雲於寧波重聚，同往贛北戰地採訪。

1941

受蔣經國委託，創辦《正氣日報》，並任總編輯。後來轉任《前線日報》總主筆，直至抗戰勝利為止。

1945

9月，從杭州回上海逗留三個月後，便往南京、九江、蕪湖作短期旅行，為往後一系列行記文集作準備。

1946

年初，國共談判瀕臨破裂，受邀到台灣參與十天環島採訪。
夏天蝸居上海虹口區溧陽路1335弄5號，埋頭撰寫《中國抗戰畫史》，舒宗僑配圖，經半年時間完成編撰工作，翌年出版。其後本書被用作虹口開庭審判日本戰犯的佐證資料。

1950

7-8月，隻身移居香港，擔任香港《星島日報》編輯和主筆。

1952

與徐訏、朱省齋與李微塵創辦創墾出版社，在此多次

印行個人著作。

出版：《到新文藝之路》、《中國剪影一集》、《中國剪影二集》

1953 ・ 9月16日，與李輝英、徐訐創辦《熱風》月刊，屬於創墾出版社旗下。

出版：《火網塵痕錄》（1954年改回原名《文壇三憶》）、《中國近百年史話》

1954 ・ 轉任新加坡《南洋商報》駐港特派記者。

出版：《酒店》、《魚龍集》、《書林新話》、《文壇五十年》

1955 ・ **出版**：《文壇五十年續集》

1956 ・ 該年7月至1959年間，受邀回內地採訪，並多次面見毛澤東、周恩來等多位中國領導，期間於海外發表相關文章。

出版：《山水・思想・人物》、《魯迅評傳》

1959 ・ 與林靄民合辦《循環日報》、《循環午報》、《循環晚報》，後來三報合為《正午報》。

1960 ・ 向周作人約稿，發表其個人自傳《知堂回想錄》（原名《藥堂談往》）。

出版：《北行二語》、《北行三語》

1964 ・ **出版**：《小說新語》

1967 ・ 因慢性肝炎牽及膽囊炎突然惡化，於香港入住九龍廣華醫院治療休養，期間撰寫《浮過了生命海》，以表其所思所感。

出版：《魯迅年譜》、《現代中國通鑑甲編》

1969 ・ **出版**：《浮過了生命海》

1970 ・ 病痛交纏下，替周作人《知堂回想錄》校對稿件，同年於香港三育圖書文具公司出版。

1971 ・ **出版**：《秦淮感舊錄（第一集）》

1972 · 7月23日早上，因脊柱骨癌病故於澳門鏡湖醫院。
出版：《我與我的世界：未完成的自傳》、《秦淮感舊錄（第二集）》

酒
店

曹聚仁作品集

策劃編輯　梁偉基
責任編輯　許正旺
書籍設計　陳朗思
書籍排版　吳丹娜

書　　名　酒店

著　　者　曹聚仁

出　　版　三聯書店（香港）有限公司

　　　　　香港北角英皇道四九九號北角工業大廈二十樓

香港發行　香港聯合書刊物流有限公司

　　　　　香港新界荃灣德士古道二二〇至二四八號十六樓

印　　刷　美雅印刷製本有限公司

　　　　　香港九龍觀塘榮業街六號四樓 A 室

版　　次　二〇二三年六月香港第一版第一次印刷

規　　格　特十六開（145×210 mm）二六四面

國際書號　ISBN 978-962-04-5151-5